ことのは文庫

神戸むこやま幻奇譚

貴方の魔物お祓いします

蒼月みかん

MICRO MAGAZINE

目次

神戸むこやま幻奇譚

貴方の魔物お祓いします

プロローグ

朱《あか》い。赤い。あかい。

桐夜《きりや》の目の前で、全てが紅蓮《ぐれん》に染まる。炎が恐ろしいはやさで屋敷を、彼の愛する二人を呑み込んでゆく。昏《くら》く静かだった空には今や何十何百もの火の腕が伸ばされ、荒れ狂ったように躍っていた。

「東雲《しののめ》！　早く、外へ出てくれ。お前まで死んでしまう」

今なら間に合う。

鬼人《おにびと》と呼ばれる桐夜たちの強靭な身体は多少の炎で傷つくことはない。だが、桐夜には分かっていた。東雲が戻るつもりはないことを。それでも、大切な幼なじみへ声を振り絞る。

「東雲！　たのむ！　頼むから！」

ひとりにしないでくれ。

東雲は答えない。その腕にしっかりと最愛の女をかき抱いたまま、乱れた滅紫《けしむらさき》の髪もそのままに仁王立ちで桐夜を睨んでいた。着物の袖からだらりと垂れ下がった細く白い腕。その美しい手が楽しそうに彼らに振られることはもう、ない。

「真雪《まゆき》のいない世界なんていらない」

ごうごうと燃える炎の音で、東雲の声はかき消される。それでも、聴こえなくても、桐夜の耳にははっきりと響いた。

――人間など、大嫌いだ――

＊＊＊＊＊

遠くでサイレンが唸り声を上げる。

深夜一時。神戸、北野のエリアにいくつも点在するカフェやレストランはとうに営業を終え、異人館の街も眠りについたところだった。そのなかのひとつ、『cafe&BAR《カフェアンドバー》 雪《ゆき》』にはまだ明かりがついていた。

オーナーの桐夜は、消防車の音にグラスを拭いていた手を止めかすかに顔を上げる。切れ長の瞳が僅かに細まり、形の良い眉が顰められた。

だんだんと近づくけたたましいその赤い唸りは、消防と救急の二重奏を盛大に奏でながらどこかの火事を鎮めに向かう。切羽詰まった音は店の外を数秒かけて通り過ぎ、やがて消えていった。

あたりに静寂が戻ってはじめて、彼は知らぬ間に息を潜めていたことに気づく。薄めの唇が自重気味な笑みに歪んだ。

「火事には、いつまでたっても慣れないな」

呟いて彼はふたたび作業に戻る。

その姿を、窓際に身を横たえ、碧い瞳に気遣わしげな色を浮かべた真っ黒な猫が静かに見守っていた。

第一章　ヤンキーと鬼人

「だぁかぁらぁー！　とりあえず今持ってる金、全部出せって。そしたら今夜は帰してやるって言うてるやん、な？」

三宮《さんのみや》駅の周辺は神戸でも随一の繁華街になる。夜になると、六甲山へと向かうゆるやかな坂に沿って並ぶ様々な店が、競うように色とりどりの煌めきで人々を誘う。だが、沸き立つような笑い声や賑やかな音楽も、通りから数本外れた裏道までは届かなかった。代わりに低い怒鳴り声が薄暗い道に響く。白い常夜灯がぱちぱちと驚いたように瞬いて、スーツ姿の男を照らした。

男は、道端に両ひざをついてだらりと両肩を落としていた。腫れ上がった片方の瞼の隙間から、目の前の派手なジャケットの男と、その隣に立つ青年を交互に見上げている。

「なあ、聞いてんのジブン？　あー、助けてくださいとかいう目で見たってあかんで。ウチから金借りたんはおたくなんやからね。わかる？」

怯《おび》えているだけで返事のない債務者の様子に、ジャケットの男はいらいらと舌打ちした。

「浅緋《あさひ》、もっかいこいつにケリ入れろ」

隣の青年に声をかける。浅緋と呼ばれた青年は、負けん気の強そうな眼をすっと逸らした。聞こえないふりをしているらしく、錆びついたフェンスの隅に転がるペットボトルを見ている。

「浅緋！　聞こえたやろ。お前の仕事や」

不機嫌に命令され、青年は仕方なさそうに前に出た。足をゆっくりと上げると、勢いよく男の肩口に踵《かかと》をめり込ませた。鈍い音とともにがくんと身体を揺らして、男はずるずるとアスファルトへ倒れこむ。うめき声をあげる様子に金融屋の男は満足げに頷くと、「ちゃんとできるやんか浅緋くん」と嫌な笑い方をした。

「こいつから有り金全部取っといて。俺はもう帰るわ」

「……っス」

煙草をくわえ、首をぐりぐりと回しながら気怠《けだる》そうに去っていくジャケットの背中を見送ってから、浅緋は地面に倒れている男の前にしゃがみこんだ。さらりとしたアッシュブロンドの髪にシルバーのピアスが鈍く光る。目もとに僅かに幼さの残る青年を、痛みで目を瞬《しばた》かせていたスーツの男が見上げた。

「すみませんすみません……っ、もう、蹴らんといてください……」

「大丈夫か？」

思いがけずかけられた気遣わしげな声に男は目をぱちくりとさせた。ほっとしたのか、ふにゃふにゃとした呟きを漏らしてよろめきながら立ち上がる。カバンを抱きしめ、顔をしかめながら腫れた瞼に指を添わせている。

「相当腫れてんぜ。とっとと冷やすかなんかしとけよ」

「はいっ。ありがとうございます！」

スーツの男は自分を痛めつけた当の本人にお礼を言いながら、膨れ上がった顔に薄笑いを貼りつけてあとずさりしつつ、そのまま賑やかな光が漏れる表通りの方へ顔を向け、ぺこぺこと頭を下げ歩き出そうとした。

「おいおい、金はちゃんと払ってけよ。そのまま帰んな」

慌てて浅緋が呼び止める。すっかり見逃してもらうつもりになっていた男は、頬をさする手のひらの動きをぴたりと止めて、目を見開いた。

「え、あの……見逃してくれるんじゃ、ない、んですか……」

「……っそ。そんなわけねーだろ！　コッチも仕事なんだよ！」

浅緋は精いっぱい凄みを効かせた。効かせたつもりなのだが、本当のところ、仕事とはいえ他人から金を巻き上げるようなことにはものすごく抵抗がある。言葉の端々に甘さがのぞいてしまうのもいつものことだった。

彼は男の目を見ないようにして大事そうに掴んでいたカバンを力任せに取り上げた。なかを乱暴にまさぐり、くたびれた財布らしき代物をつかみだす。

「んじゃ、この財布、支払い分として貰っとくから」

「や、やめてくだ、……そんなことしたら生活できんくなります！　それに、えっと、む、息子。そう！　ムスコの誕生日に……っ必要なんですっ」

「見え透いたウソついてんじゃねーよ」

うぅウソじゃないですぅ、としどろもどろになりながら男は浅緋のスカジャンの裾を掴んでひっぱってくる。よく見ると角がめくれ擦り傷だらけの財布から、色あせた写真がのぞいていた。古ぼけた背景に小さな男の子が写っている。

くそ、そんなもん見せんじゃねぇっての。浅緋は心のなかで舌打ちした。

「あんた、ギャンブルばっかしてウチに借金繰り返してるくせに、調子のいいこと言って見逃してもらおうとしてんじゃねえよ」

腹立ち紛れに腹に蹴りを二、三発入れ、うずくまる背中に財布とカバンを投げつけて、彼はそのままくるりと背を向け裏通りを歩きだした。

追いかけるように聞こえる男のありがとうございますすみませんという言葉を無視して、ポケットに手を突っ込む。冬を抜け出したばかりの神戸の街の夜はまだまだ冷える。青年はぶるりと肩を震わせて足を速めた。

(あーくそ。また取り損なっちまった。上村《かみむら》さんに明日めっちゃ怒られるんだろうな)

浅緋は今年十九歳。どうにかこうにか高校を卒業したものの、喧嘩に明け暮れた三年間の先に輝かしい未来など用意されているはずもなく、卒業と同時に育った土地を飛び出した。

この街でふらふらとしていた浅緋は、同じようにこちらに出てきたよくない噂のある先輩の上村に誘われるまま、小さな金融会社の臨時社員として雇われる。定職につけたと一安心したものの、ふたを開けてみればそこは法外な利子で金を貸し付けるいわゆるヤミ金融で、浅緋は社員に付き添ってにらみを利かせる役として採用されたのだった。

喧嘩となれば真っ先に飛び出していく血の気の多さを買われたとはいえ、売られた喧嘩ならいくらでも買うが人を痛めつけるのが趣味なわけではない。

だからたいていの場合、さっきのように相手に隙を見せてしまい結果、何も成果をあげられずにいるのが現状だった。やりがいや楽しみなど感じたことなどない、ただ先輩のあとをついて歩くだけの毎日。

のこのこと手ぶらで事務所に帰ることもためらわれてため息をつきながら歩いているうちに、気づくと彼はいきつけの店の近くまで来ていた。どうやら自然と足が向いてしまったらしい。

『cafe&BAR 雪』と小さな金文字で書かれたプレートが嵌め込まれた分厚い扉が見えてくる。闇に溶け込んでしまいそうな古い建物群のなかで、ひと際重厚な石造りの塀に看板のその文字だけがきらりと輝いた。

どう見ても、銀髪にピアスという不良上がりの青年が好んで入るような外観ではない。だが浅緋はまっすぐに扉へ向かう。

（もう今夜はここで飯食って帰ろ。今日も明日も大して変わんねーし）

空腹は感じていないが、まっすぐアパートに帰る気にもなれない。半ばやけくそな気持ちで扉に手を伸ばす。と、店の前の段差にちょこんと座る猫がいる。真っ黒な美しい毛並みの雄猫だ。

「お、オマエ、元気だったか？」

浅緋はつい嬉しそうな声をあげた。

黒猫は、彼を待っていたかのようにみゃおと鳴き、身体のわりに太めの尻尾を優雅にくるりくるりとまわして近づいてくる。この店の猫なのだが首輪はしていない。ひととおり挨拶らしきものを済ませると、身体に触らせることなく猫はすぐに路地の隙間へと消えてしまった。一瞬和らいだ浅緋の表情がまたしかめ面に戻る。

「なんだよ」

冷たいヤツだ、と口を尖らせながら浅緋は重たい扉を押した。意外にも暖かな光が彼を迎える。

「いらっしゃいませ。……おや」

艶のある黒髪をきっちりと後ろで結び、黒のカマーベストが恐ろしいほど似合う男性が浅緋に穏やかな顔を向けた。百九十近い長身と、気品溢れる整った顔立ち。

店長でありオーナーの桐夜だ。その際立った容姿と優雅な接客で、彼目当てに来る客も少なくないらしい。

「どーも」

浅緋はぺこりと頭を下げて奥へ進む。二十席ほどの店内は三分の一が埋まっている。数人の客が気怠げな視線を彼へ向けたが、すぐに自分の世界へと戻っていった。

浅緋は一番端の木製スツールに腰をどさりと落とし、壁にもたれ店内を見渡す。照明を絞ったテーブル席で辛気臭い背中をこちらに向けながらちびちび飲んでいる人間ばかりだ。時おり静かな話し声や笑い声がぱっと咲いてはすぐに消える。

昼間はカフェメニューを求める女性客や観光客でにぎやかな雰囲気らしいのだが、浅緋は夜しか訪れたことがない。上村に連れてきてもらって以来、『雪』の隠れるような空気が肌に合って通うようになった。もっとも、未成年の彼が頼むのはたいていオムライスやナポリタンなどの食事メニューなので、大人の隠れ家的雰囲気といったものとは全く関係がないのだが。

けれど、ここでは誰もがなにかしらの過去を持っていそうで、ヤミ金の使いっ走りみたいな中途半端なコトをしている不良上がりのガキなんて見向きもされない。ありがたいことに、オマエこのまんまじゃダメだろ、なんて諭したりする者もない。他人にも自分にも真剣に向き合う必要がないのだ。今の浅緋にはそれがとても心地よかった。

「お客さま、申し訳ありません。今日はオムライスが完売してしまって」

浅緋の顔を見るなり、桐夜は謝ってきた。

圧倒的に酒客が多い夜の『雪』で毎回がっつり飯を頼む銀髪の青年のことを覚えているらしく、申し訳なさそうに頭を下げる。「いや、ならメシは大丈夫っす」とぼそぼそ言いながら座り直した浅緋に、オーナーは物問いたげな目を向けた。

「では、何かソフトドリンクでも？」

「え、あ、いや……」

ジュースなんて、そこまでガキじゃない、と反論しそうになって口をつぐんだ。じゃあ何しに来たのかということになってしまう。

「……よろしければ、ノンアルコールカクテルはいかがですか」

穏やかに微笑みながら、桐夜はたっぷりと氷の入ったタンブラーを出してきた。

乳酸菌飲料を二センチほど注ぎ、カシスシロップをバースプーンにそっと添わせながら入れる。炭酸水とミントで仕上げると、乳白色と紫が美しい二層になったカシスジュースだ。浅緋は頬杖をついてしばらく、なめらかな手さばきでカクテルを作る桐夜の手元を眺めていた。

「新しく始めたいメニューなのでどなたかに試飲して頂こうと思っていたのですが、今夜はお酒を飲まれる方ばかりだったので大変助かります」

どうぞ、と差し出され浅緋は素直に手をのばす。桐夜の手は骨太でしっかりとしているのに、なぜかなめらかに見える。艶やかな黒髪とその美しさもあいまってまさに年齢不詳の美丈夫というのがぴったりだ。自分のような若者にも変わらず丁寧な言葉に、浅緋は少しこそばゆくなる。

「いかがですか？」

炭酸と乳酸菌飲料の甘さが爽やかに喉を駆け抜ける。少し緊張した面持ちで聞かれ、浅緋は、「う、まい、す」と全く参考にならない答えを口にした。

それでも桐夜は安心したようにゆっくり頷く。よかったです、と微笑んだ。

「今夜は珍しいですね。お腹が空いてないのにいらっしゃるなんて」

もしかして何か悩み事でも？　と穏やかに聞かれて、オーナーの純粋な気遣いなのだろうが、今の浅緋にはちくりとする質問だ。

「あーいや」

悩みどころか、簡単な取り立てをついさっき失敗してその報告をサボってるところです、とはまさか言えない。なんもないっすとストローをくるくるとまわす。グラスの中で炭酸がしゃわりと立った。

「失礼しました。立ち入った質問でしたね」

軽く頭を下げると店長は別のオーダーを作り始める。浅緋はほっとして、スツールにさらに深く座り直した。思い浮かべるのはやはり、先ほどのことだ。

(さっきの男。あんな写真に絆《ほだ》されて何やってんだオレは)

先輩の上村の呆れ顔が浮かぶ。あんな、痛めつけられて戦意もない奴からの回収もできないんか、とどやされるに違いない。自分から誘っておきながら、最近の上村は明らかに浅緋をお荷物扱いしていた。それがひしひしと感じられて、彼の自尊心は少しずつ削られていく。浅緋は何もない自分を日々、思い知らされていた。

「マスター。俺！　俺は悩みあるねん。聞いてくれへん？」

二つ向こうの席で暇そうに煙草をふかしていた男性が身を乗り出した。

「ええ、もちろん」

桐夜はかすかに口角をあげた。その妖艶な仕草に、酔客はげほげほと咳き込む。

「全く、あんたなぁ。男でも女でもそんな綺麗な顔は見たことないわ」

桐夜の落ち着いた美貌と深い艶のある声は、男女関わらず幸福感を与えるらしい。四十絡みの男は話したくてたまらなかった様子で、機嫌よく酒を流し込むと喋りだした。

「俺の行きつけにしてた店なんやけどな、また潰れてしまってん」

「それは、残念ですね。お客さまの行きつけというと、飲み屋さんですか？」

「そうそう、立ち飲みバルっていうやつ。けっこう繁盛してたんやけどねえ」

男性はそこで声を落とした。

「なんか店長がな、病気みたいなんになってしまってん」

店長は整った眉を憂い気味に下げた。

「体調を悪くされたのなら、とても心配ですね」

「それがまぁ、一応閉店理由はそうらしいんやけどね。けど前の店もそんな感じで店たたんどったんよ。あそこのテナント、もう何軒目になるかわからんよ」

「入れ替わりが多いのですか？」

「そうそう、ほぼ店長が調子悪なって、結局潰れたり休業したりで、半年もつとこあんまりないねん」

そして、ここからが本題だというようにすこし芝居がかった口調で、語りはじめた。

「実はその土地、呪われてるって言われてんねん。今回のことでみんな気味悪なってなあ。もうあの土地はだめかもしれんね」

「呪い、ですか」

「俺もこの前聞いたばっかりなんやけどさ」

桐夜は手を止め、興味深そうに男性を見る。彼はますます気を良くしてその店の立地に起こった不幸な出来事を次々と話しだした。その横で、聞くともなしに聞いていた浅緋は途端に鼻白む。

(呪いって……。バカじゃねーのあのおっさん。あの人もよくまともに取り合ってるよな)

咥えたストローを玩《もてあそ》びながら浅緋は、半ば呆れ気味に男を横目で見る。

桐夜はレモンを切る手を止めて、気遣わしげな表情を浮かべていた。肯定も否定もしない絶妙な表情だ。こんなどうでもいい話に真剣に付き合わなきゃいけないなんて、やっぱ客商売って大変だよなと頬杖を突く。

「まぁね、あくまで噂やけどね」

男はもっともらしい口ぶりで、最近はわけわかんない事件に巻き込まれたりとかあるもんねえ、マスターも気をつけなよ、としたり顔だ。浅緋は、他人の事情をべらべらとしゃべる客の様子にだんだんと嫌な気分になってきた。こんな夜は何を見ても聞いても気が滅入るだけなのかもしれない。

（やっぱもう帰るか）

そう考え、席を立とうとしたとき、カウンターに置いていたスマホが震えた。地元の友だちとも徐々に疎遠になって、ここ最近はこの端末が告げるのは仕事の呼び出しくらいだ。一人で過ごすのは気楽だし、特に不便も感じないけれど、一緒にバカをやっていた奴らから距離を置かれている自覚は浅緋にもあった。

寂しいような、放っておいてくれるのが妙に安心するような、そんな混ぜこぜな気分で画面をチェックする。今日は珍しく二カ所からメッセージをうけとっていた。

『お前事務所行ってへんやろ！　何しとんねん。明日朝イチで絶対来い』

『浅緋くん、元気にしていますか。こちらは元気です。連絡ください』

一つはもちろん上村から、そしてもう一件は養母からだった。浅緋は顔を硬くして尻ポケットにスマホをねじ込むと、グラスに残った氷をひとつ口に入れ席を立つ。

この界隈で有名らしい様々な呪われた立地についていてまだ盛り上がっている客たちを残して店を出た。

繁華街を照らすぺかぺかとしたネオンよりも路地裏の鈍い光の方がよっぽど落ち着く。異人館通りを西へ西へ大股で進んでいたつもりが、浅緋の足はいつのまにか狭い道を選んでいた。のろのろとした足取りはやがて、赤い自販機の前から進まなくなる。つま先ばかり見つめていた彼はため息をついて煙草のケースを取り出した。

ぎこちない仕草で火をつけ少し吸い込むと、先端が黒混じりの橙《だいだい》に染まる。事務所の人たちの真似をして思いっきり肺に吸い込んだら盛大にむせた。げほごほやりながらじわり、目尻に涙が滲む。

(やっぱタバコなんてうまくもなんともねー)

中高と陸上部だった浅緋は、部活に顔を出さなくなり髪の色を変え、堂々とピアスを開けるようになっても煙草には手を出さずにいたのだ。だがつい最近、上村に煙草も吸われへんの？　と半笑いされてついに買ってしまったのだ。

――ジブンほんま、顔がキレーで腕っぷしが多少使えるってだけなんやな。

――浅緋くんこの仕事向いてへんのと違う？　クソ生意気なくせに、いざとなると意気地がねえとか笑える。

高校での先輩、上村は爽やかを絵に描いたような人だった。だが浅緋がこちらで再会した時には慣れない関西弁を使い、妙に浮いたジャケットで肩で風を切って後輩に怪しげなバイトを勧めるような男になっていた。喧嘩以外で人を傷つけることに躊躇《ちゅうちょ》している浅緋をせせら笑い、お前のその顔なら他にも稼げるぞ、などと妙なことを言い出すこともある。

どんな男であれ先輩ではあるし世話にもなった。そもそも誘いに乗ったのは自分で、今さら辞めたいなんてカッコ悪くて言えない。変なプライドが邪魔をして自分の行く道をふさいでいるのもわかっていた。だが、

「向いてねえとか、そんなこと知らねーよ……。こっちが聞きたいくらいだっつの！」

整然と並ぶドリンクのサンプルに向かって乱暴な言葉を投げつける。はっとして浅緋はあたりをそっと見回した。ここまでくるともはや怪しい人間として通報されるのではないか。そんな自分が情けなくなって、彼は自販機にだらしなく肩を預け、スマホを取りだした。

『元気にしていますか。連絡ください』

母代わりの人からの短い言葉には、気遣いと、多分諦めも含まれている。

妙に堅苦しい文面に育ての両親の真面目さが滲み出ていて、それが浅緋を余計にみじめな気分にした。すでに亡くなった実の両親にまで申し訳ない気持ちになる。


——浅緋、あさひ。お前にも、きっと光の刃は宿っているよ。けれど、そんなものがなくても、誰かを護れるんだ——


父親は幼い浅緋を庇う形で亡くなった。おぼろげな記憶のなかでいつも、父は優しく笑っている。そうして語りかけるのだ。お前は人を護れるよ、と。だが今の浅緋は到底死んだ父の望んだ姿ではない。彼はやるせない気持ちで空を仰いだ。せせこと雑居ビルが建ち並ぶ上には、いびつな縦長の形に切り取られた群青色が細く伸びている。

小さなころは走るのが好きだった。

風といっしょになれる気がして、故郷の緑のなかをぐんぐん走りまわって遊んだ。どこまでも足は軽く、青空の下、いつかは飛べそうな気分にさえなれたのに。冷たい空にぴたりと張り付いた蜜柑《みかん》色の月を仰いで、浅緋は携帯をポケットに突っ込んだ。

（今日はダメだ。なんか、辛気臭いことばっかチラつく）

拗《す》ねたように口をひき結んで、まだ長い煙草を足元に放り投げた。ずりずりとスニーカーの裏で火を潰す。目の端で照明がちかちかと明滅して、なんだか視界がうるさい。浅緋は自販機に目をやった。無機質な光を放っていた照明はいま怯えたように明暗を繰り返している。やがてふっと消えて、あたりは濃い闇に包まれた。明かりにまで嫌われている。浅緋はち、と舌打ちして歩きだそうとした。

何かいる。

目の端に何か映り込んだ。プラスチックゴミ箱の横、ビルとビルの隙間に、真っ黒な、暗闇よりも黒いかたまりが蹲《うずくま》っていた。浅緋は眉を寄せて、じっと目を凝らした。生命を全く感じさせないその塊が、なぜか彼を惹きつける。『雪』での会話のせいでオカルトめいた考えがよぎり、思わず一歩、暗がりへと踏み出した。

もぞり。目の前のそれが蠢《うごめ》いたように見えた刹那、

「う、わっ！」

つめたく、どろりとしたそれに足首を掴まれた。ぞぞぞ、と皮膚が一気に粟立つ。彼は足首をもげそうな勢いで振り回して、気色の悪い感覚を振り落とそうとする。

「クソ！　くっそ！　離せよ！」

浅緋の抵抗に怯んだのか、絡みつくような感覚は突然消えた。ビルの隙間に何かが這っていくような気がしたが、もう何も見えない。

彼の大声の残響と、薄闇が奥までひたすらに続いているだけだ。急に力が抜けてしまい、浅緋はコンクリ塀にもたれほうっと息を吐く。

（なん、なんだったんだアレは。気持ちわりー）

鼠や犬や、そういうものとは確実に違う。生き物の気配ではなかった。心霊や怪奇などとは無縁の彼にとってさえ、あの黒いものが生物ではないことは本能で感じられた。人気のない薄汚い路地で、自販機はさっきの慌てっぷりを笑うようにいつのまにかランプを白く点灯させている。

光が反射したのか、ディスプレイ用のウィンドウに映った自分の目が金色に見える。浅緋はどきりとした。なんなんだよ、と彼はアッシュグレーの髪をかきあげ空を仰ぐ。

指先がまだ、微かに震えている。見上げた先の群青の空に星はなく、ぺたりとした月がひとつ、さっきと同じに浮かんでいるだけだ。寝覚めの悪い夢でも見たような感覚に、彼は乱暴にアスファルトを蹴りあげてその路地からさっさと抜け出すことにした。

まだその瞳が金に輝いていることに気づくことなく、浅緋は足音荒くその場を後にした。

＊＊＊＊＊

薄いカーテンごしに、朝の光が瞼をぼんやりと撫でる。同時に軽快なアラーム音が頭の上から聞こえてきた。

「さっむ……」

布団を被り直し、そのままもう一度ぬくぬくとした微睡《まどろ》みの底に潜ろうとするのを容赦なく断罪してくるアラームにむかって、浅緋はシーツをたたくように片腕を這わせた。手探りでスマホを探し当てると停止ボタンを力任せにタップする。そして布団の隙間から天井を睨みつけた。眉根を思いっきりよせてひとしきり眠気と戦ったあと、掛け布団を派手に蹴り上げスプリングをぎしぎしいわせながら身を起こす。

朝から気が重い。原因は目を開ける前から頭にあるあのメッセージだ。一晩たっても世界は何も変わっていない。

『朝イチで事務所に来い』

怒られること必定の呼び出しに、はりきって起きるやつなんかいるかよ、と浅緋は冷たい床に素足のままそのそと洗面台へ向かった。

青空に、朱の鼓《つづみ》を縦に伸ばしたような優美な美しさで佇《たたず》む神戸のランドマーク、ポートタワー。浅緋の勤める金融会社の良い点と言えば、窓からいつもこの赤い建造物が見えることくらいだった。

　立ち並ぶ雑居ビル群の一つに重い足取りで入っていく。狭いエレベーターに乗り込んで、六階で降りれば目の前が会社の事務所だ。薄いドアの向こうから、電話のやり取りが激しいのから猫撫で声まで四六時中聞こえてくる。軽く深呼吸して、彼はドアを開けた。

「おはようございます。昨日はすみませんでした！」

　足を踏み入れるなり頭を下げる。煙草の煙が幾重にも重なって浅緋を襲った。紫煙が顔にまとわりつくようで思わず息を止める。それまで談笑していた室内に訪れる沈黙。それを破って憤慨した声が飛んでくる。

「すいませんじゃねえよボケ。さっさともっかい行って来い、何度でも行って来い、帰ってくんな！」

　上村はずかずかと歩み寄り、浅緋の目の前に鼻息荒く指を突きつけた。相変わらず似合わない派手なジャケットを着ている。

「お前、ほんまに使えへんな！　俺言うたよな。あいつから有り金巻き上げて来いって」

「すみません。でも……」

「足引っ張ってるだけなん分からんのマジで。後輩やからって庇い切られへんでもう」

　妙な関西弁で目をむいてくる先輩に頭を下げるしかないのが悲しいところだ。とげとげしい空気に浅緋はいたたまれない気持ちになった。

「あー、おはようさん。浅緋くん、やったかな。こっち、来てくれる？」

　のんびりとした声が聞こえた。副社長の、といっても社員十人にも満たない組織ではあるが、野田《のだ》さんが浅緋を手招きしていた。部屋の空気がさらにぴんと張りつめる。社員にはやたらと厳しく怖いらしいが、その下の連中には優しいと聞く。

「昨日の取り立て、失敗したんやって？」

「は、い。すみません……。今日必ず回収してきます」

「いやまぁ、それはもういいわ。どうせ君には無理やろ。それよりもっと、簡単な仕事頼もかなと思って」

浅緋は思わずきっと顔を上げた。野田の眼は少しも笑っていない。言葉でも、視線でも、お前は役立たずだとはっきり告げられて言葉に詰まる。

「こっち、この、西崎《にしざき》くんを探して欲しいんだよね」

野田は履歴書らしきものを浅緋に見せた。

「彼、いいお客さんだったんやけど、ここ何回か支払いが滞ってるんよね。家に帰ってないみたいやねん。こっちに迷惑かかるのは困るから、早めに見つけてほしい」

野田はそこで初めて微笑みらしきモノを浮かべた。

「うちの連中がうろうろすると、ほら、目立っちゃうから。君なら歳も近いし友だちだって言っても通じそうやん？」

顔写真と住所が記された紙を渡される。浅緋は無理な取り立ての手伝いではないことにすこしほっとした。

「あの、見つけるだけでいいんすか？」

「うん。とりあえずその場で連絡ちょうだい。君は手え出さんといてな」

野田はさらりとそう言って、じゃよろしく、と視線を手元に戻した。もう浅緋を見ようともしない。その場の人間たちの冷めた視線に身が縮こまる思いがした。もう、絶対に失敗できない。

「……はい」

善悪はさておき、他人から期待されないというのは堪《こた》える。情けなさが浅緋の心の隙間にじわじわと根をはる。陸上をやめた時と同じ、薄寒い感覚が身体を縛って、彼の本来持っていた快活さや豪気な面を覆い隠していく。これくらいはほんま頼むでと背中に声をかけられ、追い出されるようにして彼はビルを後にした。


三月の清々しい空気は、煙草の煙をまとった浅緋の身体だけを避けて流れていくようだ。青空の下、港町の朝の雑踏は悔しくなるほど前向きで、爽やかに彼を置いていく。

(オレ、この先、どーなんのかな。このまま擦り切れていくんだろうか。なんか大事なもんとか、あんま感じなくなんのかな)

最近彼にしつこくまとわりつく漠然とした不安と焦りはなぜか、昨夜のどろりとした黒い塊を思い出させた。

夕方が近づくにつれ、痛いくらいに眩しかった西陽は、浅緋の後ろで徐々に雲に侵食されてゆく。かつては落ち着いたベージュだったらしい、灰色の建物の向こう側では紺色が空に急速に広がりはじめていた。小さな二階建てアパートの前で浅緋は野田から渡された紙切れをもう一度確認した。場所は合っているが、人の出入り自体ほとんどない。

紙切れには男の来歴が載っている。

捜しているのは西崎拓也《たくや》二十三歳。関西の有名大出身だが就職に失敗し今はアルバイトで食いつないでいる。最近はギャンブルに目覚めたのかかなりの大金をつぎ込んで、大手からは借りられなくなり、この会社にたどり着いたらしい。ヤミ金の顧客としては典型的なパターンだ。

ポストに幾重にも詰め込まれたピザ屋や廃品回収のチラシが西崎の不在を強調している。二、三時間前に来たときも鍵はしまっていて応答もなかった。アッシュグレーの髪をがしがしやりながら、浅緋は夕空を仰いだ。どうすっかな。

(こういう場合はどうにかして行き先の手掛かり探さなきゃならねーんだろうな)

他の社員が忍び込もうとしているのを何度か見てきた。そのたびに、まるで空き巣じゃんとあきれていたのだが、いよいよ自分もそんなところまで来てしまった。

野田の、債務者を見つけてねというのは暗に何でもやれと言っているのと同じだ。浅緋は嫌悪感で身震いした。これでは用心棒よりなお悪い。古びた建物は変わらずのっそりと立っている。ふんぎりがつかないまま、浅緋は塀の横でうずくまり、悶々としながら西崎の部屋を見つめ続けた。

やがて美しい夕焼けは完全に紺青へと色を移した。

建物をにらみ続ける浅緋の前を何かが横切る。あれ、と目を凝らすと一匹の黒猫がアパートの階段を軽やかに飛び降りてきたところだった。太いしっぽがくるんくるんと回る。

『cafe&BAR 雪』の黒猫だ。

（あいつ、何でこんなとこにいるんだ？）

ここは『雪』のある北野周辺からはだいぶ離れている。迷ったのかと心配する間もなく、猫はしっかりとした足取りでそのまま走って行ってしまった。

首をかしげつつ、浅緋は猫の出てきた方に目を向ける。いつのまにか、西崎の部屋のドアが少しだけ開いていた。やった！　と心の中で叫んで階段へと走り寄る。空き巣の真似なんてごめんだと思っていたのだから、このチャンスを逃がすわけにはいかない。

音をたてないように階段をのぼり、ドアに近づいた。逃げられては困るので、そっと身を滑り込ませながらすみませーんと小さな声で呼びかける。奥がベランダになっていて中は薄暗い。電気もついていなかった。

玄関から延びた短い廊下の数歩先はもう部屋になっていて、造りは浅緋のアパートとそう変わらない。だがその二、三歩分しかない廊下には紙袋や雑誌などが散乱し足の踏み場もない。どんよりとした濃い空気が詰まっている。浅緋は慎重に奥の方へ声をかけた。

「にしざき……」

思ったよりも声が掠《かす》れてしまい、言葉は奥へ吸い込まれていった。と、あたりの空気がざわざわと動き出す。構わず足を前に進めると、つぎは異様な光景が目に飛び込んできた。部屋の一番奥でひとの身体が転がっているのが見えたのだ。ベランダからの薄明かりが、そのシルエットを浮かび上がらせていた。

(西崎の奴、体調わるくてぶったおれてんのか?)

急に不安になり、浅緋はもう一歩、雑誌の山を踏みしめた。そのとき、西崎の傍らにもうひとつ、別のものがいるのに気付いた。

薄暗い部屋のなかで、真っ黒な何かが横たわる身体に覆い被さろうとしている。ドロドロとした影のようなそれには顔も、頭も、何もない。ずずず、こぽこぽと妙な音をたててそれは西崎へと近づく。気を失っているのか、男は全く抵抗しない。浅緋の前で西崎の姿が黒いどろどろの中に埋まってゆく。

喰われている。ひとが。

浅緋は声を上げるのも忘れてただ、それを眺めていた。かすかなうめき声が漏れ聞こえる。はっとわれに返り、浅緋は大声を出した。

「おいっ、やめろっ!」

不気味な影に突進するべく、浅緋はひゅっと息を吸いんで駆け出した。廊下に散乱した雑物を大股で飛び越え、異様な物体めがけてジャンプする。そして思いっきりかかと蹴りを食らわせた。

衝撃でぐらんと揺れたそれは、下敷きにした身体からよろよろと剥がれる。泥のなかに足を突っ込んだような感覚にぞくぞくと鳥肌が立った。けれどももともとの喧嘩っ早さもあって、浅緋の身体のなかでアドレナリンが駆け巡りだした。無我夢中で攻撃を続ける。

「気色悪いんだよ、さっさと離れやがれっ！」

昨日、あの暗い路地で自分にまとわりついてきたものと同じだ。ぬらりとした感触に浅緋はそう確信する。すると今度は無性に腹が立ってきた。そうなると、西崎を助けるというよりも、前回の仕返しだとばかりに思いっきり拳や蹴りを叩き込む。

闇のなかでごぼ、ごぼん、とくぐもった妙な音と、浅緋の短く荒い息遣いが響く。黒い塊は浅緋の攻撃で何度も怯むが、消える様子はない。そのうち浅緋の息が上がってきた。それを見計らったかのように、肩甲骨の間に鋭い痛みが襲う。

「いって！」

炎であぶられたような熱さと一緒に得体の知れない感覚がそこから入り込んでくる。影はいつのまにか浅緋の後ろに回り込んでいた。背中にぽかりと穴があいて、何かとぽとぽと注がれている。それがイメージなのか現実なのか浅緋にはわからない。耳が熱い。頭も沸騰するようだ。混乱し始めた彼の意識のなかで、どこか見覚えのあるシーンがいくつも勝手に描き出されてゆく。

いま、彼の目の前には、陸上競技場が現れていた。

視界いっぱいに広がる赤土と、整然とならんだスターティングブロック。そして抜けるような青空。そこにはユニフォーム姿の少年たちがいた。みんなぴょんぴょん、と軽く跳ねて準備運動をしている。浅緋はその中に自分の姿を見つけた。あれは、走ることが大好きだったころの明るく強い目をした自分だ。

（なんでこんな、とっくに忘れてたようなこと……）

不思議な、すこし眩しい気持ちで見ていると、突如ひざに激しい痛みを感じた。思わずひざをつく。気づくと今度はのっぺりとした白い空間にいた。部活の仲間が心配そうな表情を浮かべてベッドを見つめている。

（ここは、病院。怪我したときに運ばれた……）

いつのまにか浅緋は目の前に次々と現れる情景を食い入るように見つめていた。

高校生になっている彼はうつろな目をして天井を見上げている。仲間たちはひとしきり同情の言葉をかけたあと、ぞろぞろと競技場へ戻って行く。浅緋をベッドの上にひとり、置き去りにして。白いカーテンがさわさわ揺れる。もうそこには、あの快活な少年はいなかった。場面が切り替わって、数人相手に暴れている自分が見えた。殴りかかってくるチンピラに蹴りを入れ、その襟を掴み上げる。血走った目には鬱々とした怒りしかない。

（もう、やめてくれ）

初めて人を殴った時の痺れるような指の痛みが蘇る。相手の怯える瞳には、不機嫌に歪んだ口元が映っていた。黒い影はそのシーンをなぞり、さらにとぷとぷ、やけに嬉しそうに浅緋のなかを流れてゆく。最近の彼に根を張りつつあった焦りや劣等感といった暗い感情ごと彼を飲み込もうとしているかのようだ。

浅緋は奇妙な安堵感を覚えた。ゆるゆる、とろとろ。なぜかなめらかで甘い心地よさ。

（なんか、このまんま、こいつに食われるのもありか……もうめんどくせえ）

昏い感覚に身を委ねて、何もかもを終わりにしたい、そんな想いが湧いて出る。蜜のような誘惑に、彼は瞼を下ろしかけた。

――浅緋、あさひ。お前にも、きっと光の刃は宿っているよ。けれど、そんなものがなくても誰かを護れるんだ――

ふいによみがえった父の言葉。浅緋はぱちりと目を開いた。ころがったままの西崎の土気色の顔が飛び込んでくる。

彼は頭をぶるんと振ってしっかりその黒い影を見た。頭部にはナイフで切り込みを入れたような線が二本、こちらの様子を窺いながらゆっくりと、嫌らしく弧を描く。笑っているのだ。

（何考えてんだオレは。こんな気色わりい奴に頭んなか入ってこられて）

「にやにやしてんじゃねえ！」

再び怒りが湧き上がってくる。嘲るような目を向けられ、頭がかっと燃えあがる。弾ける感情にまかせて浅緋はぐるりと身体を捻った。

首を絞めてやろうと化け物の後ろから両腕を回す。相手が人間ならいつも間違いなく倒している型にもちこんでみたが、実体があるのかないのかわからない相手には当然あまり効いていない。ぐるるるとうなりながら再びぬるりゆるりと、浅緋の身体を覆うように広がりだした。

「やめっ……。しつけーんだよ！」

視界が真っ黒に染まり、意識が沈みかけたそのとき、

「目を閉じるな！」

まっすぐな、凛とした声が闇を裂いた。それは、光となって浅緋の意識を明るく照らす。

「あきらめれば喰われるぞ」

「うるせー！　あきらめてねーし！」

彼は見えない声の主に向かって叫ぶ。

「けどこいつ、ケリもなんも効かねーんだよっ。くそ」

「その黒いのは生身では倒せない。意識のあるうちに身体を離して逃げろ」

「んなことできるかよ！　こいつっ、めちゃくちゃムカつ、くっ……。ぜってえぶっ倒す！」

化け物が背中に入り込む感覚を無視して浅緋は強がった。闇の向こうで、チッと大きな舌打ちが聞こえた。

「どいていろ」

有無を言わせぬ鋭い声とともに風が吹き、浅緋は吹っ飛ばされた。壁にぶつかり強かに腰を打つ。顔を上げた目の前でもう一度、風が唸りをあげた。一筋の閃光がはしり、頰をひゅんとかすめる。その瞬間黒い塊が真っ二つに裂けた。

光のもとは刀だった。光を纏う太刀がまっすぐ飛んできて、黒い化け物を切り裂いたのだ。からんと涼しげな音をたて、輝く太刀は床に転がる。

「あっぶねーな。何すんだよ！」

尻餅をついていた浅緋は急に身体が軽くなったのを感じた。傍に落ちた刀の柄を素早くひっつかむ。ずしりと重たい。

（これって刀……だよな？　本物？）

刀身は微かに柔らかな光をはなっている。一体何が起こっているのかわからないまま、魅入られたように刀を見つめる。

「無事か？」

落ち着き払った声が聞こえる。すました問いかけ方に浅緋はきっとなった。

「無事かってなんだよ。人のこと吹っ飛ばしといて！　オレがぶっ倒すって言ったろーが」

「逃げろと言ったのにお前がどかないからだ」

どうも聞き覚えのある声音だ。浅緋は声の主を見あげた。いつもはきっちりと括《くく》っている黒髪をばさりと下ろし、カマーベスト姿で右手を白く輝かせて仁王立ちになっているのは、『cafe&BAR 雪』のオーナー、桐夜だった。狭い部屋のはずなのに、彼が立っているとなぜかとても広く見える。空間が恭しく彼のために広がりを見せているかのようだ。

闇のなか、切れ長の眼は爛々と金色《こんじき》に輝き、口元を怒ったように引き結んでいる。そこには店で見る穏やかな物腰とは全く違う、人を寄せつけない冷たさがあった。なぜか傍に、あの黒猫がぴたりと寄り添っている。

「え……？　アンタ、『雪』の？」

浅緋の前につかつかとやってくると桐夜は「怪我はないか」と短く尋ねた。

あっけにとられている浅緋はああ、だかうん、だかよく分からない音を出した。『雪』のオーナーはさっさと西崎の方へ向かう。ぐったりと気絶したままの身体を片手でひょいと抱き起こし顔を覗きこんだ。

「まだ生きているな」

安心したように呟くと、浅緋を振り返った。まだ彼は金色の眼をしている。両の瞳のなかで、黄金の炎が躍っている。

「返しなさい」

「え？」

「聞こえなかったのか？　太刀《たち》を返すんだ」

いつもは浅緋に丁寧なしぐさで給仕する手が、今は物騒なことに、刀を要求している。

「ちょっと待てよ。他に言うことあるだろうが。あの化け物なんだよ？　それにアンタなんでここにいんの？　あとその眼！」

それカラコンだろしかも刀ってなんだよとまくし立てる浅緋に、桐夜は少し迷惑そうな表情をした。と、桐夜の背後で新たに黒い塊が動き出した。もぞもぞとものすごい速さで大きくなって、中心で闇が渦を巻き始めている。

「あ、あぶねー！　アンタの後ろ。また出たぞ！」

桐夜は西崎を抱えたままだ。浅緋は咄嗟に立ち上がり、持っていた刀の柄を握りしめて構えた。

「何している。刀をこちらに渡せ」

店での口調とは正反対の鋭い声音に浅緋も負けじと言い返す。

「アンタはそいつをしっかりかかえとけ。この刀で叩き斬りゃいいんだろ？」

「馬鹿なことを言うな。お前では無理だ。奴に喰われたいのか？」

焦りを含んだ口調に浅緋は怒鳴り返した。

「だから！　最初っからオレがぶっ倒すって言ってるだろーが」

ぐっと足を踏ん張り、刀を握る手に力を籠める。彼に応えるように刀身に光が走り、身体の中に清廉な気が流れ込んでくる。沸き起こる力を感じながら、浅緋は黒い塊めがけて突進していく。

「……ヒトのデリケートなトコを覗きやがって、お前ら胸糞悪いんだよ!!」

化け物の真ん中に身体ごと太刀をぶつける。

ごぽんと音を立てながら刃がのめりこんでゆくのが見えた。やった、と思った瞬間、最後のあがきなのか、影は浅緋の昏い記憶に再び手を伸ばそうとしてくる。くらりと視界が歪んで、足がもつれそうになる。

「集中しろ！　光を叩き込め！」

鞭のようにしなる桐夜の声に、浅緋は柄をぎゅっと握りなおした。光を、叩き込む。

黒い渦へとねじ込んだ刀身を、力任せにまっすぐ上へ。閃光が嬉しそうに、刃先を駆け上る。浅緋は、光が、自分のなかから出たのを確かに感じた。浄らかなそれは、彼の頭の中にひとりの男の姿を映し出す。何百年も昔の戦装束に身を包み、刀を構える一人の男。その瞳は金色に輝く。

だが黒い化け物が溶けるようにどろどろと形をなくしていくのと同時に男の姿は霧のように薄くなり消えてしまう。あとには、ベランダに差し込む月が部屋を青く照らしているだけだ。はぁはぁと肩で息をしながら、浅緋は狭い部屋の壁にどっと背中を預けた。

「ほら、オレにだってできただろ」

ひどい疲労感と、妙な満足感にひたりながら浅緋はカマーベストの人物を見上げる。

『雪』のオーナーは未知の生物でも見るような目でこちらを見下ろしていた。

ふと目をやった窓ガラスに、精魂尽き果てた感じの自分が映っている。アッシュグレイの前髪の下、その瞳が黄金に揺らめいている。

「あれ」と、思わずごしごし目を擦る。もう一度見ても、浅緋の目は変わらず爛々とした金色だ。信じられない思いで桐夜を振り仰ぐと、彼も黄金にきらめく瞳で見返してきた。驚きでひと際輝きが増して見える。

「なん……なんだこれ……」

影が去ったうす暗い部屋に、震える声が響いた。

＊＊＊＊＊

浅緋は病院があまり好きではなかった。夜中は特に。ぺたりとした床の感触も、時おり響く足音も何もかもが落ち着かない気分にさせる。クリーム色の壁と天井が迫ってくる気がして、彼は居心地悪そうに丸椅子に座り直した。とっくに治ったはずの膝の傷がちくちくとする。

今は夜中に近い時間で、大部屋の病室にいてもベッドの軋みひとつひとつが大きく感じられる。六人部屋の一番窓際のベッドに寝かされた西崎は、静かな寝息を立てていた。

名前と、借金歴しか知らない男の付き添いとして、浅緋はこんなところまでついてくる羽目になってしまったのだ。

（なんでオレがこんなとこいなきゃなんねんだよ）

愚痴をこぼしつつ、西崎の真っ白な顔を見る。というのも、あの信じられない出来事のあと、桐夜は姿を消してしまったのだ。

得体の知れない黒い影が消えると、狭く雑然とした部屋の風景が戻ってきた。夜風がさあっと通り抜ける。桐夜がベランダの窓を開けたのだ。ひんやりと冷たい流れは、浅緋の身体にまとわりついていた澱んだ空気もすっきりと紺の空へ流していくようだった。月が室内を薄く照らす。

桐夜は男の身体を担いだまま、浅緋を見下ろしていた。何を考えているのか表情は読めない。月の光が整った横顔に陰影を作る。

いつのまにか桐夜の瞳は落ち着いた灰墨色に戻っていて、浅緋は膝をついたままガラス窓に近づき額をくっつけるようにして自分の目を覗き込んだ。浅緋の瞳も、普段の見慣れたものだ。何かの偶然なのか、光が反射したのか、とにかくほっと息をつく。次に彼は抱えられた西崎を見る。こちらはピクリとも動かない。

「そいつ、大丈夫なのか……」

とりあえず眼のことは置いておいて、浅緋はおそるおそる西崎の顔を覗き込んだ。

「だいぶ消耗してるが、生きてはいる」

桐夜は片手で携帯を取り出すと、慣れた様子で電話をかけた。口ぶりからして、救急へと連絡したようだ。事務的なやりとりのあとすぐに電話を切る。

「ほんとかよ？　だってアレに、あの黒い化け物に喰われそうになってたんじゃないのか……？」

そんな恐ろしい経験をして、無事であるはずがない。そう思うのと同時に、

（化け物に喰われる……ってなんだよ？）

と言葉のあまりの現実味のなさに自分でツッコミを入れてしまう。乱雑な部屋には、先ほどの痕跡は何もないのだ。けれども浅緋はまだ、手にしっかりと太刀を握っていた。か

すかに光を纏っている。

(この刀で、あれを斬ったのか。オレが)

そう思うと妙な高揚感で肩がぶるっと震えた。

桐夜は西崎を下ろすと、浅緋に向き直り膝をつく。刀の柄をきつく握ったままの腕に触れ、ゆっくりと引き離してゆく。やけに冷たい手だ、とぼんやり思った。

黒猫は桐夜のそばで、その様子をじっと見ていた。吸い込まれそうな青い瞳が縦に細められる。桐夜は鞘を取り出し、刀をするりと納めた。

黒塗りの鞘はかなり年季の入った物のようで所々、焦げたような斑点が散らばっている。ずいぶんボロいなというのが素直な感想だった。刀身がその鞘に沈む時、淡い光は一瞬、拗ねたようにきらりと瞬いた。

「さて」

『雪』のオーナーは立ち上がる。長身のせいで、部屋がなんだか狭く見える。ぱきっとしたカマーベストが荒れた部屋でひときわ異彩を放っていた。なんでこの男はこんなかっこでここにいるのだろうと首をかしげる間もなく、桐夜は玄関へと向かう。

「私は帰る。すぐに救急車が来るだろう。その青年を運んでもらえ」

「え、ちょ……っと待てよ！　なんでオレがっ!?」

「この青年に用事があったんじゃないのか？」

桐夜は無表情でくい、と顎で指し示した。

「そうだけど、でも！」

なんの説明もなしに置いていかれてはたまらない。浅緋はぐるぐるする頭で言葉を探す。けれども何から聞いていいのかもわからない。

「と、とにかく意味わかんねえことばっかりなんだよこっちは。アンタ、なんか知ってんならちゃんと説明してくれよ！」

浅緋も立ち上がり、いらいらと足を踏み鳴らした。桐夜は聞き分けのない子を前にした大人のようにため息をつく。

「あれは呪魔《じゅま》といって人間の魂を喰らう魔物だ。その青年もお前も心が弱ったため呪魔の餌として標的になった。だが、この太刀で滅した。以上だ」

彼は再びくるりと背中を向けた。

「ちょ、オイ、それだけかよ！」

「そうだ。事態はおさまった。その人間は何も覚えていない。お前も今日のことは忘れろ」

「はぁ？　何言ってんだよ！」

浅緋の抗議に耳も貸さずそのまま行ってしまったのだ。黒猫は、浅緋のまわりをくるりとまわってみゃおと鳴いた。そして、同じように姿を消した。一瞬だけ、興味深そうに彼を振り返りはしたが。

そうしていま、浅緋は見ず知らずの男の寝息を聞きながら病院のパイプ椅子にぽつんと座っている。

(あんなもん、簡単に忘れられるわけねーだろ)

当直の医師は、西崎は軽い脳震盪《のうしんとう》を起こしているだけだと言ったが、そうではないことは浅緋が一番よく知っている。この男の身体の中に魔物が入り込もうとしていたのだ。もちろんそんなこと口が裂けても言えない。逆にこっちが診察されかねない。浅緋は自分の両手を見つめた。あの黒い化け物と、それを切り裂いた刃。

「ていうか、なんなんだよあいつ……」

あのカフェバーの店長に助けられたことは間違いない。こちらが化け物に必死で抵抗していたところに颯爽と現れて、即座に斬り捨てたのだ。正確には刀をすごい勢いでこっちに投げてきたのだが。

(なんか、すげえ慣れた感じだった。あいつ、まじで何者なんだよ)

疑問が風船のように次々と膨らんでは弾ける。彼の言葉を思い出そうとするが、なにせ夢中だったので断片的な記憶しかない。

(ジュマ、とか呼んでたな。あの化け物のこと。なんだよジュマって。ぜんっぜん意味わかんねえ。それから、心が弱ったから餌になったって……、くそ!)

髪をガシガシとかきあげながら浅緋は小さく呻いた。喧嘩で負けなしの自分が弱いなんて絶対に認めたくない。目の前でぶっ倒れているこんな奴と一緒になんてされたくない。

西崎がかすかに身じろぎした。あの男は、「この男は何も覚えていない」と言ったが、本当に記憶はないのだろうか。土気色にこけた頬は、自分とそんなに歳も変わらないはずなのに、ひどく老けて見えた。西崎が相当追い詰められていたのは間違いない。なにせヤミ金から逃げようとしていたのだから。就職に失敗してギャンブルにはまり、気づけば金も職もない、となればそりゃあ心は弱るだろう。けれど。

浅緋は知らずしかめっ面になってしまう。目の前で滾々と眠る西崎。ジュマがどうとかではなく、多分この男と自分に、大した違いはないのだ。どこへ向かえばいいのかわからなくなっている。浅緋はいたたまれない気持ちで、拳を握りしめた。激しい黒渦の中でただひとり、凛と立っていた桐夜の姿が浮かぶ。対して、自分はいったいどうだ。

彼は、病室の白いカーテンを見つめ続けた。

＊＊＊＊＊

『cafe&BAR 雪』の重たいドアを荒々しく開けた桐夜は、のろのろと店の中へ入る。

黒拵えの鞘をごとりとテーブルに置き、美しく整列したグラスのなかからひとつを無造作に手に取った。蛇口から水が勢いよく飛び出す。溢れるほどに注いだグラスを、水しぶきが袖を濡らすのもかまわず一気にあおる。乱暴に口を拭うその手は微かに震えていた。

カウンターに両手をついて俯いていると、いつのまにか、あの黒い猫がすぐそばにいた。

「あの子は金眼だったな。桐夜」

黒猫が静かに語りかけた。黒髪を垂らし、桐夜はうつむいたまま小さく首を横に振る。

「そんなはずないだろう。ナギ。月の光のせいに決まっている」

鬼人は滅んだんだ。残っているのは私と、あの男だけだ。

桐夜の言葉を、ナギは穏やかに否定する。

「どこかで引き継がれたんだ、あの子に」

桐夜はナギをまっすぐに見た。

「だとしても、私とは関わりない」

＊＊＊＊＊

結局、浅緋はその夜家に帰ってもほとんど眠れなかった。

西崎の枕元にメモを残し病院を後にする。追われていることを知らせるのが今の彼にできる精いっぱいだ。その足で『雪』の前に行ってみたが深夜の北野坂は人っ子一人いなかった。店の扉は閉ざされており、黒々とした建物が静かに聳《そび》え立っているだけだった。

浅緋は、元町通まで一気に駆け下り、自分のアパートに走って帰りついた。

スニーカーを脱ぎ捨て、バスルームへ飛び込む。蛇口を思いっきりひねり、痛いくらいの強さで飛び出す熱いシャワーを頭から浴びた。もうもうとあがる湯気で浴室は真っ白になる。背中を叩く熱い湯で、まだ穴が空いているような感覚を押し流そうとする。もっともっと。全部流してしまわないと。

そうやってどれだけ浴び続けていたのかわからない。濡れた身体のまま浅緋は浴室を飛び出し今度はベッドに倒れ込んだ。

身体は疲れているはずなのに、目を閉じると、様々な断片が頭のなかで躍りだす。何度も寝返りを打っているうちに、カーテンの向こうが薄明るくなってきてしまった。一晩中悶々としたあげく、彼は夜明けとともになんとか一つの結論を出した。

がばりと身を起こす。

(ぐちゃぐちゃ考えるのは性に合わねー。とにかく『雪』へ行くしかないだろ)

オーナーの桐夜に会って、話を聞くのだ。自分に何が起きたのか。彼はなぜあの黒い影を知っているのか。なぜ倒せるのか。そして。

顔をざぶざぶと冷たい水で洗う。鏡に映る眼は、いつもと同じ色だ。あのとき、この眼が金になったのはなぜか。

(こっちは聞きたいことだらけだっていうのにあのひと、全部忘れろなんてよく言うよな)

彼は苦笑いした。やることを決めると気持ちがすっきりする。早いところ『雪』に行かなければとTシャツに首を突っ込んだところで、浅緋は動きを止めた。もう一つ、やることができたのだ。

表情をちょっと引き締めて家を出た。圧倒的寝不足だが、午前中の風が気持ちいい。バイクを売ってしまったことを少し後悔しつつ早足で港街へと向かう。

ショッピングモールはまだ開店前で商店街を歩くのは出勤前のビジネスマンばかりだ。スカジャン姿の浅緋はそのなかを自分の勤め先へ向かう。六階にある事務所は幸い、先輩の上村と野田だけが出社していた。

昨日、西崎が体調を崩し病院に搬送されたことを報告した。病院名をわざと間違えて伝え、さらに今は面会謝絶だと嘘をつく。上村は、「すぐに出かけるぞ。はよ準備せえ」とピンクのジャケットを羽織った。だが浅緋は野田のデスクへむかい、頭を下げた。

「野田さん、オレ今日でここ、辞めさせてください。おねがいします！」

上村はそれを聞いて顔を真っ赤にした。浅緋の襟首をつかみながら、「はぁ？　何言うてんねんお前。俺がわざわざ誘ってやったのに顔潰す気かコラ」とすごんだ。

だが、浅緋は引き下がらなかった。ここをクリアできなければ次へ進めない。

朝の煙草を美味そうに吸っていた副社長は「まあまあ。ええがな上村」と片手を上げた。

「かまわへんよ。辞めてもらって」

野田は次の煙草に手を伸ばす。彼はあっさりと退職願いを受け入れる気らしい。

「え、ほんとすか？」

「野田さん！　そんな……」

上村は戸惑いを隠せずに上司を振り返る。何かしらの制裁を覚悟していた浅緋も、拍子抜けした。

「別に浅緋くんが辞めたところでうちは困らんしね」

そう言って煙を吐きだす。嫌味に顔が一瞬こわばったが、浅緋は黙って頭を下げ続けた。傷ついていないわけではない。けれども浅緋は、今ここで動かなければこの先どこにも行けなくなるような気がした。

「今までお世話になりました。ありがとうございました！」

「はいはい。こちらこそ慣れへんことしてもらってありがとね」

最後にもう一度深々と頭を下げ、足早にビルを出る。浅緋は空を見上げ、瑞々しい空気をいっぱいに吸い込んだ。自由になったことへの少しの不安と、今までにない昂揚感を交互に感じながら、今度は北へと向かう。これで少なくとも、他人の命令でひとを傷つけなくてすむ。

（まぁ、無職になったけど）

だんだんと急な坂道になる異人館通りを歩く。いくつもの細道のひとつに『雪』の入る建物が見えてきて自然と背筋が伸びた。ここに来るのはいつも夜だったから、陽に照らされた石塀がなんだか不思議だ。

ヨシ、と小さく気合を入れて、浅緋は建物に近づいた。扉に何やら貼ってある。近寄ってみると、「本日休業」とものすごい達筆で走り書きされた半紙だった。

「はぁ？　休み？」

思わず口から変な声が出た。閉ざされたドアは昨日のままで、建物も静かだ。何度かノックしてみたが応答はない。

「なんなんだよ」

出鼻を挫《くじ》かれた浅緋は髪をかきあげ空を仰いだ。

従業員出入口のようなものがあるかもしれないと建物の周りを少しうろうろしてみる。そういえば、西崎を探して昨日も同じようなことをしていた。結局やってることは一緒かよと少し情けなくなる。

建物の裏手に、通用口らしい目立たない鉄製のドアを見つけてノックしてみたがやはり誰も出てこない。

(まさか、あの人昨日化け物とやり合ってどっか具合でも悪くしたんじゃねえだろうな)

西崎の青白い顔が『雪』のオーナーと重なってしまい、浅緋は慌てて打ち消す。どう考えてもありえそうにない。

(どこからどうみてもめちゃくちゃ強そうな感じだったしな、それはねーだろ)

再び店の正面に行ってみるが、開店準備の気配さえなかった。単なる私用だろうかと首をかしげつつ、大きな建物を前に腕組みしていると目の端を黒いものがすっと横切る。浅緋は一瞬ひやりとして眼を凝らした。

「あ、お前」

あの黒猫だ。青い眼をじっとこちらに向けている。浅緋が猫に近づこうとすると、さっと身を翻し塀に駆け上がる。そして建物の裏に消えてしまった。

「あ、おい。逃げんなよ！」

　こうなったらあの猫を捕まえるしかない。あとを追いかけようとしていると、背中から声をかけられた。

「あの、すみません……。もしかして、『雪』のお客さんでしたか？」

「え？」

　見ると、リュックを背負った眼鏡姿の青年が立っている。彼は困ったように眉を下げて浅緋を見ていた。

「すみません。今日は定休日じゃないですもんね。わざわざ早くから来ていただいたのに」

「あ、いや」

「違いましたか？　失礼しました。てっきりお客様かと思ってしまいました」

　あわてて頭をひょこりと下げてくる。浅緋はぽりぽりと頬をかいた。

「店っていうか、桐夜……、あの、店長にちょっと、聞きたいことがあって」

「ああ！　桐夜さんに。そうだったんですね。失礼しました」

　屈託ない態度に浅緋は少し戸惑う。初対面では怖がられる方が圧倒的に多いので、ついこちらもつっけんどんになってしまうが、青年は真面目な顔で続ける。

「僕、今日は出勤日だったんですけど、来たらこの張り紙が貼ってあるだけなんで。こんなことめったにないのでびっくりしていたところなんです。夜営業はたまにお休みされるんですけどきちんと事前の連絡いただけますし」

彼も戸惑っているようで建物を見上げていた。浅緋は思い切って聞いてみる。

「あの、なんとかして会えねー、会えませんか。すごく大事な話があるんです」

青年は眼鏡の奥で目をぱちくりさせた。そしてじっと浅緋のことを見つめてくる。銀髪にいくつものピアス、とがったデザインのスカジャンを羽織る男を警戒するのは当然だろう。「オーナーとはお知り合いですか?」と穏やかに尋ねられて、浅緋は素直に答えた。

「知り合いっていうか、店には何度か行ってるけど、今日はそういう話じゃなくて……えぇと」

こんな青空の下で化け物とか刀とかの話は結構アブナイ気がする。どう伝えたらいいのか浅緋が口籠《くちご》っていると、リュックの青年は小さく笑った。

「僕、今から電話するところなんです。ちょっと待ってくださいね」

青年は携帯を出してタップし始めた。数コールで会話が始まる。

「お疲れさまです。小野《おの》です。どうしたんですか、体調でも……はい、はい」

心配そうに話しているのが浅緋にも聞こえる。

ふと上からの視線を感じて建物を見上げたが何もない。ただ、最上階の窓でカーテンが揺れた気がした。

「では今日は営業お休みなんですね。いえ、大丈夫です。そんなに謝らないでください。いや、働いてないのにバイト代なんてもらえませんよ」

青年は笑って首を振る。

「あの、オーナーと話したいって人とお店の前で会って……ええ、そうです。ぼくと同じくらいの」

言いながら浅緋を見て微笑んだ。

「いえ、でもすごく大事な話って言ってますよ」

どうやら相手は自分と話すことを拒否しているらしい。浅緋は思わず、いいっすか？と手を出した。なんとしても話をしなければ。

青年はわかったというジェスチャーをして、浅緋に電話を渡した。

「もしもし、あの、昨日の、あれ、もっと詳しく知りてー、知りたいんすけど」

早口で用件を告げる。端末画面の向こうでため息が聞こえた。

「早く電話を小野くんに返しなさい。昨夜のことは忘れろと言ったはずだ」

「ちょ、そういう言い方ないだろ。こっちは聞きたいことだらけなんだよ」

「こちらには話すことなどない。あの一件は終わった。君は、もう店にも来るな」

浅緋の頭にかっと血が昇る。彼は低い声で答えた。

「いーや。それじゃ納得できねえな。こっちにだって言いたいことがあるんだ。だから、アンタが答えてくれるまで絶対ここから動かねーからな！」

「勝手にしなさい」

「あーそうさせてもらう」

そう言って鼻息荒く青年に電話を返した。彼は驚いた様子で見守っていたが、我慢できないようにくすくす笑い出した。

「あ、ごめんね。うちの店長とそんな風に言い合うひと、初めて見たから」

「あ、ああ。……そうすか、すみません。せっかく代わってくれたのに切っちゃって」

「ううん、気にしないでいいですよ。僕の話は終わったから。でも、スマホの向こうの桐夜さんの顔、ちょっと見てみたかったかも」

彼は笑ったが、「本当にここでオーナーを待つのかな?」と心配そうに尋ねてきた。浅緋は強く頷いた。会ってくれるまで帰る気はない。青年は少し驚いたように、すごい気合いだね、と言うともう一度浅緋をじっと見つめる。

「君は悪い人には見えないし、オーナーは大人だから大丈夫だと思うけど、あまり、困らせないようにね」

真面目な顔で言うとリュックを担ぎ直し、それじゃあと小さく挨拶して来た道を戻って行く。浅緋はありがとうございました、と頭を下げた。

オープンカフェやフォトスタジオが多く並ぶ北野界隈だが、通りを外れれば一般の住宅も多い。浅緋は、もう一度店の裏手にまわってみた。どっしりした造りで飾り気のない裏口近くに陣取り壁へもたれる。

長期戦も覚悟の上だし、ヤミ金のバイトで待つのはある意味慣れっこだ。午前中にそっちは辞めてきたばかりなのにな、と流石《さすが》に苦笑いしてしまう。けれども今は人を傷つけるために待ってるわけじゃない。自分のことが知りたいからだ。

浅緋は挑むように閉ざされた建物を見上げた。

ここに桐夜がいるとは限らないし、流石にさっきの青年もそこまでは教えてくれなかったが、あの黒猫がいるということは必ず桐夜も近くにいるはずだと妙な確信があった。薄い春の日差しの中で、浅緋は自信たっぷりに『雪』の様子をうかがい始めた。

三十分、四十分……、初めはよかったがだんだんとイライラしてくる。そして一時間近くも経ったろうか。徐々に不安になってきた。

(マジでここじゃねーのか？)

勘が外れたのかもしれない。だが、自分にはここしかあの男との繋がりはないのだ。どうにかして会わなければという焦りがわいてくる。と、裏口のドアノブがゆっくりと回る。長身の男性が姿を見せて、浅緋は顔をぱっと輝かせた。

「入れ」

憮然とした表情で『雪』のオーナー、桐夜がそこにいた。

＊＊＊＊＊

湯気がふわり、とやわらかな白線を描いて立ち昇る。

挽きたてのコーヒー豆の豊かな香りが部屋の中に流れるなか、テーブルに置かれたマグカップを前に浅緋は所在なげに座っている。桐夜のほうは不機嫌な表情で腕を組んでいた。

先ほど裏口から浅緋を中に入れた桐夜は、無言でそのまま内部にある階段をあがってゆき、この部屋に彼を招き入れたのだ。電話での勢いを忘れ、浅緋は素直に従った。

『雪』の入る建物は、上階が居住用マンションの造りになっていて、二階部分が事務所や倉庫、そして最上階である三階をオーナーが自宅として使っているようだった。この建物自体が桐夜のものらしい。

浅緋は物珍しそうに部屋の中を見回す。どっしりとした座り心地の良さそうな革張りソファに、凝った装飾の書斎机、壁に設《しつら》えられた大きな本棚。小さなバーカウンターまで備え付けられていて、柔らかな光のランプが灯っている。すごく居心地の良さそうな部屋だ。なんとなく、浅緋はアンティークショップに迷い込んだ気分がした。

桐夜は、店の時とは違うラフな格好をしていた。

今日も髪をおろしている。シャンプーのCMに出られそうな美しい、艶やかな黒髪だ。そして、すごく機嫌が悪い。面と向かうと絶対に逆らえないような雰囲気を持っている。

桐夜は奥のキッチンで湯を沸かし、浅緋の目の前で丁寧にドリップしたコーヒーをことりと置いた。腕組みして浅緋を見下ろす。

『雪』では食事メニューしか頼まないので、桐夜が淹れるコーヒーを飲むのは初めてだ。浅緋はすこし恐縮しながらマグカップに指をかけた。

「い、いただきます……」

コーヒーを口に含むと、苦味とかすかな酸味が舌の上に広がる。炭酸飲料やスポーツドリンクばかり好んできた浅緋にとっては新鮮な感触だった。熱い飲み物が緊張をほろりと解いてゆく。なぜか幼いころ、養母が入れてくれたホットミルクを思い出した。

「お子さま舌なのかと思っていたが、ブラックも飲めるんだな」

桐夜が不機嫌な表情のまま言う。

「あ、当たり前だろ。アンタの店では飯食うことにしてるだけなんだよ。てか、なんでアンタそんな……。そっちこそいつもはもっと丁寧じゃんか」

浅緋は恨めしそうに彼を見た。丁寧で穏やかな『雪』のマスターはいったいどこにいったのか。桐夜はぎろりと浅緋をにらむ。

「うちの店のお客様には丁寧に接するのが当たり前だ。だが今のお前は客ではない。ましてや待ち伏せなど、追い返していないだけましだと思え」

「アンタが話を勝手に打ち切るからだろ！」

桐夜は彼から眼を逸らし、「昨日の青年は？」と背を向けて尋ねてきた。

「あー、多分大丈夫。医者には脳震盪だって言われてたけど。そのうち目も覚めるっぽかった」

今ごろはもうどこかへ逃げているか、自分と向き合うことにしたかはわからない。アイツ次第だ。

「それで、お前のほうは？」

「オレ？」

桐夜は咳ばらいをする。

「あれから、その、何もないのか？　体調が悪くなるとか」

「体調？　いや、オレはべつに」

ひどく疲れはしたが、痛むところはない。超絶な寝不足なくらいだ。なんでそんなことを聞かれるのか不思議だった。だが、けろりとした様子の浅緋に、桐夜はかえって眉間の皺を深くした。

「なに。オレが調子良いとダメなわけ？」

彼は思わずつっかかった。昨夜は大立回りをしたのだからむしろ褒めてもらってもいいくらいだろう。

「いや、そういうわけではない。だが、あれに魂を食われかければ大抵の人間は体調を崩すからな」

「そりゃ、アンタが途中で……」

浅緋は言い淀んだ。

「その、助けてくれて、あ、りがとな」

もごもごと礼を言う。ずっと言いたかった言葉を口にして、浅緋はやっと肩の荷が下りた。あの場ではそんな余裕さえなかったのだ。桐夜は目をまるくする。

「まさか、礼を言いに来たのか？」

「ち、ちげーよ！　そうじゃなくて！　いや、それもあるけど！　オレはアンタにいろいろ聞きたいんだ」

「こちらは特に話すことはないのだがな。もちろん、感謝は謹んで受け取るが、昨日の説明で全てだ。体調等が問題なければ、通常の生活に戻ればいい」

浅緋はコーヒーを吹き出しそうになった。半ば呆れた声になってしまう。桐夜をまじまじと見つめた。

「……アンタさ、オレ、化け物に食われかけたんだぞ？　助けてもらってありがとうございますハイ終わり、なわけねーだろ」

「別に難しいことではないだろう。嫌な夢でも見たと思えばいい。実際日が経つと、あの記憶は薄れるようになっている」

桐夜は頑なに説明を避けている。

この男がこんな感じでは、自分の目的——桐夜のことや自分の眼のこと——をいつまで経っても話してくれそうにない。浅緋はマグカップを置くと、つかつかとドアの前に歩み寄った。そして大声で伝える。

「アンタ、あの化け物のことよく知ってるんだろう？」

桐夜は答えない。だが、否定もしない。

「アレを倒した。刀でぶった斬って。今までもやり合ったことがあるってことだ。それに、オレの見間違いじゃなければアンタ昨夜、目が金色になってた。そんで、オレも金になったよな。訳を知りたい」

浅緋はドアの前にどっかりと腰を下ろしあぐらをかいた。

「だから、話してくれるまで、こっから動かねーから」

「またそれか」

何を言い出すんだこのガキは、とはっきりと顔に書いて桐夜は浅緋を睨みつけた。だが心なしか瞳が揺れている。彼は何かに助けを求めるように、部屋の中や窓のほうを見渡した。一分の隙もないイケメンが戸惑っている様子はなかなか見られるものではない。

浅緋は内心にやりとした。「だってここに入れてくれたのアンタだし」と顎を突き出してみせる。桐夜は目を瞬かせると、盛大にため息をついた。キッチンへ引っ込み、水道からグラスへ水をたっぷりと注ぐ。飲み干してから、渋々居間へもどってくると、腕組みして浅緋を見下ろす。

「何を聞きたい」

浅緋はにかっと顔を綻ばせた。このイケメンはようやく観念したようだ。

「まず、あの黒い化け物。ジュマって言ってたよな。アレなんだ？」

「とりあえずあちらに座れ」

顎でソファを示すと、自分も革張りのソファに深く腰を下ろした。ポケットから煙草ケースを取り出す。吸うぞ、と断って一本に火をつけた。

深く吸い込む。紫煙が中空で細い線を描いた。もちろん浅緋のように咳き込んだりはしない。どこまでも絵になる『雪』のオーナーに浅緋はむう、と口を尖らせた。桐夜はゆっくり煙を吐き終わると、ようやく口を開いた。

「……呪魔は呪うに魔と書く。古来からいる魔物だ」

字面からしてなんとも、不吉だ。大きな窓からさらさらと差し込んでいた陽が翳る。

いやいやだった素振りは消え、桐夜は浅緋をまっすぐ見すえる。

「呪魔は不安や妬み、劣等感、猜疑心、いわゆる負の情念の塊だ。生き物の怨念や暗い思念から生まれ、魂を求め延々と彷徨《さまよ》い続ける」

「怨念……から生まれる？　妖怪とか、そんなんじゃなくて？」

「そういうものとは性質が違う」

浅緋は、アレがどこかから突然湧いて出た化け物だと思っていた。桐夜は首を横に振る。

「誰でも、ときに悪い感情を持つことがあるだろう？　たいていの人間はそれを理性でコントロールし、うまく折り合いをつけて生きてゆく。だが、心にある悪感情が強すぎる場合、それは知らぬ間に降り積もり続ける。そしていつしか形を持つ。それが呪魔だ。人は、気づかないうちにそれに飲み込まれてしまう」

「人間のなかから生まれたって……こと？」

「そうだ。人間だけではないがな」

暗い思念。

あの黒いどろどろは浅緋の嫌な思い出を掘り起こし、そのまま彼を取り込もうとしていた。今も背中に残る、寒々とした空虚感。浅緋はぶるりと身を震わせた。

「オレと、あの西崎ってやつからアレができたのか？」

「今回のは違う。呪魔はずっと昔から、様々な地に存在する。人間の歴史の闇に潜んでいつも魂を求めている。対象は人間だけとは限らない。心が弱っているものに取り憑き、さらに負の念を生み出させ、穢れを纏った魂をくらい、再び彷徨う。邪《よこしま》なものを求めるハンターのようなものだ」

「うわ、悪趣味……」

「私が悪趣味だとでもいうのか？」

何がおかしかったのか、桐夜はそこで初めてかすかに笑った、ように見えた。

「まぁしかし、たしかに、そうだな。怨みや怒りで凝り固まったような呪念をすすんで相手にしているのだから、私自身も大変な悪趣味か」

自嘲気味に呟く。そして、浅緋に穏やかに尋ねた。

「最近、元気がなかっただろう？　毎日がうまくいかないと思ってたんじゃないか？」

図星を指されたのに、浅緋はなぜか思わず素直に頷いた。

「あれはそういう鬱屈した思念に寄ってくる。あの青年に憑いていたものは、だからお前も取り込もうとしたんだ。これは昨日も言ったと思うが」

「昨日は、よく、わかんなかった。いろいろ起こりすぎて」

そうか、と桐夜は煙草の灰を丁寧に落とした。琥珀色の美しいガラス製の灰皿が光を反射してテーブルに菱形の模様をつくる。

　ふと、浅緋は顔を上げた。

「でもなんで、オレが元気ねーなんてわかるんだよ？」

「普段オムライスやらグラタンやらにがっついている小生意気な若者が、暗い顔をしていらないなどと言い出すのだから、何かあったのではくらい思うだろう」

　簡単なことだと鼻で笑われて、オレってそんなにわかりやすかったのかと浅緋は少し恥ずかしくなった。話題をそらすように次の質問を口にする。

「じゃ次は……。アレに取り込まれたら、オレはどうなってた？」

「魂の死、だな。肉体は残るかも知れないが、魂は食われ、お前という存在は消える」

　桐夜が静かに語る言葉はおよそリアリティがなく、映画か何かの紹介文のようだ。いつもの浅緋なら鼻で笑っていただろう。けれども今はそれが紛れもない現実だとわかる。あの、呪魔の歪んだ線の目には悪意と、光への卑屈な渇望が滲み出ていた。

「それで、アンタはなんでいきなりあそこに現れたんだよ。西崎の知り合いってわけでもないだろ」

　あんな場所は『雪』のオーナーとはおよそ関係のないところに思える。それに彼は刀を持ってきていたのだ。何の目的もなくそんなものを持ち歩くわけがない。

　偶然なんかではない、浅緋はじっと答えを待った。桐夜は窓に目を向けたあと、静かに口を開いた。

「私は呪魔を退治している。昔からの仕事だ。この土地で、呪魔の強い気配があると、そこへ赴く」

切れ長の美しい目がすっと細まる。桐夜は煙草をもう一本取り出した。

「アンタの仕事はこの店の店長じゃねえの？」

「そうだな。だが、こちらの方が長い」

桐夜は壁の方へ視線を送った。レンガでできた暖炉が設えられた壁には、浅緋が昨夜見た太刀が無造作に立てかけられている。柄も鞘も黒いそれは、居心地のよさそうな部屋でひときわ存在感を放っていた。

「仕事ってことは、そういう家系ってこと？」

浅緋の頭には、陰陽師《おんみょうじ》や祈祷師といった単語が浮かぶ。漫画や映画で得た程度の知識だが、たしかそういうものは先祖代々受け継がれている生業《なりわい》だったはずだ。この男もそんな家に生まれたということだろうか。

「家系……。確かに、『血』には違いないな」

桐夜は独り言のように呟く。そして、浅緋の瞳を覗き込むようにして言った。

「我らは『鬼人《おにびと》』という一族だ。霊力が非常に高く、呪魔を滅する力を持っている。瞳が金になるのはその証だ」

「へ、ぇ……」

「鬼人はもうほとんど存在しない。だがお前にも血がほんのわずかだが混じっているようだ。経緯は不明だがな」

口をぽかんと開けたままの浅緋に、桐夜は畳み掛けるように聞く。

「自分が金眼になった意味を知りたかったのだろう?」

「え? うん……」

(そうだけど、血? おにびと?)

なんか、さらにぶっ飛んだ話になってきた。浅緋は警戒気味に桐夜を見た。

「お、鬼人ってなんだよ」

「呪魔を滅する一族だ。鬼人というのは人間たちがそう呼んでいたからだ。由来は知らない」

「人間たちって……っ。まるでアンタ、人間じゃないみたいな」

「そのとおり。だが安心しろ。お前の血はそこまで濃くはない。人間と変わらないはずだ」


浅緋の両親は二歳の時に事故で亡くなっている。

母方の遠縁に育てられた浅緋は、生みの親のことはほとんど知らないのだ。休日に友人家族と車で出かけた帰りに、交通事故に巻き込まれ二人ともあっけなく逝ってしまった。

浅緋が知っているのは、父親が妻と浅緋、そしてたまたま一緒に乗せていた友人の息子の三人をとっさにかばったことくらいだった。妻は残念ながら助からなかったが、子ども二人は全くの無傷で潰れた車の下から救出された。あのとき覚えているのは、ともだちの歌声が途中でとぎれ、地鳴りのような衝撃で身体が飛び上がったこと。そのあと、世界がなくなったみたいに静かになった。そして、目の前に、父親の顔があった。

脂汗が滴りおち、歯を食いしばっているその頬に浅緋はそっと小さな手を伸ばした。

(そしたら、父さんは笑った。笑って、あさひ、って言った。そして、そして、そうだ。眼が金色になったんだ)

いつもと違う色が少しこわくて、泣いて、その後のことはあまり覚えていない。たまに記憶の底から引っ張り出して、両親を偲ぶ。置いて行かれたという気持ちにはだいぶ前に蓋をした。忘れたりすることはないが、思えばもう長い間、記憶の表面をそっと撫でるだけになっていた。お前は誰かを護れるんだという言葉だけは時おりちくちくと彼をつついてはいたが。

「お前、両親は?」

物思いに沈んだ浅緋に、桐夜が尋ねる。

「……両親は、ガキのころに事故で死んだんだ。だから、なんでオレがその、鬼人とかいうのの血が混じってるかとかは全然、わかんねーよ……」

桐夜は、不意をつかれたようだった。

「それは、悪かった。悲しいことを思い出させてしまったな」

「いや、別に。思い出すとかじゃねえから」

すこし意外そうに浅緋を見ると、そうか、とつぶやく。

「たしかに、忘れる、というのは存外難しいものだな」

煙草を燻《くゆ》らす桐夜の長い指に光がすこし、瞬いた気がした。マグから立ち昇っていた湯気はいつのまにか消えて、冷めた表面が照明をきらりと映す。桐夜は立ち上がった。

「さて、話はここまでだ。これからはあの黒い靄に悩まされることもないだろう。鬼人の血も特に気にすることなく、普通の人生を送れる」

つかつかと出口へ歩み寄る。そして外への扉を開けた。

「さあ、帰りなさい」

「待てまてまて」

自分の世界から追い出すように浅緋を急き立てた桐夜は、「なんだ、まだ何かあるのか？」と眉根を寄せた。

「聞かれたことには答えた。もうお前の用は終わりだろう？」

「いーや。オレの話はこっからなんだよ」

浅緋は少し得意げに胸を張る。桐夜はさらにしかめっ面になった。

「アンタの話からすると、オレにもその呪魔を倒せる素質があるってことだよな？　多少なりとも血が混じってんだろ？」

「……」

桐夜は答えない。

「どうなんだよ。実際あんとき、オレが呪魔をぶった斬ったじゃねえか」

「それは、そうだが……」

「濁すなよな。とにかく」

浅緋はすっと息を吸い込み、身を乗り出した。

「オレにもその仕事、手伝わせてくれ！」

「断る」

「はえーよ！」

ドアに手をかけていた桐夜は瞳を細めた。端整な顔立ちなので、怒った顔に凄みがある。

「あんなものは偶然が重なったに過ぎない。確かにお前は金眼にはなったが、一過性のものということも十分考えられる。私は説明を求められたから話しただけだ。これ以上お前が関わる必要はない。首を突っ込まずにさっさと日常へ戻れ。呪魔に襲われることはもうないんだ」

拒絶反応の嵐にしり込みしながら、浅緋もねばる。

「だからさ、アンタの説明はまぁだいたいわかったよ。その上で、オレにもその呪魔退治の仕事をやらせてくれって言ってんの」

「魂を喰われそうになったものが何を言っている？　そんなこと軽々しく言うものではない」

「なんなんだよ急に怒りだして。アンタとは仲間ってことだろ？」

「なかま？　なにを……」

　桐夜の表情が一変した。

「仲間などではない。そんなものはいない」

　まずった、と浅緋は思った。桐夜の癇にさわることを言ったらしい。このままでは確実に追い出される。

「えーといや、仲間っつうか同志？　違うか」

　あたふたと言葉を探していると、突如部屋のなかに一陣の風が吹きこんだ。そして、青い草と若い土のにおい。ふいに浅緋はどうしようもないなつかしさに襲われた。両開きの窓が開いている。風はそこから吹き込んだのだ。黒い獣がふわりと床に降り立つ。

　浅緋の腰ほどの大きさなのに何倍も大きく見えるその生きものは、彼が今まで見たどんな獣より黒くそして、美しかった。力強く堂々とした四肢はビロードのような黒毛に覆われ、輝いている。かち、かちと爪の音をゆっくり響かせて浅緋の前を横切るとき、それは碧い瞳でちらりと彼に一瞥をくれ、笑うように牙を見せた。そして艶めく毛並みを波打たせながら桐夜へと近づいていく。

「アンタ、あぶねーぞ！」

（こいつも呪魔か？　こんな、動物の姿とかもアリかよ？）

　とびかかる体勢を整える浅緋を見ながら、大きく美しい動物は口をひらいた。

「珍しく騒がしいじゃないか」

流暢な言葉で、「我は、賑やかなのは大好きだぞ」と桐夜のもとへ頭を擦り寄せていく。

『雪』のオーナーは憮然として黒い獣に向かって文句を言った。

「どこへ行っていたんだ？　ナギ。こんなときに」

「なに、気にするな桐夜。きちんと話は聞いていたからな」

浅緋は目をむいた。

「えっ……。えっ！　喋った……。喋ったぞ、その、そいつ！　その黒いの！」

いったい何が起きてんだ？

目の前で繰り広げられているやりとりにひっくり返りそうになる。見たことのない動物と人間が互いに気安く話しているのだ。

(喋ってる！　桐夜にめちゃくちゃ懐いている。……てか、喋ってんぞアレ)

目の前のシーンに理解が追いつかず、浅緋の頭は混乱を極めた。なんだアレ喋ってんぞがぐるぐる回る。

「黒いの、ではない。我はナギだ。お前は浅緋だろう。よろしくな」

ナギと名乗ったその獣は、碧の瞳を片方瞑ってみせた。

＊＊＊＊

「……これが、あの黒猫？　いっつも店の近くにいる、あの？」

にこにこと目を細め、美しい毛をまとった黒い獣は桐夜の手のひらに頭を押しつけている。なでろと言わんばかりのしぐさに、桐夜は仕方なさそうにナギの頭を軽くさすってやる。浅緋は驚きで口を開けたままだ。『雪』の黒猫とは挨拶しあう仲なのだ。こんなデカい獣では断じてない。

「これ、ではないぞ、少年。我はナギだ」

浅緋の周りをクルクルと回りながら大きな口を開ける。真っ赤な口の中で牙がきらりと光ったかと思うと、くるんとした黒猫が現れた。その姿はまさしく、浅緋が何度となく見かけたあの、尻尾をくるくると回す『雪』の彼だ。

「我は黒豹の姿で生まれた。お前もわかるだろうが、あの麗しく強い姿は大変目立つのでな。このように黒猫になっているのだ。ちなみに人間にも変化できるぞ。我は大抵のものに変化ができる、桐夜が童のころは狼になっていたのだ」

「ナギ」

「だが少し力を使うのでな。最近は控えているのだ。それからもちろん、我は呪魔でもない。れっきとした、藤真《ふじま》の友だ」

「れっきとした、フジマ？」

「そうだ、少年。我はだいぶ前に鬼人とずっと共にいると決めたのだ。あれはいつだったろうか」

「ナギ！」

黒猫が遠い目をして遥か昔のことを語り出す前に、桐夜が強い口調で割って入った。

「そんなにぺらぺらと喋るものじゃない、ナギ。この子は関係ないんだ」

「おお、すまぬ。長い間桐夜と二人だったのでな。すこしはしゃいでしまった」

黒猫から再び黒い豹へ、何度も姿を入れ替えながら優雅に尻尾をぱたりぱたりと振る黒い生き物に、浅緋は開いた口が塞がらない。

「なん……。オレ、てっきり、またアレが襲ってきたのかと」

「ここに恐ろしい鬼人がいるというのに、わざわざ寄ってくるような魔物などいないだろう？」

ナギは、なぁそうだろう桐夜と穏やかに微笑む。

「少年。先ほど、仕事をしたいと言ったな」

そう尋ねてきた。瞳は面白いものを見つけたというようにきらきら輝いている。

「ああ、言った。でも、ソッコー断られた。てか、オレは少年じゃねーよ」

「臨時としてなら雇ってやる。どうだ？　少年」

「だからガキじゃねえっつの！　……え。いいのか？　雇ってくれるのか？」

浅緋はぱっと顔を輝かせた。

「マジで？　ナギ、さん」

ナギはくつくつと笑う。さん、とはな。隣で桐夜が苦虫を噛み潰したような顔をした。

「お前は口は悪いようだが、良い子だ。だから我のことはナギと呼ぶがいい」

真っ赤な口を大きく開けた。これがナギの笑い方のようだ。

「ナギ。なんてことを。勝手に決めるな」

桐夜が怖い顔で腕組みをしている。浅緋は断られる前に、急いでドアの外へ向かった。

「よし、絶対だぞ！　明日から来てやるからな。アンタらＯＫしたこと忘れんなよ？」

言いながら数段飛ばしで階段を降りて行く。浅緋は念のため大声で下からもう一度念を押しておいた。

「約束したからな！」

階下で響く弾んだ声に、桐夜はナギのことを盛大に睨みつけた。

「ナギ。どういうつもりだ？　あの金眼が本物かもわからないのに」

「わからない訳ないだろう。桐夜。お前は鬼人の頭領なんだぞ」

「私は頭領などではない！　それに、刀もないのに」

「まぁ、そう言うな桐夜。しばらくつきあってやるくらい、構わないだろう？　あの子は真剣だったぞ」

「私だって、真剣に断ったんだ」

桐夜は硬い表情で吐き捨てる。ナギは輝く毛並みを彼の手のひらに添わせた。

「桐夜。ものごとは、緩やかな流れから一気に加速する瞬間があるものだ。そんな時は、無理に逆らわずに身を任せるほうがうまくいく」

碧の瞳を煌めかせ、ナギはくるりと飛び上がった。目の前には黒猫がちょこんと座って、問いかけるように桐夜に向かって首を傾げてみせた。

「うまく丸め込まれている気がするのは私だけか？」

桐夜は火が消えてしまった煙草と冷たくなったコーヒーのカップを見てため息をついた。

第二章　cafe&BAR 雪

春、神戸も各所で艶やかな桜が見られる。

瀬戸内の海の青と桜のコントラストを同時に堪能できる須磨浦《すまうら》公園は駅からも近く人気のスポットだ。異人館めぐりと桜観賞となると、北野天満神社は絶好の場所にある。六甲山を背景に神社と洋館、異なった趣を美しい桜が繋いでいる様子を楽しめる。

桜が終われば、街は鮮やかな新緑に彩られる。港から北を望むと、立ち並ぶ建物の背後にこんもりとした緑がつねに姿を見せてくれている。かつての外国文化の入り口、旧居留地からメリケンパークまでのショッピング街を楽しむのも観光での人気ルートだ。

北を目指し、瀟洒《しょうしゃ》な洋館の立ち並ぶ異人館街へとたどり着くまでには、戦後間もなく開業し、今もその店独自の味を守っている喫茶店をいくつも見ることができるはずだ。四月、緑に溢れた六甲山に爽やかな風が吹く。そんな瑞々しい季節の、街の一角。

「いらっしゃいませ……」

「声が暗い。硬い。そもそも顔が怖い。それではお客様が帰ってしまうだろうが」

『cafe&BAR 雪』の店内で、浅緋は容赦のない指摘を受けていた。

スタンドカラーの真っ白なシャツがこれでもかと首を締め付けてきて、息苦しいことこの上ない。彼はぐるんと後ろを向いて背の高い男性を睨みあげた。

「おい、オレは……」

「いらっしゃいませ」

凛とした声と、かすかに微笑む口もと。そこに今の今まであったしかめっ面などかけらも感じさせない表情で、桐夜は扉を開けた。三、四人の若い女性がいそいそと店内へ入ってきた。続いて年配の夫婦や、学生などが次々と席に着く。テーブル席六つと、カウンター六席ほどの店内はすぐにいっぱいになる。

長い髪をきっちりと束ね、純白に輝くシャツに黒のカマーベスト姿の桐夜を見て、わっ、やった！　今日はオーナーさんいるね！　など興奮気味な囁きが店内で密かに交わされた。

ひとりひとり丁寧に声をかけながらメニューと水の入ったグラスを手にテーブルを巡ると、麗しき『雪』のオーナーは「じゃ、あとは頼んだぞ」とさっさと上階へ向かってしまった。

午前十一時。ガラス窓から爽やかな陽光が差し込む『cafe&BAR 雪』のランチ営業の始まりだ。浅緋はその後の怒涛の時間のことはあまり、覚えていない。

「おい！　桐夜」

「桐夜、さん。もしくはオーナーだ」

「んなこと知らねーな。なんだよこれはよ？　オレはアンタの仕事を手伝いたいって言ったんだぞ？　こんなきゃいきゃいうるせえ店で働きたいんじゃねーんだよ！」

どん、とカウンターに両手をついて身を乗り出す。

午後三時すぎ、最後の二人組が店を出て、数時間ぶりに静かになった店内に浅緋の大声が響き渡る。昼の営業が終了し今は夜営業に向けての掃除と仕込みの時間だ。『雪』の夜はがらりと客層が変わる。

浅緋は上の階から降りてきた桐夜をつかまえて吠え立てた。

「誰も雇うとは言ってない」

「昨日、あの黒猫……、えーと、ナギが言っただろ。オレのこと雇うって！　でもこれじゃねーんだって。化け物を退治する方だよ」

「あんなもの、毎日現れるわけないだろう。そもそもナギが勝手に決めたことだ。こちらはいつでも辞めてもらって構わない」

浅緋は無表情でそう言ってのける桐夜をきっと睨む。地団駄踏んで怒りたい気分だが、桐夜はそんな彼を置いて店から出ていってしまった。

約束が違う。今朝、意気揚々と店にきた浅緋に、『雪』のオーナーは当然のように店の制服を渡してきたのだ。

あれよあれよという間に店に放り込まれてしまった浅緋はひっきりなしに来る客を前に、

逃げ出すこともできずがっつり働くはめになった。「くそ、嘘つきめ！」と小さく舌打ちしてテーブルの脚を思いっきり蹴ろうとしたところに、

「でも、結構似合ってると思うよ」

と控えめな声が聞こえた。あたふたと裏口を振り返ると眼鏡の青年がドアの前で遠慮がちに立っている。

「あ、お、お疲れっす、小野さん」

浅緋はぺこりと頭を下げた。小野は昨日、浅緋が店の前で困っていた時に助けてくれた青年だ。

彼は『雪』のメインスタッフで、今朝、店で再会したときかなり驚いていた。

それはそうだろう。出勤したらこの前オーナーとやり合っていた派手な髪の青年がなぜか『雪』の制服を着ているのだ。浅緋も気まずい気持ちで、「ども……」とぎこちなく頭を下げるしかなかった。

「君の大事な話って、ここでバイトしたいってことだったの？」

「ぜんっぜんちげー……違います。騙されたんす」

うまく説明する言葉が見つからない。化け物退治希望がなぜかカフェのバイトになってしまったのだとも言えない。青年は眼鏡に手をかけて、戸惑い気味に尋ねる。

「そっか。でもそれを着てるってことは、今日は一緒に働いてくれるって思っていいのかな？」

浅緋が渋々頷くと、よかったと安心したように笑って、小野ですと名乗った。

「とりあえず、よろしくね。多分仕事教えるの、僕だと思うから」

そして言葉通り、彼は浅緋に一日中気を配り丁寧に指導してくれた。営業が終わってようやく小野も遅い昼食を取りに出かけていたのだ。話を聞かれてはいなかったらしく浅緋はほっと胸をなでおろす。

「今日はありがとうございました。なんか、いろいろ迷惑かけてすみません」

「ううん。覚えが早くて驚いたよ。一人就活で抜けちゃってたからね。すごく助かった」

小野は笑顔で首を横に振りつつ店の中に入ってくる。彼はこちらの大学に通うため、地方から出てきたという。頭の良さそうな真面目な好青年で、のんびりとした話し方は浅緋の地元を思い出させた。彼はガサゴソと袋から何やら取り出すと、厨房へと向かう。

「浅緋くん、お昼まだでしょう？　よかったら一緒に食べよう」

「いや、オレは大丈夫す……、てか小野さん飯食いに行ったんじゃないんですか？」

忙しすぎて腹が減るどころではなかったので、浅緋は首を横に振る。だが、小野は厨房で業務用の冷蔵庫を開けていくつか容器を取り出した。

「今日で期限切れの食材があってね、使っていいって言われてたの思い出したんだよ。余らせるともったいないから」

だから食パンだけ買ってきたんだと紙袋を見せた。

ちょっと待っててねと言いながら、手早くパンをスライスする。軽くトーストしたものに粒マスタードを薄く塗り、スライスした玉ねぎとアボカドとボイルしたエビ、トマト、仕上げに『雪』特製の胡麻ドレッシング。小野は手際よく木製のカッティングボードにのせて、「はい、エビとアボカドのオープンサンドだよ」とテーブルに置いた。魅力的な香りが浅緋の胃をいやおうなしに誘惑する。

「ほんとはフリルレタスものせたかったけど、まあいっか。ほら、食べよう」

「いや、でも」

浅緋が遠慮していると小野は少し身をかがめ、お店の食材だから気にしないでいいんだよと小さな声で囁く。僕もすごく助かってるし、と悪戯っぽく笑った。

「すみません、じゃ、いただきます」

カリッとしたトーストとエビのプリプリした食感、ほのかなアボカドの青い味に胡麻がよく合う。浅緋と小野はしばらく無言でかぶりついた。

「今日はありがとう。すごく助かったよ。忙しかったから」

「いや、オレこそ、なんもわかんなかったからめっちゃ助かりました。お昼までもらってありがとうございます」

浅緋は改めて礼を言う。桐夜への怒りは収まらないが、小野には感謝しかなかった。

「浅緋くんて割と、なんて言っていいのか、律儀だよね」

「そ、うすか？」

グラスの水を一口こくりと飲みこんで、小野は少し戸惑いがちに言った。

「こんなこと言ったらあれだけど、見た目のわりに礼儀正しいし。初めて会った時もそう思ったんだ」

「仕事もちゃんとするし、今朝は騙されたーって怒ってたけど、もしよければ、このまま働いてもらえたら僕は本当に助かるんだけどな」

「あ、いや、あの……」

返答に困っている浅緋に、うそうそ、と笑って手を振る。

「僕もせっかく仕事教えたからね。もったいないなって。まぁでもこればっかりは仕方ないか」

「はい、すみません……」

呪魔退治でないならこんなところはさっさとやめてやると憤慨していた浅緋だが、そんな風に言われるとやはりうれしい。

(よく考えたらオレ、昨日仕事辞めたばっかりだしな)

だからといって桐夜の横暴は許せない、それとこれとは話が別なんだよなと口をへの字にしていると、小野がさらに何か言いたそうに浅緋を見ている。

「な、なんすか？」

「あのね、ええと」

言いにくそうに口籠ってから、決心したように浅緋を見た。浅緋を、と言うより彼のアッシュブロンドの頭を見つめている。

「あのね、浅緋くん。髪の毛のことなんだけど、ええと、すごく、その、個性的な色してるね」

そこで息を吸った。

「その、僕から誘っといてって感じなんだけどね。もしその続けるなら、あまり」

「ああ。この色ね。生まれつきなんすよ」

「えっ？　そうなの？」

「っす。ガキのころはいじめられないようにって親に黒く染められてました」

小野は目を丸くして浅緋の頭を見つめ、はっとしたように頭を下げた。

「ご、ごめん。僕てっきり……」

「いや、気にしないでください。慣れてるんで」

平謝りの小野に浅緋は屈託なく笑う。つい最近までは髪色のことを言われただけで喧嘩になっていたが、小野には不思議と腹が立たない。

すると、

「私も、彼の髪色のことは承知している。小野くん」

と落ち着いた声が背後から聞こえてきた。見なくてもわかる、桐夜だ。浅緋の声は自然と尖る。

「アンタに承知なんかしてもらった覚えねーけど」

「小野くんに迷惑をかけていないかと見にきたが、全く無用の心配だったな。お前は礼儀を知らないのかと思っていた」

「うるせーよ。約束破りめ」

桐夜は浅緋の抗議は無視して小野を見る。

「ありがとう。小野くん。新人の面倒を見てもらって悪いね」

小野があたふたと桐夜に頭を下げた。

「すみません。でしゃばっちゃって」

「いや、真面目な君はいろいろと心配してくれたんだろう。彼の場合、遺伝的なものだと聞いたので特に問題はないよ」

「はい。でも、ごめんね。浅緋くん」

浅緋は全然気にしてないっすからと手を振りつつ、小声で桐夜を小突いた。

「なんだよ遺伝て。勝手に変な解釈すんなよな」

「お前の一族には髪色が変わった者が一定数いるんだ。だから、勝手な解釈などではない」

お前の一族、というのは彼が話した鬼人のことだろうか。これ以上首を突っ込むなと言っておきながら変に庇われても落ちつかない。浅緋は面食らうばかりだ。

大学のレポートが山積みだという小野はあわただしく荷物をまとめ帰っていった。「ほんと、桐夜さんにあんな風に接するなんてすごいよ。浅緋くん」としきりに感心しつつ。

浅緋は逆に、周りを怯えさせることの多い自分に対して屈託なく接する小野のほうが不思議に思えたのだが。

「彼は善い人間だろう。我にもみるくをたくさんくれるぞ」

ゆったりとした声に振り返ると、大きな黒豹がソファ席に座ってこちらを見ていた。うわ、と飛びのく浅緋。真っ黒な、迫力のある前足はソファのアームからはみ出しそうだ。立派な体躯は見れば見るほどあの黒猫とはかけ離れていて、浅緋は思わず二、三歩離れた。

「な、ナギ？　いつの間に入ってきたんだよ。アイツは？」

改めて文句を言ってやろうとしていたのに、オーナーはまたいつのまにか姿を消している。ナギは青い目を愉快気に輝かせていた。

「頑張って働いていたではないか。そのえぷろん姿もなかなか様になっている。偉いぞ」

「何が雇ってやる、だよ！　だましたな……！　これじゃただのバイトじゃねえか」

浅緋は口を尖らせ睨む。

「まぁそう言うな」

「しかも、初日からめちゃくちゃ働かせやがって」

「そうだ。少年はよく頑張って働いていた」

揶揄《からか》われているのか慰められているのか分からない。

ぶつぶつ言いながら浅緋は帰り支度をして外へ出る。ベージュの雲が薄く空に紗をかける、緩やかな夕方。立ちっぱなしだった足が少し重く感じた。もう明日はここには来ない、浅緋はそう決めて歩き出した。なぜか、黒い豹がゆっくりと後をついてくる。浅緋は慎重に距離をとった。

「おい、なんだよ。ついてくんな」

「お前こそなんだ？　我は散歩にゆくだけだが」

楽しそうににかりと笑うと黒豹はひゅるんと尻尾を振った。すると目の前には黒猫がいる。

「っておい。そんなくるくる変わるんじゃねえよ。誰かに見られたらどうすんだ」

馴染みの姿にちょっと安心しつつも浅緋はあわてて左右を見た。狭い道には幸い誰もいない。

「心配するな。我はそのようなヘマはせぬ」

「へえーそうかよ」

もう、この黒猫だか豹だかのことも信じられない。浅緋はふて腐れて駅へ向かった。ナギは相変わらず彼の横をのんびりと、つかずはなれずといった具合だ。

西へ向かう道の右手には、六甲の山が黒々とした壁のように聳える。ぽつぽつと、モダンなデザインの街灯が淡い光を並べ始めた。瀟洒な洋館群を歩いていると、どこか違う国に迷い込んだ気になる。

やがて、浅緋の前に赤い自販機が現れた。彼が初めて『黒い影』に遭遇したあの自販機だ。不気味な感触を思い出して知らず、顔がこわばる。もうあれの正体はわかっているし、倒すことができるものだと知ってもいる。それでもやはり、自分のどこかに恐怖が残っているのだろうかと思うと、なんだか腹立たしかった。

ナギは何食わぬ顔で横の塀の上を歩いている。浅緋は人がいないのを確かめてから、思い切って声をかけてみた。

「なぁ」

「なんだ？」

「昨日、呪魔がでたときさ、ナギ、あのアパートにいたよな？」

彼は黒猫の姿を見かけたことを話した。ナギは頷く。

「ああ。呪魔の気配を追っていた。何日か前から付近に気配があったのだが、特定できずにいた」

「で、あいつの、西崎の部屋にたどり着いたってことか？　いつも、そうやってんの？」

「私はこの辺りを好きに散歩しているだけだ。だが、怪しげな気配を見つければ桐夜に報告する。呪魔が大きくなったり瘴気が濃くなると退治しなければならなくなる」

「それはもう散歩とは言わねーだろ。パトロールじゃん」

「ぱとろーる？　なんだそれは」

「えっと。みまわりだよ」

ナギは壁上から浅緋を見下ろすと、ふふふと笑った。

「お前はいろいろと新しい言葉を知っているな」

「新しくはねーだろ。普通」

「まじ、とか、クソ、など。桐夜と我の語彙にはない」

「悪かったな。口が悪くて」

褒められたことではないのに、楽しそうな黒猫の様子になんだかむず痒く感じる。

「ナギはさ。ずっと桐夜と一緒にいるのか？」

「ああ。桐夜が生まれたときも知っている」

ナギは柔らかな目をしてそう答えると、浅緋をじっと見た。

「鬼人の赤子の誕生は全て見たつもりだったが、このように永い時を経て再びその血と出会えるとは。今生にはまだ不思議な縁があるものだな」

青い眼を煌めかせる。

「先は長い。桐夜のことや、呪魔のことも、これから知っていけばいい」

浅緋は俯いた。

「けど、アイツは全然その気ねーじゃん。オレが諦めるの待ってるだろあれ」

「桐夜の言うように、呪魔は毎日現れるわけではないのだ」

「まぁ、それはそうかもしれないけどさ」

あんなものが毎日どこかで誰かを喰っていたらとてもじゃないが人間界は終わりだろう。

「では、焦らないことだ。それに、『雪』で働いていればいずれ機会が巡ってくる」

「チャンスがあるってこと？」

「そう。ちゃんす、だ」

浅緋と黒猫、ひとりと一匹はしばらく無言で歩いた。二つの影が後ろに長く伸びる。やがて駅の近くまでくると「しっかり湯に浸かり、たっぷり眠るのだぞ」とナギは夕闇の中に姿を消した。

（もしかして、オレを励ましにきたのか？）

桐夜が生まれた時も知っているとか、遠い昔からいるような口ぶりとか、結局ナギの正体はよく分からない。だが、悪い奴ではなさそうだ。浅緋はなんとも不思議な気持ちでアパートに戻った。ナギの言いつけ通り、その晩は風呂に浸かり夢も見ずにひたすら眠った。

翌日も浅緋は『雪』へと向かった。その次の日も。

結局その後二週間、彼は『雪』で真面目に働いた。昼間は小野やほかのスタッフとホールを動き回り、その後の掃除と夜の準備まで。夜の営業に合わせて降りてくる桐夜とかわり家に帰る。桐夜はなにも言わなかった。夜、疲れた身体にシャワーを浴びて泥のように眠る。

ある朝、彼は久しぶりに高校時代のトレーニングウェアを引っ張りだした。二度と着るつもりなんてないのに、なぜか家を出るときに持ってきてしまったものだ。生地にほんのりと残る故郷の匂いを意識しないよう、急いで身につけて外に出た。朝靄《あさもや》の白い膜が、街をぼんやりと覆っている。

浅緋は公園通りをひたすらに走った。頭を空っぽにして、と言いたいところだが呪魔のこと、鬼人のこと、そして今までの自分と、これからの自分がぐるぐると回る。身体全体を使って前へ進んでいると、喧嘩では使わない筋肉が早々に悲鳴をあげ始めた。自然と苦笑いが浮かんでしまう。

（ナマってんなぁ、とーぜんだけど）

そして、いまだに来ない呪魔との遭遇を思う。

こんなに、何かをしたい、という欲求が生まれたのは久しぶりだ。

自分にとって、走ることが生きることと同義だったあのころ以来かもしれない。あの夜の桐夜に対する微かな憧れと、羨望にも似た感情が彼を湿った沼から引き上げる。

根無し草のような自分にもできることがあるかもしれない。そんな小さな期待が身体の底でむずむずと動きだす。ナギの言葉、チャンスがきっとある、というのを信じて、今は走ることでこのムズムズを宥《なだ》めていく。

数ヶ月ぶりに浮き立つ気分で彼はアスファルトを蹴り続けた。やがて雑念は消え、己の息づかいと流れる景色だけが彼を包んでゆく。浅緋は何も考えずに、昔のように走り続けた。

そしてそのちゃんす、はそれから数日もしないうちにやってきた。

＊＊＊＊＊

　ゴールデンウィークを翌週に控えたその日、浅緋はいつものように早朝のランニングを済ませ『雪』へと向かった。店の前にある植木の横でのんびりと陽にあたっている猫姿のナギによよ、と挨拶し、裏口から中へ。仕込み中のキッチンからバターやスパイスの匂いがふわっと流れてきて、コンビニおにぎり一つしか入っていない浅緋の胃を直撃してくる。

　木製のしゃれたメニュー表には既に今日のおすすめが記入されていた。

『定番のホットケーキ』。昔ながらの分厚くしっかりとした生地は三段まで注文できる。とろりと溶けたバターの塩味と、蜂蜜の甘味が絶妙だ。

　ナポリタンと並んで人気なのは『分厚いローストビーフのサンドイッチ』だ。マッシュポテトとも相性のいい上品な特製ソースはオリジナルで、ソース単品でも販売している。

　カラメルソースがたっぷり注がれた器に浮かぶ『しっかり固いプリン』には、バニラアイスと生クリームがトッピング可能だ。なんとも直球なタイトルばかりだが、意外に好評らしい。

　空腹感をやり過ごしながら、浅緋は出勤管理の端末にチェックを入れる。ここには、いつのまにか彼の名前が加えられていた。相変わらずシャツの固い襟が擦れるし窮屈だが、カフェエプロンには少しだけ慣れてきた。

　大忙しの昼の営業が終わると店内を掃除する。この時間は一人のことが多いので、ナギがくつろいでいるのを横目で見ながらの作業だが、そう悪くはない。オーナーの桐夜は昼間はざっと店内を回るだけで、基本夜の営業にしか現れない。

それにしても、無視されすぎだ。掃除道具を出しながら浅緋は小さくため息をつく。この数週間桐夜とはあいさつ程度の言葉しか交わしていない。

(桐夜のやつ、めちゃくちゃオレを避けてんな。丸わかりなんだよ)

チャンスがある、なんてナギは言っていたがこうなにもないと、いっそすべて夢だと思った方が諦めもつくのではないか。浅緋はそんなふうにさえ思い始めていた。

(チャンス、つったってさ、桐夜がオレにわかんねーように呪魔を退治に行ってるってこともあるじゃん。アイツぜったい、辞めたバイトの穴が埋まって都合いいくらいにしか思ってねーんだ)

口を尖らせながら通路に面した窓にアルコールを噴きかける。しゅっと気持ちの良い音を立てて、透明な薬剤がガラス面に広がった。

ふと、目の端で白く光ったものがある。浅緋は窓を開け、顔を出した。店の窓下には膝丈ほどの植え込みが並んでいるのだが、ここの落ち葉やごみを片づけるのも彼の役目なのだ。植え込みのあいだに、ひらひらとした生地の端が引っかかっている。

浅緋は窓枠から身を乗り出した。よく見ると、なんとそこから足が見えていた。小さな子どもの足だ。植え込みに入り込んで、出られなくなってしまったらしい。

「おい、大丈夫か？　何してんだそんなとこで」

返事の代わりにうんうんという唸り声がして足がバタバタと動く。浅緋は窓枠をひょいと跨ぎ、植え込みに突っ込んでいる足を掴んでそっと引っ張ってやった。ぽきぽきと小枝の折れる音と一緒に子どもが姿を見せる。

（なんだ？　ずいぶん変わったカッコだな）

　時代がかった着物の上衣に、裾をきゅっと絞った袴。上から下まで真っ白の衣装で、きちんと足袋まで履いている。昔、浅緋の家に飾ってあった五月人形にそっくりだ。北野のあたりは異人館やカフェだけではなく、フォトスタジオも多い。どこかで撮影中の子が迷い込んだのかもしれなかった。三、四歳くらい、袴姿の子どもは青白く透き通りそうな肌をしていた。夏祭りのラムネ瓶を思い起こさせる。浅緋は優しく抱き上げてやった。

「は？」

「は、離せっ。無礼者！」

　小さな子は全身をばたつかせて必死に浅緋の腕から逃れようとする。だが、力が入らないらしく、手足をぱたぱたと弱々しく振るだけだ。首から下げていた竹の筒がぶらんと揺れる。片手には小さな紙切れを握りしめていた。

「おい、暴れんなよ。迷子だろ？」

「だ、断じて迷子などではないわっ。ここは、『雪』であろうが！」

　そう言って紙切れを振り回す。浅緋はおかしな口調で悪態をつく子に面食らった。

「そうだけどさ。お前いったいどこから……」

　幼い姿に似合わず、やけにはっきり喋るなと思い、顔を覗き込もうとすると頬を引っかかれた。子どもは嫌いではないが、流石にこれには浅緋もむっとして、「なにすんだよこのガキ」とこわい顔をして小さな手首を掴んでやった。びっくりするほど冷たい。

負けじと睨み返してきた瞳が緑色に変わり、妖しく揺らめく。

「手を離せ人間。とっとと降ろ、せ……」

悪態は苦しそうな呼吸に変わり、奇妙な姿の子どもは急にぐったりとしてしまった。

「おい！　おい、大丈夫か？」

透き通るような瞼がひくひくと震え、みず、みず、と苦しそうにつぶやく。浅緋は青くなって、慌てて子どもを店の中へ運び込むと、ソファにそっと寝かせた。まだ浅い息を繰り返している。

「水だな？　ちょっと待っとけ、すぐ持ってくっから」

厨房へ駆け込み、グラスを探して浅緋がどたばたとやっていると、部屋の隅にある椅子に丸くなっていたナギがふんふんと空気を嗅いだ。

「浅緋、それは人間ではないぞ」

「えっ？」

ナギはソファの周りをくるくると回り鼻づらを近づけて「何かがヒトに変化《へんげ》しているようだ」と浅緋を見た。

「えっ。変化……って。人間じゃないって、どういう」

浅緋はくったりとした小さな子どもをそろりそろり振り返った。透き通るほどの青白い肌に、緑色の瞳。浅緋は声を落としてナギに尋ねた。

「水、飲ませても大丈夫、だよな？　まさかこいつ、呪魔みたいな化け物？」

「いや。周りに害を与えるような存在ではなさそうだ」

浅緋はナギの答えに少しホッとする。喧嘩っ早そうに見えても、苦しんでいるものの、特に子どもは放っておけない性質《たち》なのだ。

グラスに水を注いで持って行った。抱き起こしてやり背中を支えて、ほら、飲めよと口に運んでやる。唇に水が触れたとたん、「ヒトに化けた何か」は器に噛みつくようにしてごくごくと一気に飲み干す。グラスが空になると満足げにため息をついてちょこんとソファに寄りかかった。短い足に履いた足袋は、よく見ると泥や砂で汚れている。

こいつは何者で、どうやってここまでやってきたのか。浅緋が首をかしげている間にも、肌にみるみる艶が戻ってゆく。ふぃぃと息をつくと、子どもは少しきまり悪そうに浅緋を見た。

「小さき人間のしたっぽよ。その働きに免じて先程の我に対する不躾《ぶしつけ》な態度は大目にみてやろう」

「ぶしつけってなんだよ。助けてやったんだろ」

何が化けているのか知らないが、さっきからどうも偉そうな態度だ。

「あんなとこから店に入り込もうとしてたんなら、そっちの方が失礼だろーが。お前一体なんなんだよ」

「む。お前のような若造に話す義理などないわ。我は桐夜様にお会いするため、むこやまをはるばる降りてきたのじゃ」

　澄ました顔でそっぽをむかれる。

「桐夜に？　なんで」

　浅緋はきょとんとした。

「じゃから、下っ端に話すことなどないのじゃ」

「おい、さっきからなんだよ。妙なカッコしやがって。ガキとはいえ生意気すぎるぞ」

「生意気はその方じゃ。この無礼者めが！　我は先代より……」

「うるせえ！　水飲んだらさっさと帰れこのクソガキ」

　昼下がりの『雪』に騒がしい声が飛び交う。とうとう、上で仕事をしていた桐夜が降りてきた。うるさいぞと言いながら、厨房の前に立ち浅緋たちを睨んでいる。

「全く、私の店はいつのまにこんな騒がしい場所になったんだ」

　髪を苛立たしげにかきあげ、腕組みをしている桐夜に、二人は同時に声をあげた。

「桐夜！　こいつ、すっげー偉そうなの！」

「おお！　その美しきお姿。もしや」

　子どもはぴょんと跳ね上がると、てとてとと桐夜の前に進み出て床に平伏《ひれふ》した。

「あなた様が、桐夜さまですね。その美しい御髪《おぐし》、凛々しきお姿……。先代から聞いた通りでございます。鬼人の、桐夜様ですね！」

　甲高い声がガラス窓にはじける。尊敬を目いっぱい含んだ瞳がさらに濃い緑に揺れた。

「オイオイ、態度が違いすぎ」

桐夜は首を傾げて静かに微笑んだ。

「私はたしかに桐夜だが、そちらは？」

子どもは嬉しげに両手を胸の前でぎゅっと組むと、持っていた小さな紙切れを恭しく差し出した。それには大雑把だが、『雪』へ向かう道が記されていた。

「これを頼りに参りました。下界にはまだまだ善い人間がおりますな」

そして、居住まいをただす。

「わたくし、むこやまの蓮華池《れんげいけ》から参りました、クロウと申します。初めてお目にかかります。はるばる山から降りてきた甲斐がありました。先代からお名前だけ伺っておりましたが、このクロウ、鬼人一族とお会いするのも初めてでございまして、感無量でございます！」

一気に口上を終えると、クロウは満足そうにひと息ついた。凛とした透明感はあるが、やはり見た目は幼稚園児くらいだ。そのぷくぷくとした口からは似合わない言葉がぽんぽん飛び出てくるのだから、違和感しかない。

「ぜひとも、桐夜様にお願いしたき儀がございます。どうか、どうかお聞き届けくださいませ」

真剣な表情でそう告げるとクロウは静かに頭を下げた。子どもが一途に祈りを捧げるような姿がなんだかいじましい。桐夜の肘をそっとつつく。

「ほら、アンタに頼みがあるんだってよ」

のんびりと様子を見守っていたナギが優雅にやってくると、クロウの顔のあたりに鼻面を寄せる。彼はぎょっとしてぷるぷると震え出した。目を閉じてぐっと我慢している。

「蓮華池？　ああ、葉鞘《はざや》殿の」

「ええ、そうです。先日、代替わりをいたしまして、私が新しく主となりました」

ナギの接触に怯えながらもクロウは一生懸命答える。

「ですがわたくしは未熟ゆえ、まだまだ失敗ばかりで……。どうか、どうかお助けくださいませ、桐夜様」

「様、などつけなくて結構だ。力になれるかどうかはわからないが、悩みがあるのならいつでも聞こう」

「ま、真でございますか？　ありがとうございます！　ありがとうございます！」

クロウは感極まって涙を流しそうな勢いだ。桐夜は涼しげな眉をすこし下げ、穏やかに微笑んでいる。浅緋はぽかんとしてその顔を見つめた。

「アンタ……。オレの願いは全然聞かないくせに、なんなんだその違いは」

「願いの種類が全く違う。クロウ殿は助けを求めているんだ」

「オレだって大して変わらないだろ」

浅緋はふん、と面白くない気持ちでクロウを見る。だいたい「主」ってなんなんだよ。桐夜にどんな頼みがあるっていうんだ。かわいそうに思ったのが馬鹿らしくなり部屋を出ていこうとする。

そこで、ナギとばっちり目が合った。黒猫は浅緋に思わせぶりに片目を瞑っている。

(もしかして、呪魔と関係あんのか?)

このチビには腹立つが、チャンスは逃したくない。

涙ながらに喜んでいるクロウは立ち上がろうとしてよろめいた。ぽてんと力なく床に転がる着物姿につい、浅緋はまた手を差し出してしまった。

「おい、無理すんなよ大丈夫か?」

「う、うるさい! すこし疲れただけじゃ」

みるみるうちに鮮やかな緑色の瞳が灰色に変わってゆく。クロウは水をすこし飲むとまた、目を瞑ってしまった。

「だ、大丈夫かな、こいつ」

「蓮華池はたしか、ここから西の山中だったはずだ。山を下りるため慣れない人間の姿になって相当消耗したんだろう。しばらく休ませよう」

桐夜は幼子の頭をそっと撫でた。

(ずいぶん優しい顔すんだな。なんか意外だ)

接客以外では彼の仏頂面しか見ていない浅緋には、目を細める彼の姿は新鮮に映った。冷たい男ではなさそうなのに、なぜ頑なに自分を避けるのかがわからない。

そこへ、裏口のチャイムが鳴る。

「こんにちは。『雪』さん。よしのです。納品でーす」

「あ、やべ。今日酒の納品日だったわ。そいつ、ここで寝かせてて大丈夫か？」

「私が上に連れて行く。裏口の対応をしてくれ」

浅緋は横たわるクロウを一瞥して、裏口へ向かった。『雪』の酒類は昔から三宮にある酒店「よしの」から一括で仕入れている。

ドアを開けるとひょろりとした細面の青年が立っていた。「よしの」の一人息子、晃《あきら》だ。Tシャツにデニムというラフな姿の酒屋は、「いつもお世話になってます」とにこやかに挨拶してきた。

「お疲れ様っす」

「お疲れ様。浅緋くん、ごめん。時間ずらした方がよかったかな。お客様やった？」

奥に人の気配を感じたのか、晃は申し訳なさそうに言う。

「いや、全然へーきすよ」

ほんと？　よかったと笑うと彼はビールの入った重いケースを積み上げていく。これらを店の冷蔵庫へとしまうのは浅緋の仕事なのだが、晃はいつも手伝ってくれる。細めの体格に似合わず力もある「よしの」の息子は人当たりも良く、いつも笑顔で仕事をしているような青年だった。『雪』の常連でもある。

店はそう大きくはないが、扱う酒も灘五郷《なだごごう》のものを中心に様々な地方のものを仕入れている。晃はワインも勉強中ということで、立派に跡を継ぐ気らしい。浅緋より五つほど年上だが、もうすでに自分の将来をしっかりと見据えていて、浅緋は素直に尊敬していた。

「ホントもう大丈夫っす。いつも手伝ってもらって……」

「そんなこと気にせんとき。浅緋くんまだ日が浅いし、慣れてないやん？」

「いや、今日は桐夜、えと、オーナーもいるんで」

「ああ、そうなんや。ちょうどよかった。お知らせがあるんよ」

さっきまで大騒ぎをしていたとは思えないくらい店内は静かだ。上へ運んだのかクロウもいつのまにか姿を消している。

桐夜が現れると、晃は、「お疲れ様です。いつもありがとうございます」と丁寧に挨拶したあと、納品書と共に脇に挟んだクリアファイルから一枚の紙を取り出した。すこしためらってから桐夜へと差し出す。彼はタイトルに目を走らせて、おや、という表情をした。

晃は苦笑いして頭をぽりぽりとかいた。

「『雪』さんに今回はぜひとも出ていただきたいと父たちにだいぶきつく言われてしまって……」

用紙には「まちなかフェスでの運動会参加希望書」と大きな文字が並んでいる。

「なんすかこれ？」

書類を覗き込んでいた浅緋が尋ねる。

「秋のグルメフェスの時にな、同時に開催されている運動会やねん。グルメフェス自体はここ数年めっちゃ盛り上がってきてて商店街の目玉でもあるんよ。運動会のほうももっと派手にやりたくてな」

「へえ、そんなのやってんだ」

浅緋にとってはどちらも初耳である。晃は眉を下げて困ったように桐夜を見た。

「桐夜さんには毎年のように出場をお願いしてるんやけど、なかなかうんと言ってくれないんよ。間違いなく、お客さんが押し寄せるんやけどねえ」

「お誘いは大変ありがたいのですが。今年もスタッフが参加させていただきます」

晃はなんとも困り顔だ。

「イケメンと名高い『雪』のオーナーが颯爽と走る姿を見たいという要望が地域の皆さんからも本当に多くて、ですね……。ぜひ、競技に参加していただけるとありがたいんです。っていうのが親父たち実行委員会の意見なんですよ」

「そんな、買い被りすぎです」

桐夜は首を横に振る。まったくやる気はなさそうだ。晃はですよね、とため息をついた。

「桐夜さんがOKせえへんのは親父たちもよくわかってるはずやのにね。ほんと毎回困らせてすみません」

「私なんて出なくても、毎年盛り上がっていると思いますが?」

「今年はまだ参加者があまり集まらなくて……」

晃は浅緋を見た。

「浅緋くんはどうかな？　大きな競技場でやる本格的なレースなんやで」

人の良い晃は商店街の組織委員会から勧誘活動を任されているらしい。

「あーいや、オレはいいっす」

競技場という単語に、浅緋は一瞬で顔を引《ひ》き攣《つ》らせ首を横に振る。あの、赤い土のトラックには二度と立つつもりはない。

「ま、運動会は秋やし、またゆっくり考えてみて。桐夜さんも、無理は承知ですが、再考よろしくお願いします」

晃が頭を下げると、桐夜もわかりましたと頷いた。

「さ、とりあえず憂鬱なおつかいごとは終わったんで、ちょっとホッとしました。それでってわけやないけど、今夜はお店に寄らせていただきますね」

そう言って晃は帰っていった。再び静かになった店内で桐夜は椅子に腰を下ろし、見るともなしに書類を眺める。黙り込んで窓の外を見ている浅緋の横で、煙草を取り出すと火をつけ、ゆっくりと煙をひと吐きした。長い足を組み替えて、用紙をテーブルに置く。

「毎年懲りずに大変だな。主宰者側も」

「……なんで出ねえの？　何度も頼まれてんだろ」

桐夜と二人きりになるのは久しぶりで、今までの不満をぶちまける絶好のタイミングなのになぜかその気になれない。さっきまでの勢いはどこに行ったのか、浅緋はぼそぼそと尋ねた。

「出るわけないだろう。変に目立ちたくない」

浅緋は鼻を鳴らした。

「既に十分目立ってると思うけど。立ってるだけで目ひくぞアンタ。いろいろと」

桐夜を改めて見る。洗いざらしの白シャツで煙草を咥えている姿は、雑誌の撮影でもしているかのようだ。

「それはお前も同じだと思うが。だが、お前だって出ないと言っていただろう？」

「オレは……。競技場は嫌いだ」

顔を背け小さな声で答える。誰ともその話題はしたくなかった。

「毎朝ランニングしているとナギに聞いた。それに、以前は陸上競技もやっていたと」

「あれは、べつに。ただの体力作りだし。走ると、気分がスッキリするからってだけ」

(知ってたのかよ。くそ、ナギのやつ。余計なこと言いやがって)

なぜか拗ねたような口調になってしまう。

「そうか」

桐夜はそれ以上追及してこない。浅緋は厨房に残り、黙って作業を再開した。無言でしばらくその後ろ姿を見つめ、静かに煙草を吸い終えると『雪』のオーナーは自室へと戻っていった。三十分ほどたっただろうか。甲高い声が聞こえてきた。

「小僧……！　桐夜様はどこに行かれた？」

クロウが転がるようにして厨房に入ってくる。灰色だった瞳が、再び美しい新緑色に戻っていた。

「桐夜は上だよ。てか、もう大丈夫なのか？」

「我は蓮華池の新しき主ぞ！　大丈夫でないわけがない。さっさと案内せえ！」

「いや、だからお前上にいたんじゃねえの？」

浅緋は指を上に向けた。クロウはふるふると震えて天井を見上げている。

「目を覚ましたら、あの黒猫が我をじっと見ておったのじゃ。だから」

クロウは口をつぐんでしまった。そういえば、さっきもナギにびくびくしていた。浅緋は、もしかして、とピンと来る。にやりとして、

「へえ？　クロウ様はあの猫が怖いんだな。ひょっとしてお前……、」

浅緋はぐいっと近づいてクロウの顔を覗き込む。緑色の瞳はきらきらとした水面のようだ。着物の袖から覗く腕は透き通るように白く、ところどころ煌めいて鱗のように見えなくもない。

「もしかして、魚、とか？」

クロウはのけぞるようにして飛び上がる。

「し、下っ端に真の姿など教えるわけがなかろうが。とにかく我を桐夜様のもとへつれてゆけ！」

クロウは小さな手をぶんぶん振り回して、聞き分けのない駄々っ子そのものだ。

「ハイハイ」

浅緋は思わず笑いだしてしまった。なんだか気が抜けたのだ。もうこいつが何者でも構

わない。今この店にいるのは子どもに化けた池の主と、猫に化けた豹と、人ではないらしいオーナーだ。

彼はクロウをひょいと抱き上げると、三階へと昇っていく。この季節は夕方とはいえ五時近くてもまだ明るい。薄い陽の中で桐夜の部屋は前と同じく、深い色合いの調度品が並んでいて、どこかの古い洋館に入り込んだような気分になる。

「おお、戻ってきたか、クロウ」

窓際に陣取っていたナギが嬉しそうに近寄ってきて、鼻でクロウのすべすべした頬を撫でた。彼は目を白黒させ硬直している。

「急に寝床から飛び出していくから心配していたのだ。追いかけようとしたが、余計怖がるからやめろと言われてしまった」

「あの、桐夜様。この、この方は……」

「ナギだ。彼は始祖の代から鬼人と共にある」

「しそって？」

言葉になじみのない浅緋はとっさに尋ねた。

「先祖と同じような意味だ。我々では、初めて鬼人になった者のことを指す」

「え、鬼人になった。ってどういう……」

「今はその話をしているのではない」

桐夜はクロウに向きなおる。

「ナギは私の友だ。我らは一緒に仕事をしている」

「そうだったのですね。とんだ失礼を申しました」

額をこすりつけんばかりのクロウに、『雪』のオーナーもさすがに困り顔になった。

「あまりかしこまらないで欲しい。もっと気軽に接してくれたほうが、こちらも助かるのだが」

「あ、ありがたきお言葉！　では、さっそく……」

クロウはきょろきょろと部屋を見回すと、つつ、と桐夜に近づいた。「ごくごく内密にお話ししたいのです。どうかお人払いを」と小声で囁く。明らかに浅緋のことを指している。仕草はこの上なく可愛らしいくせに、やっぱり腹立つやつだ。

「オレは植木に頭突っ込んでるお前を引っ張り上げて助けてやったんだぞ。話くらい聞いたっていいじゃねーか」

ムッとしながら浅緋は桐夜の隣にどかりと座った。こうまでコケにされてはプライドが傷つくというものだ。

「お前のような使い走りに話すことなどないわ」

ツンとしてクロウがそっぽを向く。桐夜はちらりと浅緋を見た。絶対追い出されるよなと思いつつ、浅緋は意地でさらに深くソファに沈み込んでやった。

「クロウ殿。話を聞くくらいであれば、問題はないと思う」

「さ、左様でございますか。桐夜様がそうおっしゃるなら……」

へ？

浅緋は心の中でまぬけな声を上げたが、すました顔で座り続けた。どんな風のふきまわしか、珍しいこともあるものだ。クロウは少し渋っていたものの、こほんと咳払いをして、

「それでは、まずはあらためてご挨拶を。わたくし蓮華池の主、葉梢より、次の主役を命じられましたクロウと申します。まだ微力ではございますが、むこやまを護る一役として力の限りつくす所存でございます」

と甲高い声で歌うように口上を述べた。浅緋は横にいる桐夜に、「むこやまってなに？」と囁く。

「昔は六甲山のことをそう呼んでいたんだ」

彼は前を向いたまま低い声で答える。

古代、大阪の地から対岸に当たる西宮や神戸方面のことを人々は「むこう」と称していた。六甲の山はむこやまと呼ばれ、そこへ六甲（むこ）という字があてられたという。

桐夜の説明に、へぇ、すげーと感心する浅緋をよそに、クロウは続けた。

「蓮華池ははるか昔より、清らかな水でひっそりと山中の生き物の命を育んでまいりました。人の気が入らぬよう、主は周りに結界を張っておりました」

「たしか、あのあたりは登山道からも離れていたな」

「ええ。昔は時おり旅人や修験者が迷い込むことがあるくらいで、静かなものでございました。いつのころからか、むこやまには人の手による池も増えましたが、蓮華池はその姿

を変えることなく、主によって保たれてきたのです」

クロウは懐かしそうに、くりっとした目を細める。幼い顔に似合わないどこか老成した表情だ。

「ですが時が流れるうち、力が徐々に弱まり始めました。ここ数年、人間が頻繁に訪れるようになったのです。代替わりしたものの我はまだ結界を分厚くする力はありませぬ」

「なあ、人間が池に行くことと、そっちの力が弱まるのと何の関係があるんだよ？」

浅緋はまた疑問を口にしてしまった。ぴくぴくとクロウの眉が上がる。彼が怒り出す前に、桐夜が穏やかに話し出した。

「人間はさまざまな念を持っているからだ。池に願い事をすると叶うというだろう。それを信じて、こぞって人間が集まれば邪念も生まれる。美しく清らかなものの中には人の念に耐性のないものも多いんだ」

「そ、んなもんなのか」

浅緋はあまりぴんと来ていないようだったが、クロウは何度も頷いた。

「知らず迷い込んだ人間を追い出したりはせぬ。水と安らぎを与えることは我らの仕事でもある。だが、蓮華池は水が綺麗だの景色が美しいだの願いが叶うだので来るような土地ではないのだ」

「なんか違いがあるわけ？」

「もちろんだ。我の池は幽界と現世の狭間に限りなく近いのだ」

「幽界……」

「まったく、この下っ端は何も知らぬのだな。情けない……」

そう言うと、クロウは顔をくしゃりと歪ませる。

「我が未熟なせいで、この狭間をうまく閉じていられなくなってしまった。歪みが何カ所も生じてしまったのです、桐夜様」

くりっとした目からぽろぽろと涙がこぼれ落ちる。桐夜は小さく息をついた。

「それで、私のところに」

「ええ、貴方様がたのお話は前の主より聞き及んでおりましたので」

「え、ちょっと全然話が読めねーんだけど。なんでそこで桐夜なわけ？」

泣きだしてしまったクロウに代わってナギが説明する。

「簡単に言えば、その歪みに呪魔が群がってくるということだ。幽界から彷徨《さまよ》い出てしまった魂を狙ってな」

「幽界って、つまりあの世ってこと？」

「いや。お前の言う、『あの世』へ無事に旅立つことのできない魂というものが無数に存在するんだ。彼らが行き場を探し、彷徨っているのが幽界だ」

「へ、え」

わかったのかわからないのか曖昧な表情の浅緋にため息をつき、桐夜が口を開いた。

「どちらにせよ、魂が現世に出てはならない。悪霊になってしまうことも多いし、そもそも彷徨う魂なんて呪魔の恰好の餌だろうが」

「あー。そうか！　たしかに」

浅緋はぱちんと手を打った。ようやく彼にも話が見えてきた。クロウは桐夜に、自分の池に寄ってきた呪魔を退治してほしいってことか。やっとさっきのナギの目くばせの意味がわかった。だが、桐夜が初めに言っていた鬼人の仕事というのには、こんな事も含まれているのだろうか。相手は人間でもないのに。

「アンタって、こうやっていろんな所から頼まれんの？　西崎の時みたいにこっちで呪魔を探すだけじゃなくてさ」

「呪魔は様々な形でこの世と関わっている。長くやっていればいろいろ起こるものだ」

そういったものを桐夜は全部受けて一人でやっているのだろうか。ますます手伝いが必要に思えるのだが。

「今回、我が伺ったのは呪魔を祓《はら》って頂くお願いのためではあるのですが。もう一つございまして。その、桐夜様。この、歪みを早急に抑える方法をご存じないでしょうか？」

クロウは恐る恐る桐夜の顔を見た。

「聞くところによりますと、鬼人様の振るう太刀には破魔の力とともに、守護の力が宿っているとか」

桐夜はゆっくりと頷く。

「たしかに。鬼人の刀なら多少結界を強くできるだろう」

クロウの顔が輝いた。「でしたらぜひ、我が池にお貸しいただけないでしょうか」と両手を合わせる。

「あいにく、ここには太刀が一振りしかない。これも、本来は私のものではないんだ」

残念だが貸すことはできない、と申し訳なさそうに答える。

「クロウ殿が成熟した主になるにはこれから何十年とかかるはずだ。その間、私は綻びに溜まる淀んだ気を祓うことくらいしかできないが、それでも構わないだろうか」

「も、もちろんでございます！　出過ぎたことをお聞きしてしまい申し訳ありません。どうか、このような未熟者をお許しくださいませ」

「気にしないでくれ。私こそ、貴方《あなた》の前の主よりはるかに未熟な、呪魔を斬るだけの男に過ぎない」

浅緋は、クロウに向かって穏やかに答える桐夜の唇に、自嘲めいた笑みが浮かんだのを見た。

「さて、それでは今夜早速行こう。今はゆっくり休まれるといい」

＊＊＊＊＊

浅緋はその後も店の厨房に残った。安心したクロウは疲れたのか、夜に備え上の階で眠りについている。『雪』の夜営業が始まったが浅緋は引き続きバイトを続けた。もちろん、桐夜とクロウについていくためだ。桐夜は帰ろうとしない浅緋を訝しげに見たが、何も言わなかった。黙々と厨房とホールを行ったり来たりしながら頭を巡らせる。

(どうやって桐夜について行くかな……。直接頼んだって断られんのがオチだし)

蓮華池の主だというクロウの頼みは、自分の池の綻びだか歪みだかを治すために、寄ってくる呪魔を倒してほしいというものだった。これは浅緋にとってやっと巡ってきた呪魔退治のチャンスだ。絶対に逃したくない。が、話は聞かせてくれたけれど、桐夜は自分を連れていく気はなさそうだ。

それではいつまでたっても前へ進めない。皿を食洗器に突っ込みながら二人を追いかける方法をあれこれ考えていると、背中で聞き覚えのある声がした。

「お疲れさま。浅緋くん、こんな時間まで頑張っててんな」

見ると厨房の入り口から人懐こい笑顔が覗いている。吉野晃だった。そういえば、今日は夜に店に来ると言っていた。

「いらっしゃいませ、吉野さん」

「なんか、改まって浅緋くんに迎えてもらうと照れるやん。昼も会ったのにな。でも珍しいね、夜営業はオーナーだけなんが普通やのに。そこで君のこと見かけたから驚いたわ」

「今日はちょっと無理言ってシフト入れてもらったんす」

頑張るなぁと笑って、晃はペットボトルのスポーツドリンクを浅緋に渡した。

「はい、コレ差し入れ。水分補給、ちゃんとしいや」

「あ、すみません。頂きます」

ありがたく受け取って、浅緋は晃を改めて見た。もうすでに中で飲んでいるらしく、頬が僅かに赤い。仕事中よりもさらに柔らかな口調になっていた。

「吉野さん、楽しそうっすね」

「ふふ、まあね。今日は久しぶりに幼なじみと飲むんよ。いろいろ報告せなあかんこともあるしな。楽しみやねん」

にこにこと笑う。昼会った時より明るさが一段増している。

「あ、そうや。運動会の件、考えてくれた？　やっぱあかんかな？」

「あー、ええまぁ。すみません」

ちくりとした痛みを感じながら、浅緋は謝った。

「そっかぁ。残念やなぁ。君、足めっちゃ速そうやのに」

「そんなのわかるんすか？」

「うん、僕、マネージャーやっとったから、なんとなくわかるで」

腿の筋肉のつき方とかな、とおどけて足を上げてみせる。そこへ、店のドアベルがからんと鳴った。

「あ、きっと瑛一《えいいち》やわ。じゃあ浅緋くん、がんばってな」

手を振りふり戻って行く。幼なじみと聞いて浅緋は店内を覗いてみた。

今来た客は、紺のスーツにビジネスバッグを肩からかけた若い男だ。いかにも今風のスマートなビジネスマンといった風体だが、肩幅も広く、身体に厚みもあってどちらかというとがっちりとしたスポーツマンに見える。桐夜の深みのある声が迎えた。

「いらっしゃいませ。お久しぶりですね」

晃と同じく彼も常連のようで、やけに大きな声で「めっちゃ久しぶりっすね！　オーナー」と聞こえてくる。浅緋はメニューを手に二人の座るカウンターへと向かった。

平日の午後九時をまわっているということもあって、晃たちの他には二、三人がそれぞれに飲んでいる程度だ。晃の幼なじみは既にどこかで一杯やってきたらしく、目が据わっていた。

「ハイボールね。あとなんかてきとーにつまめるやつ」

赤い目をしながらどさりと鞄を置いて、男は晃の隣に座った。

「あれ、見ない顔やん。はは、オーナーもやんちゃそうな子いれたんすねえ」

鈍く光るアッシュブロンドの頭に無遠慮な視線を向ける。浅緋はぺこりと頭を下げた。

桐夜は黙って微笑むだけだったが、晃が慌ててとりなすように紹介した。

「瑛一、浅緋くん言うねん。めっちゃいい子やで。よう働くし、ですよね、オーナー」

「なんなん、晃。お前がこの子の先輩みたいな言い方やん」

「納品の時よく顔合わせるねん。それより、遅かったやん。瑛一はもうどっかで飲んできたん？」

「んー。上司と打ち合わせ、みたいな？」

　カッコいいやろと笑ってテーブルに肘をつく。そんな幼なじみの様子に、晃はすこし戸惑った顔になる。

「この酔っぱらい、瑛一っていうねん。僕の幼なじみ。幼稚園の時からいっしょやねん」

　すこし照れ臭そうに紹介する。瑛一は、

「幼稚園からいっしょて！　俺らもう二十五やで。今は仕事も人生も全然違うやん。そんなかわいい紹介の仕方すんなや」

　と豪快に笑う。いいやんかと晃はますます顔を赤らめたが、浅緋は瑛一の言い方にすこしだけ、棘《とげ》があるように感じた。酒のせいだろうか。

「前はよく遊んでてんけど、最近は瑛一が忙しくてなかなか会えなくてなぁ」

　だから今日はお前に会うんめっちゃ楽しみやってんよと晃はにこにこと瑛一を見る。

「オレ、幼なじみとかいないんで、そういうの結構憧れます」

　浅緋は素直な感想を口にした。

「そうなん？　なんか恥ずかしくなってきたわ。そういえば浅緋くん、このへんが地元じゃないんやね」

「ほんまや。オーナーも関西弁ちゃうし、よく考えたらなんか、この店、違う世界みたいやわ。君もおもろい髪の色やしな」

「ちょ、さっきから失礼やろ瑛一」

　ごめんな、いっつもこんなんちゃうんやけどと困り顔で晃が謝る。浅緋は首を振りつつ、大丈夫っす、と目で合図した。別に、からまれるのには慣れているし、これくらいは可愛いものだ。度が過ぎれば喧嘩を買うが、浅緋はいま、全くそんな気分ではなかった。

なにしろ、どうやって桐夜とクロウについて行くかで頭がいっぱいなのだ。瑛一はそんな浅緋の態度に鼻白んだ様子でふい、と横を向いてしまう。目の前の酒に興味を移して乱暴な飲み方を始めた。

ひょろりとして温和な晃と、大柄で豪快な瑛一。幼なじみとはいえ、二人は全くタイプが違う。晃は話題を変えた。

「瑛一、仕事忙しそやな。最近ほとんど飲みにも行けてへんかったやん」

「まぁな。なんか知らんけど、上から無茶振りばっかかされるわ」

「大変やな。やっぱりそこ、ブラックなんちゃうん？」

「どうなんやろ。でも、ここでやるしかないからなあ」

瑛一は苦笑いして、ハイボールのジョッキに手を伸ばす。

「けど、部活んときの走り込みよりかはマシやわ。あん時はマジで死ぬかと思った」

「たしかに。あれは見てる方もきつかったわ」

桐夜がチーズの盛り合わせを出した。スモークチーズに、黒胡椒入りのカマンベール、ドライフルーツと刻んだクルミを添えたクリームチーズなどが彩りよく木の皿に並んでいる。晃が小さく歓声を上げた。

「あ、桐夜さん。これ、使ってくれてるんですね」

「はい。こういう温かみのあるカトラリーはいいですね。なんでも合いますし、とても重宝していますよ」

「これ晃んとこのなん？」

瑛一が皿を指差した。深い色の木目に食材がぱっと映えている。

「そう、うちで試しに仕入れてみたんよ。お酒に合う食器ってコンセプトで。そしたらオーナーさんが気に入ってくれてん」

晃は嬉しそうだ。

「ふうん。熱心やな、晃。もうほんまに次期社長って感じやな」

「そんなんまだまだやで。おとんが元気やのに、怒られるわ」

笑って手を横に振る。だが、瑛一は重ねて聞いてきた。

「お前んとこ、店広げるらしいやんか。俺、全然知らんかったわ。あんなに店継ぐん嫌がっとったのに」

「それは、瑛一が……」

言いかけて晃は口をつぐんでしまう。そんな彼を瑛一は横目で見ながら、「順調で何よりやな。俺とは大違いや」と椅子の背にだらしなくもたれた。

「順調なわけないやんか。うちは小さな店やし、置いてかれんように必死なんやで」

晃は笑ったが瑛一は面白くなさそうに、空のジョッキを掲げ、無言で桐夜にお代わりを要求した。ふと、晃は思い出したように尻ポケットから携帯を出してきた。

「あ、そうや。なあ瑛一。お店のSNSも始めたんよ。そしたらな、ホームページにもアクセス増えてん」

「へえ。宣伝効果ばっちりやん」

「うん、まあな。それでな、ここ見て」

これこれ、と晃は画面を晃に向けた。瑛一は首を傾げている。

「なにこれ」

「ここ、蓮華池やんか。覚えてるやろ？　僕ら中学のときにさ、山の中で迷ったやん」

蓮華池という言葉に、浅緋は思わず身を乗り出した。黙ってスマホを見つめていた瑛一は短く、「覚えてへん」と答えチーズをぽいと口に放り込んだ。ええ？　うそやろと晃が驚いた顔をする。桐夜がさりげなく尋ねた。

「蓮華池とは、六甲山にあるのですか？」

「そうなんです。ものすごくわかりにくい場所にあるんやけど、もう、めちゃめちゃ綺麗な池なんですよ」

晃は興奮気味に携帯を見せた。浅緋のことも手招きする。

「このサイトね、わりとマイナーな地域情報ばっかり載ってるいわゆる掲示板なんやけど、うちの店も紹介してくれとって、その時にこっちを見つけたんよ」

画面には派手なかざり文字で、「隠れたパワースポット見つけました」のタイトルとともに池が映っている。霧でぼやけているが、こんもりとした樹木の間から覗く水面は、確かになんとなく神聖な雰囲気を漂よわせている。サイトの文によるとここ数年、密かに「願い池」と呼ばれているらしい。コインなど入れて願い事をすると叶うと紹介されている。病気が治ったなどという眉唾ものの書き込みまであった。浅緋は天井をそっと見上げた。今、階上にはその「願い池」の主がすやすやと眠っているのだ。

「ここ、僕らにとっては思い出の場所やねん。な、瑛一」

「忘れたって言うたやんか」

晃はすこし寂しそうな顔をして、そっかぁと呟く。瑛一は空のジョッキを見つめたままだ。

「その思い出。聞きたいっす」

瑛一を窺うように見てから、「よしの」の息子は躊躇《ためら》いがちに話しだした。

――ここで、生まれて初めて日の出見てんよ。中三の秋くらいやったか、僕めちゃくちゃ親父と仲悪くてな。その日も夜に進路のことで派手な喧嘩して家飛び出してん。でも、中学生が夜中にうろうろしてたら補導されるだけやん？　もちろん金なんか持ってないし……。困り果ててしまって、瑛一に連絡してん。そしたら、自分も受験生やのに、瑛一が飛んで駆けつけてくれて。で、なんでか知らんけど、二人で山に登ろってなって。

「それで、まあ当然のように中坊二人は夜の六甲山で迷ったんです」

晃は苦笑いして、グラスの酒を一口飲んで口を潤した。瑛一は黙って聞いている。

学校の遠足や、家族で遊びに来たりと小さなころから馴染みはあったがやはり夜は違う。

真っ暗な山のなか、歩けるポイントを探しながら二人はとりあえず上を目指した。そうして、あちこち擦り傷を作りながらなんとかたどり着いたのが蓮華池だった。

「池全体がぼわーっと光ってて、めっちゃ綺麗やった。朝陽がさあっと水面を覆って、金色になっていくんよ。それ見てたら、親父と喧嘩したことなんかどうでもよくなって、すごいさっぱりした気持ちになれた。不思議なことに、帰り道もすぐ見つかってね。あの時の日の出、何年たっても忘れられへん」

懐かしそうにそう締めくくると、晃は目を閉じた。そして、「迷子になってるっていうのに、瑛一がめちゃくちゃ頼もしくてな、僕ほんとはちょっと泣いてたんやで」と照れながら打ち明けた。

瑛一は、晃の思い出話を遮るように、「覚えてへんって言うたやん」と目を逸らす。

二人の間に気まずい沈黙が流れた。気をそらすように浅緋は晃に尋ねる。

「親父さんとの喧嘩って何が原因なんすか？」

進路の話など、浅緋は養父としたことがない。もちろん喧嘩なんて一度もなかった。養父はいつも、困ったような顔をして浅緋を見るだけだった。

「え？　ああ。店を継ぐのが嫌すぎてな、瑛一と同じ進学校を受験しようとしたんよ。それで親父が怒り狂って出てけ！　ていうから出てった」

よくある話やろ、と笑う。曖昧な相槌で返すしかないのがすこし寂しかった。

「お前は俺のことずっと追いかけとったもんな」

やっと瑛一が口を開く。

「結局同じ高校行くことになってんけど、部活まで一緒に入ってなぜかマネージャーになっとったし」

「アメフトはさすがに、選手にはなられへんやん」

ふてくされたように言う晃に、瑛一の態度がすこし柔らいだ。見るといつのまにか、厨房にある時計は閉店時間前を指していた。浅緋はバタバタと仕事に戻る。

(やば、ついつい話に聞き入っちまった。けど)

二人が中学のころというともう十年以上前だろう。当時の主は山に迷った少年たちを護ったのだろうか。クロウの話と相まって、浅緋はなんだか不思議な気分になっていた。

ふいに、向こうでガラスの割れる鋭い音が弾けた。瑛一の荒い声が続く。

「なんで隠しとったんや！」

大きな身体で立ちあがり、低い声で晃に詰めよっている。

「親友の結婚なんてめっちゃ大事なこと、なんで俺だけ今の今まで知らんかったんや」

「いや、隠すなんて、そんなつもりないって。ちゃんと決まってから話そうて思ってたんや。だから今日、瑛一に」

晃はおろおろと幼なじみを見上げた。

「みんなはもっと前から知っとったんやろ！　俺をのけ者にして、楽しいか？」

「そんなんちゃうって。最近瑛一忙しいから……」

「俺が仕事うまくいってへんからか？　せっまい商店街やもんなぁ。どんなに小さな噂もだだ漏れやな。みんなが陰で憐れんでるんくらい知ってるわ。お前も一緒やろ！」

「そんな、つもり」

「お前はいいよな、順風満帆ていうの？　何もかもうまくいってる、心配する振りして、そうやって人を見下してるんやわ」

いつもは穏やかな晃の顔がぱっと赤く染まる。立ち上がり、瑛一をにらみつけた。だが二人の体格差は歴然だ。砕けたグラスの破片がじゃり、と嫌な音を立てる。桐夜がカウンターから出ようとする前に、浅緋が箒を持ってつかつかと二人の前に立った。

「お客さま。もう閉店時間となりますが、まだ続けられますか？」

「はぁ？　なんやこのガキ」

瑛一のたくましい腕が浅緋のシャツの襟もとを掴みあげる。浅緋は怯えるどころか、さらに彼に近づいた。耳元で冷たく囁く。

「店んなかで続けんなら時間外料金取るぜ？　そうゆうダセーことは外でやんなよお兄さん。いい喧嘩場所知ってるからさ、案内してやろうか？」

大柄な瑛一はぐっと息を呑んだ。晃は目を丸くして銀髪の青年を見つめるばかりだ。やがて瑛一は大きく舌打ちすると、財布から札を抜きとりカウンターに乱暴に置いて足音荒く出て行ってしまった。

「ちょっと、瑛一！」

「やめたほうがいいっすよ。誰かに噛みつきたくてしょうがないんだろ、あの人」

「浅緋くん……」

晃は浅緋と店のドアとを交互に見つめる。

「前の仕事でも、あーゆうのはいっぱい見てますから。朝になって酒が抜けたらきっとめっちゃ後悔するやつです」

浅緋がそう言うと、晃は飛び散った皿やガラスを見てため息をついた。

「最近怒りっぽいって周りから聞いてたけど、びっくりしたわ。本当にごめん。弁償するから」

首をがしがしとさすり、頭を深く下げる。自分のことではないのにこんなに謝る人は初めてだ。

「お客様、うちの従業員が大変失礼いたしました。お怪我はございませんか」

桐夜がやってきて深く頭を下げた。

「いや、そんな、悪いのはこっちです。頭に血が上ってしまって……。弁償します」

晃はデニムのポケットから財布を取り出した。桐夜はすっと腕を伸ばして押しとどめる。

「いえ、とんでもございません。どうかお気になさらず。ご友人にもお伝えくださいませ」

ぎろりと睨まれて、浅緋も仕方なく頭を下げた。桐夜は再び謝罪すると、浅緋に彼を送っていくよう指示した。オーナーの有無を言わせぬ様子に浅緋と、客の晃までがそそくさと従う。多少気まずい空気のなか、二人は夜道を並んで歩いた。

晃は大きくため息をつく。

「昔はあんな言い方するやつじゃなかったんよ。明るくて、まっすぐで。僕のヒーローみたいなもんやってん」

そして、ぽつぽつと話しだした。

「蓮華池の話したやん？　実はあのころ僕のうち、母が亡くなって、父親がすごく荒れてたんよね。妹はまだ小さいし、家のことはほとんど僕がやってて」

自分と妹の弁当に父親の食事の作り置き、洗濯も買い出しも掃除もすべて晃が一人でやっていた。飲んだくれて家に引きこもる父も嫌で、家事と勉強の両立もとても辛かったのに、こんな状況を知られるのは恥ずかしくて、学校に行くのがすごく嫌だった。周りは受験で誰にも頼れない。今の笑顔からは想像できない晃の昔話に、浅緋はじっと耳を傾ける。

「ずっと、暗い沼の底でもがいてるみたいな毎日だった。嘆いてばっかりの父も、わがままな妹も、亡くなった母のことも、大嫌いやったんよ」

瑛一はそんな晃を毎朝迎えに来て、帰りも一緒で、いつも笑わせてくれたそうだ。面白くもないギャグや、くだらない話をずっとしてくれた。

「無愛想な僕のことなんかほっとけば良いのにな。事情をどこまで知っていたかはわからんけど、あのころ、あいつだけはずっとそばにいてくれたんよ」

あの秋の日、蓮華池が朝陽に染まっていくのを見つめながら、瑛一は「家のこと、大変やったら何でも手伝うから。また一緒に遊ぼな」と言った。

「よくある励ましの言葉かもしれんけど、どれだけその言葉に救われたか」

彼は暗い道の向こうを見つめる。彼の眼は普段の穏やかな色に戻っていた。

「ヒーローっていうのはそういうワケやねん」

晃は照れかくしにおどけてみせる。

「でも、あんな言い方ないでしょ……」

「瑛一、有望なアメフト選手やってんけど、ケガで大学やめてるんよ」

「そ、うなんすか」

「そのころからかな。ちょっとずつ周りと距離とるようになっていったの。あのころのお返しやないけど、本当は元気づけたいねん。でもやっぱ避けられててなぁ。あのころより大人になった分、お互いなかなか素直になられへんくて。僕もしょうもないなぁほんま」

あんな態度をとった瑛一ではなくむしろ自分のことを責めている晃に、浅緋は自分が子どもっぽいことを自覚させられる。

「吉野さん、お人好しすぎっす」と返すのが精いっぱいだった。

「はは。よう言われるわ」

吉野酒店の看板が見えてくると、晃はほんとごめんなと言って帰っていった。

店に帰るとお客様への態度が悪かったという罰で、浅緋は後片付けを命じられた。

「お前はその喧嘩っ早い性格をなんとかしろ」

お叱りが延々と続きそうな気配に浅緋は早々に話題を変える。

「でもあの二人ってさあ、全然タイプ違うよな。な？」

冷ややかな目で彼を見た後、桐夜は短く答えた。

「性質が似ているから、幼なじみになるわけではない」

「そうかもしんねえけど、でもあの瑛一って奴、オレは気に入らねー。よくつるんでられるよな」

ああいうのはマジで我慢できねー、と割れたガラス片を集めながら浅緋は文句を言った。

「誰しも幼いころは柔らかな魂を持つ。日々を共に過ごすうちに、互いの魂が根の部分で繋がることがある。相手の性格どうこうの話ではない」

浅緋は桐夜を見た。

「アンタも、幼なじみがいるのか？」

だが、桐夜はそれには答えず、カマーベストとエプロンを外し始めた。

「まあ、大倉《おおくら》瑛一の方は注意した方がいいかもしれない」

「注意？　って何を」

「お前、何も感じないのか？」

「え、と……」

桐夜はほう、と息を吐く。

「やはり、金眼への変化は一時的なものだったのだろうな。そうだろうとは思っていた」

浅緋は慌てて瑛一の様子を思い出した。たしかに悪酔いしていたが、それだけではなかったのか。

「鍵は閉めておいてくれ。私はクロウと出かける」

「あ！　ちょ！　待てよ。オレも連れてけって」

「ろくに呪魔の気配もわからないようでは足手纏いだ」

そう言って彼は上着を羽織る。下ろした髪が一段と黒く輝いた。肩には暗色の刀袋をかけている。その横にはいつのまにかクロウが控えていた。

「まずは池の様子を見てくる。ナギ、留守を頼む」

桐夜はナギにそう告げるとクロウと二人、夜のむこやまへと向かうべく、『雪』の重たい扉から出ていってしまう。「ちょっと待てってば！」と叫ぶ浅緋の声がむなしく壁にぶつかった。


翌朝、大倉瑛一は身体を引きずるようにして会社へ向かっていた。飲み過ぎてガンガンする頭をかかえ歩く。時折足元の灰色のアスファルトが歪んで見えた。

新緑の季節、風がさわさわと街の木を揺らしていたが、彼にはそんな風景を楽しむ余裕もなかった。まだむかむかとする胃のあたりをさすりながら、浮かんでくるのは昨日の晃の傷ついた顔だ。どう考えてもあれは自分が悪い。おめでたい婚約の報告を幼なじみがしてきたというのに、晃をなじり、ひどい言葉を投げつけた。

瑛一の足取りはさらに重くなる。最近はなぜか、感情を制御できなくなることが増えている。ふとしたことで瞬時に頭に血が昇り、周りが見えなくなってしまうのだ。酒が入ればなおさら、彼の神経はハリネズミのように無数の棘を纏う。

(謝りに行かなあかんけど、でも、またひどいこと言ったらどないしよ……)

だが、本心が混じってないといえば嘘になる。スポーツ推薦で入った大学を怪我で中退し、なんの関係もないところへ就職した自分と、着実に自分の道を進む晃。ずっと同じペース、いや、自分が少しだけ前を走っていく人生だと思っていたのに、どこでこんなに変わったのだろう。

蓮華池で見た日の出のことは、忘れたわけではなかった。ただ、スポーツに打ち込み、友だちとずっと過ごせるだけで満ち足りていたあの日々は今の自分には眩しすぎる。なんの意味もない毎日は薄っぺらく、軽蔑していた生き方そのものだ。瑛一は、会社についてからも何度も深いため息を漏らした。

携帯が震える。社用ではない個人のほうで、一瞬晃からかとどきりとする。だが、画面を見て固まってしまう。今一番彼が会いたくない人物からの呼び出しだった。

昼休み、わざわざ会社から遠い喫茶店へ行くと、その人物は愛想良く瑛一に手を振った。

「大倉くん。早く来てくれなあかんやん。君、成績一番下やのにそんな態度でええん？」

「すみません、ちょっと書類に手間取って」

頭を下げる。スポーツ用品の営業をしている瑛一は、新規の顧客の獲得に苦労していた。

彼の上司は最近、成績のよくない瑛一に小さな嫌がらせをしてくる。剛毅なスポーツマンだったことしか取り柄のない瑛一は我慢するほかなく、いつも歯がゆい思いをしていたのだ。今日はいったい何をされるのか、毎日そんな気持ちで社へ向かっていた。

彼の上司は大柄な瑛一が困る様子を楽しむかのように、煙草をゆっくり吸う。そして大げさに困った顔をして見せた。

「大倉君、今月も多分君最下位やわ。なかなか成長せえへん部下をもつとこっちも辛いね」

中間管理職ってヤツやからねオレ。と笑うと、彼は向かいの瑛一に顔を近づけた。煙草臭い息がかかる。

「そこで、君に、えー話持ってきたで」

「は？」

おそるおそる尋ねると、上司は一層顔を寄せる。

「この前君、契約取った取引先あるやろ、ちっさいスポーツ店」

「はぁ」

上司は彼がやっとのことで商品を置いてもらえることになった、老夫婦が営む店の名をあげた。

「あの店の納品書、価格上乗せして書いといてほしいねん」

え？　と瑛一は聞き直した。

「なに、ちょっと水増しするだけやん。みんなやってることやし。浮いた儲けは僕と君でロクヨンでええから」

「いや、それは……」

　こんなあからさまな不正を持ちかけられるとは思わなかった。事態がよく飲み込めず、彼は上司を見つめるだけだ。血走った目玉がきょろきょろあたりを見回すのがフォーカスされて見える。それは、瑛一の上でぴたりと止まり、獲物を捕らえたハイエナのごとく細められた。

「断れるはずないやんな。君、成績毎回最下位やねんから。了解してくれたら、この前僕がとった新規の店いっこあげるわ」

　いやらしくにやりとする顔が、今朝のアスファルトと同じようにぐにゃりと歪んでゆく。瑛一はひどい頭痛と息苦しさを覚えた。グラスの水を飲み干し、席を立つ。おい、どこ行くねん、という声が追いかけてくるが、無視して店の外へ走り出た。数メートル走り続け、急に立ち止まった。はあはあと荒い息を何度も繰り返す。

（あんな奴の、不正の片棒かつがされるんか、俺は）

　引き攣った笑いが喉の奥から込み上げてくる。部活ではいつもキャプテンを任されていた。試合中はメンバーを励まし鼓舞する。ときには監督に刃向かったりもしたがそれはすべて、チームのためだった。頼もしく、力強い存在だと周りも、自分も思っていた。なのに。

(俺は、そういうことしても大丈夫なやつやと思われたってことや)

瑛一は吐き気を感じて、通りの石段によろめくように腰掛けた。スーツの尻ポケットから携帯が滑り落ち、かつんと硬い音を立てた。腰をかがめ、のろのろと手を伸ばす。黒い画面には二日酔いで瞼の腫れた、みっともない男の顔が映っている。

目を背けるように彼は画面をスワイプする。無意識のうちに昨日晃が見せてくれたサイトを探していた。

「隠れたパワースポットだと思います！　すごくキレイ」

「ここでお願いしたら両想いになれちゃいました！」

浮ついたコメントとともに、見覚えのある景色が現れる。けれども、あのとき見た神秘的な光景とは似ても似つかない荒れた画像だ。

(あそこ、これからは俺らの秘密の場所にしよなって晃と話したよな)

結局、蓮華池にはあれから行っていない。池の名前さえ、当時はわからなかった。いま、画面に映る水面に黄金の輝きはなく、代わりに、黒いもやもやとした霧が立ち込めている。

瑛一は魅入られたようにその霧をじっと見つめる。

行かなければ、あの池に。強烈な飢餓感が彼を襲う。急に立ち上がると、大倉瑛一は北へ、山をめざしてふらふらと歩き出した。

その日の夕方、晃は自分の店でパソコンに向かっていた。最近伸びてきた通信販売のシステムを効率化できないかと格闘していると、自動ドアが開き来客を知らせるチャイムが鳴る。反射的に「いらっしゃいませ」と声をあげ立ち上がった。そこには瑛一が立っていた。あまりに突然の登場に、晃は一瞬、不審者が入ってきたのかと思ったほどだ。

「わ、びっくりした。瑛一やんか。おつかれ、どしたん？」

プライドの高い瑛一はきっと謝りたくても出来なくて悩んでいるだろうから、数日したら晃のほうから連絡するつもりでいた。すごく嬉しかったが、何気なさを精いっぱい装って、彼はブルーライト用の眼鏡を外した。

「いや、昨日のこと謝ろおもて」

「え。ほんま？」

思わず聞き返してしまう。だが、様子がすこしおかしい。いつもはぴしっとしたビジネスマンといった雰囲気なのに今日の彼はスーツもよれ、ズボンの裾には泥が飛んでいる。靴も泥だらけだ。晃は彼の顔を見た。頬にも土がついているように見える。

「ど、どうしたんそのかっこ。転んだんか？」

「いや、転んでへん。それより、あそこ、あの池行こうや。また日の出見に」

「今から？」

「そうや、今から。時間ちょうどええやろ」

瑛一は焦ったように何度もうなずく。そして、握りしめたままだったらしい携帯を晃に突き出し、ほら、と蓮華池の画像を見せてきた。

「でも、まだ夕方やで。それに明日も普通に仕事やし、瑛一だってそうやろ。今年の年末にでも……」

「そんな待たれへん。早く行ってみたいんやって」

俺らもここで写真撮ろうや、と笑って見せる。どこか切羽詰まったような声音だ。喉の奥で別の生き物が話しているような妙な声だし、やけに瞳が暗い。おちくぼんだ目元はおよそ瑛一らしくない。

「な、頼むって。幼なじみの願い、聞いてほしいねん」

そんな風に頼まれたら、行かないわけにはいかない。晃は渋々頷いた。

「じゃあ車だしてくるわ。親父に言ってくるから外で待っといて」

そう言って店の奥へと消えていく。頷いた瑛一の瞳がさらに暗く輝いた。

＊＊＊＊＊

同じころ、『cafe&BAR 雪』の店内。浅緋はようやく遅い昼食にありつこうとしていた。いつもは小野が簡単な賄いを作ってくれるが今日は休みのためカップ麺で済ますつもりだ。昨夜クロウと出かけた桐夜はまだ帰ってこない。そのため、夜の営業は休みだ。

「夜はわりと気まぐれだよ。もともとオーナーが趣味で開けてるみたいだからね」

小野は前にそう説明してくれたことがあった。今思えば、その「気まぐれ」はきっと呪魔に関するものなのだろう。電気ケトルを準備しながら、浅緋はナギを見る。誰もいないのをいいことに黒豹はソファ席で気持ちよさそうに四肢を伸ばしていた。猫の時と違って、かなりの迫力だ。長いソファから後ろ足がはみ出ていた。

浅緋はむすっとした表情で窓ガラスの外へ目を移した。店の前を数人が通り過ぎる。呑気そうな年配の男に、声高に携帯で話しながら歩くスーツ姿の女性。彼らには、呪魔なんてモノとは縁がなさそうだ。

（今ごろ、呪魔をばっさばっさ斬りまくってんのかな。くそ、桐夜のやつ）

ソファのほうからくつくつと低い笑い声が漏れる。ナギがこちらを見ていた。

「なんだよ」

「つまらなそうだな」

「当たり前だろ。今ごろあの刀振り回してんのかと思ったら、おもしろくねーよ」

「別に桐夜は、大事な太刀をやたらと振り回したりはしないが。それはともかく、焦るなと言ったろう？」

「でもさ……」

浅緋はまた道路に目をやる。別にこのまま、ここで『雪』のバイトを続けるのは構わない。けれどもそれでは結局今までと一緒ではないかと思う。人に迷惑をかけてないだけで、根なし草なのに変わりはないのだ。

浅緋はガラスに映る自分の瞳を見た。いつもと同じ、なんの変哲もない色だ。あの金眼は一時のことだと言う桐夜の言葉は本当かもしれない。自分にも何かできるなど、思いあがりだったのかも。電気ケトルがごぼごぼと湯が沸いたことを知らせた。窓から目を離そうとしたとき、前の通りで見覚えのある軽トラックが信号待ちしているのが目に入った。車体に、「吉野酒店」と書かれている。晃の店のものだ。

「あれ？　なんか……」

変だ、と目を凝らす。

なぜか助手席側に晃が座っている。だがそれよりも気になるのは、トラック全体を薄い霧のようなものが覆っていることだ。さわやかな陽気なのに、酒屋のトラックの周りにだけ今にも雨が降りそうだ。いくつもの黒い粒子が運転席あたりに立ち込めていた。

（あれ、めちゃくちゃ見覚えある。俺が自販機の前で見たやつと同じだ）

ぞわぞわっと足先から鳥肌がかけ上がってくる。

「ナギ。……ナギ！　見ろ、あれ！」

「ああ、見えている。いつのまにあんなものを背負い込んだんだあの男は」

隣でナギがぐるると唸った。美しい黒豹は碧い眼を鋭く光らせて車を見ている。晃の隣でハンドルを握っているのは瑛一だった。やがて信号が変わると車は北へと走り去る。山へと向かうようだ。

「桐夜がいないというのに、厄介なことだ」

浅緋は、アレやばいんじゃねーのとばたばたとエプロンを外し始めた。

「どうしようというんだ？　浅緋」

「決まってんだろ。あれは絶対呪魔だ。二人があぶねー。さっさと行くぞ！」

　はりきった表情の浅緋に、ナギはすこし苦笑いする。

「行くのは構わないが、どうやって追いかけるんだ？」

　浅緋は外へ出ると、店の買い出し用自転車に飛び乗った。

「とりあえずこれで行くしかねーだろ。山の方に行ったのはわかってんだ」

　そう言って早速ペダルをこぎ始める。ナギはひゅるりと尻尾を回すと猫の姿になって自転車の横を走り出した。なぜか、瞳を嬉しそうに瞬かせている。

　前方に時々ちらりと見える異様な靄を追って、浅緋は目いっぱいペダルを漕いだ。坂道はどんどん急勾配になってゆく。がむしゃらに追いかけたのはいいが、トラックはすぐに見えなくなってしまった。少しして浅緋は荒い息を吐きながら自転車を降りてしまった。太ももがぷるぷると震えている。

「あ、足がやべー。チャリでこの急勾配はさすがに無理だったか……」

「なんだ、追いかけっこはもう終わりか？」

　浅緋は肩で息をしながらナギをにらんだ。

「お前とは身体の造りがちげーんだよ！」

「おや。桐夜は楽々と走るのだが」

　むむ、と口をへの字に曲げる。

「それはっ……くそ。……けど、あのトラックの行き先、なんかわかった気がする」

「おや、そうか？」

ナギが面白そうに聞いた。

「あれは呪魔だろ。ってなると、あの化け物が行くのは、クロウの池だ」

クロウの話によれば今、蓮華池は呪魔が集まりやすい環境だ。どこであの青年二人が呪魔と関わったのかはわからないが、北へ向かった呪魔憑きのトラックが目指す場所といえばそこしか思いつかなかった。

「なるほど。鋭いな、浅緋」

「……。絶対わかってただろ」

ナギはとん、と浅緋の前に立った。

「そうと分かればさっそく行ってみようではないか」

浅緋は携帯を取り出した。例の掲示板によると、池はかなり上の方にあるらしい。けれど曖昧な情報ばかりで正確な位置はわからない。彼はうめき声を漏らして深い緑色の山を見上げた。

（もう暗くなってる。早く行かねえと吉野さんが……）

たしか、山上に行くためのロープウェイがあったはずだ。こちらに来てまだ一年ちょっとの浅緋にはあまり土地勘はないので、地図を頼りに進む。クロウは軽やかな足取りで横に並んでいる。

「なあナギ。お前、実は場所の見当ついてんじゃねえの？」

「だいたいはな。だが、人の子が徒歩で進める道ではないと思う。かえって危険だ。桐夜に叱られる」

「そんなこと、アイツ気にしねーと思うけど」

「お前はまだ桐夜のことをわかっていないいな」

ナギはふふ、と笑って浅緋の横を走った。やがてロープウェイ乗り場の案内が見えてくる。そこで彼らは足止めを食った。

「本日運行終了」の札が乗り場にぶら下がっていたのだ。

「うっそだろ。マジかよ」

「どうする、浅緋？」

「歩くしかねーな」

すでに陽は薄くなり、山はいっそう暗く見える。斜面を見上げると、不気味な静けさが重くのしかかってくるように感じた。灰色の静寂を破るように鳥の鳴き声がいくつも重なる。浅緋はロープウェイ乗り場の横に踏みならされた道を見つけた。わずかだが灯りも見える。迷わずそちらへ向かうと少し先で小さく光が揺れた。

「こら、下っぱ。貴様ここで何をしている！」

前方の斜面から甲高い声が浅緋めがけて降ってきた。見あげると、袴姿のクロウが浅緋を見つけて睨んでいる。あの人形みたいな衣装は「水干《すいかん》」姿というのだそうだ。休憩中、気になった浅緋が絵に描いて見せたら、歴史好きな小野が教えてくれた。

暗い緑の中で今、裾を絞った白い袴がふわふわとして、クロウは浮いているようだ。

「店番をするように言ったはずだが」

憮然とした声が薄闇の森に響く。

「ナギ。お前がついていながら」

出てきたのは桐夜だった。カジュアルな出で立ちに太刀を腰に差し、不機嫌な表情で浅緋とナギの前に立つ。だが、今はお説教されている場合ではない。

「そんなことより、車見なかったか？　吉野さんの軽トラ！」

桐夜が片眉を上げる。

「どういうことだ？」

浅緋は説明した。酒店のトラックが黒い靄に覆われていたこと、乗っていたのは晃ともう一人、幼なじみの瑛一で、車を山の入り口で見失ってしまったこと。

「あの黒いモヤモヤ、オレが初めて呪魔を見た時とおんなじなんだ。な、ヤバいだろ？」

正直言って大倉瑛一のことは気に食わないが、それとこれとは話が別だ。呪魔に襲われていい人間などいない。

「昨日の様子からして、あの青年は危ないと思ったが……。吉野君を巻き込んでいる可能性があるな」

桐夜は小さく舌打ちした。少し考える素振りで空を睨んだが、やがて「しかたない。ついてこい」と言うと斜面を再び上り始めた。

浅緋は勢い良く頷いた。思いもよらぬ形で桐夜と同行できることになって、はやる気持ちを抑えつつ桐夜についていく。だが、すぐに彼らの足の速さに舌を巻くことになる。間もなく自分たちが山のどのあたりにいるのかわからなくなってしまった。土地勘も働かない。クロウはもちろん、ナギも林立する樹木の間を飛ぶようになめらかに進んでいく。

桐夜は、確かな明かりが彼の行く道を照らしているかのように迷いがない。闇のなか、漆黒の髪がときおりきらりきらりと煌めく。浅緋は、その背中を見失わぬことに神経を集中することにした。

腕にあたる葉のチクチクした感じと、湿った土の匂い。鬼人の背中。まるで別の次元にいるようだ。上空では、街のなかで息を潜めていた星たちがちらちらと瞬きはじめていた。途中、車道の隅に軽トラックが放置されているのを見つけると、桐夜の顔はますます厳しくなった。「急ごう」とさらに歩みを速める。

突如、前を行く桐夜のむこう側で視界が開けた。大きな池が浅緋たちの前に姿を見せる。四方を針葉樹に囲まれた池は、墨を流したような水面を星空に向けている。浅緋は息を呑んだ。

「ここが、蓮華池、なのか？」

隣で、クロウが頷いた。「うつくしいであろう？」と幼子は水面を静かに見つめる。空に浮かんでいる月はまるく、橙の姿を黒い湖面に映してゆらゆらと揺れていた。両膝に手をついて息を整えながら、浅緋は異世界に彷徨い出たようなその眺めに目を見張った。

確かに、吸い込まれそうな神秘的な風景だ。ここなら、人間の力ではどうにもならないことが叶ってしまいそうな気になる。彼はほうっと感嘆のため息をもらした。

「こんなとこ、山ん中にあるんだな」

「この地は六甲山でもなく、むこやまでもない、名前のない昔からある場所だ。ひのもとに無数に点在する、かくりよと現《うつ》し世の狭間を護る門の一つでもある」

今のクロウは恐ろしいくらいに肌も瞳も透き通っている。なめらかだった肌はところどころ銀に光り、まるで魚の鱗のようにも見えた。厳かな声音は嘆きに変わる。

「だから決して、荒らされてはならぬ地だというのに、全ては我の不甲斐なさのせい」

水干姿の童子はまたしくしく始めそうだ。

「自分を責めるな、クロウ殿。今やれることをひとつずつ進めていけばいい」

桐夜が優しく語りかける。浅緋は晃たちの姿を探して池のあちこちに目をやった。

「あ、あそこ、吉野さんじゃね？」

小さく叫ぶ。大きく迂回した向こうの草地で人影を二つ見つけた。言い争っている声がする。ひょろりとした晃と、片方には真っ黒い靄がかかって顔がよく見えないが、立派な体格からして大倉瑛一に間違いなかった。どちらかが持っているらしい携帯のライトが身振りに合わせて揺れる。

「瑛一、だから言うてるやん。お前が忙しいから、麻紀《まき》のこと話す暇がなかったって」

「うるさい！　お前は何もかも手に入れた。弱虫やったくせに、いつも俺の背中に隠れてたくせに」

瑛一は荒れた声で晃を責めていた。その様子は昨晩よりもひどく、本人の声にもう一つ別の声が重なっているように聞こえる。

「俺が、おれが、今日上司になに言われたと思う？　会社も取引先も騙して、小遣い稼ぎする片棒かつげって！　なぁ、びっくりやろ？　マジでお笑いやわ」

今、瑛一には黒い靄がまとわりついていて、顔は歪んでいる。晃は戸惑って幼馴染を見上げるばかりだ。瑛一はなおも言い募る。

「俺はお前と違って人生この先真っ暗やわ。おまえの、全部お前のせいや。オマエガマエバッカリムイテルカラ」

「そんな、僕は、瑛一があのとき支えてくれたから。この池で。だから、いじけるのやめて、前向いていこうって」

晃は必死に瑛一に伝えようとした。だが、彼はますます激高してゆく。ばさばさ、と木立から鴉《からす》が数羽、黒い羽根をばたつかせて飛んで行った。

「支える？　そんなことした覚えないわ。お前はいっつもメソメソうじうじしてただけやろ。空気悪くて敵わんから、場を和ませてただけやで。お前のためちゃうわ。それに、あんなしょうもない俺の言葉でよくそんな、元気出たとか、支えられたとか言えるな？　恥ずかしくないいん？」

激しい言葉を浴びせられ、晃は顔を赤くした。

「自分のことを恥ずかしがってんのはそっちやろ！　うまくいかないからって人のせいにすんな」

瑛一の顔が真っ黒に染め上がる。浅緋にはもう、彼が黒い炎に包まれているようにしか見えなかった。

「あれ……ヤバいって！」

早く何とかしないと。浅緋は桐夜を振り返る。だが、そこに鬼人の姿はなかった。「おい、桐夜！」大声で呼ぶ。異様な唸り声が聞こえて、見ると、晃たちとは反対の岸に桐夜の姿があった。

瑛一の周りに漂う影とは比べ物にならない禍々しい炎の波に向かって太刀を盾に仁王立ちになっている。クロウがその背中で小さくなっていた。唸り声はナギの真っ赤な口から洩れていたのだ。

「うわ……、なんでそんなとこにいんだよ！」

「お前がそちらに気を取られていたからだろうが。もたもたするな。浅緋、まず酒屋を引き離すんだ。あの呪魔は瑛一に憑いている。酒屋を喰らう気だ」

耳障りな低音が池の周りで地鳴りとなって響く。浅緋は無我夢中で走りだした。

「瑛一……、なにその黒いの。冗談やめてや。怒ってるんはわかったから、落ち着いて、なぁ」

おろおろしながら晃は瑛一に手をのばす。

「吉野さん！　ダメだ行くな。喰われるぞ！」

「あ、浅緋くん！　なんでここに……。どうしよ、瑛一が、瑛一が……！」

晃は震える指で幼なじみを指さす。浅緋は彼の腕を強く引っ張った。

「あのひと、化け物に取り憑かれてるんだ。とにかく、説明は後だから、早く！」

「え、取り憑かれてる？　瑛一が？　なんで」

青白い顔をこわばらせて晃は浅緋を見た。

「なんでかなんか知らねーよ！　アレは弱いヤツが好物なの！」

そう、前のオレみたいに。

不本意な人生にふてくされている瑛一は、浅緋と同じだ。だから呪魔に狙われてしまう。

けれども晃は彼の腕をふりほどいた。「瑛一は弱くなんかないで」と浅緋を睨む。

「強くて、かっこいい、僕のヒーローだ」

「それは昔のことだろ！　今はアンタのこと襲おうとしてんだって」

「瑛一はそんなことせえへんよ！　ずっと一緒にやってきた友だちなんやで！」

晃は目に涙を溜めている。

「浅緋！　なにしてる。さっさと酒屋を連れて逃げろ！」

桐夜の厳しい声が飛んできた。浅緋は声を張り上げる。

「こっちも取り込み中なんだよ！」

ちっと大きな舌打ちが聞こえたかと思うと、桐夜が怒鳴った。

「ナギ！　頼む」

すると、黒豹がこちらめがけて駆けてきた。向こうから三十メートルは離れているというのに、黒い獣は一瞬でこちらにたどり着く。ナギは大きな太刀を咥えていた。牙の隙間から軽く息を弾ませ、浅緋の前に刀をずいっと差し出す。抜き身の刀身が、土の上で鈍く銀の光を放った。

「浅緋、あの大きな男に憑いている呪魔を斬れ。桐夜は今手が離せないんだ。綻びを治している池の主を護らねばならん」

ナギが顎で示す向こう岸で、桐夜はクロウに向かって押し寄せる黒い波を素手で抑えていた。彼はほのかに光を帯びている。瘴気は桐夜の身体に弾かれてクロウには届かない。あれが、鬼人の霊力なのだろうか。黄金に輝く瞳がここからでもはっきりと見える。浅緋は自分の両手を広げてみた。張り切ってここまで来たのはいいが、オレにできるだろうか。

「大丈夫だ。お前ならできる」

浅緋の気持ちを見透かすように、ナギが赤い口で笑った。小さく頷き、刀を掴む。やはり、ずしりと手に重い。浅緋は唾をごくんと飲みこむと、湿った土の上を一歩踏み出した。黒い影は不気味な音を中から響かせて、瑛一の背中でもぞもぞとうごめいていた。

「待って浅緋くん！」

晃が呼び止める。涙で真っ赤な目をこすると、両手を広げて浅緋の前に立ちはだかった。

彼の目は、浅緋の持つ太刀にじっと捉えられている。

「何する気？」

「あの人に憑いてる黒いのを斬るんだよ。じゃないと、吉野さんのことを襲うから」

「そんなことしたら、瑛一はどうなるん？」

「それは……」

瑛一はすでに自分の意思がないように見える。呪いの言葉を吐き、怒りの形相で晃を凝視する姿は正気とは思えなかった。魂はもう、呪魔に飲み込まれているのかもしれない。

「とにかく！　あれを斬らねーとあんたが危ない。っておい、何やってんだよ！」

晃はくるりと振り返ると、瑛一のところへ歩いていく。浅緋が怒鳴っても動かない。晃はきっと幼なじみを睨みあげた。

「瑛一！　お前かっこ悪すぎやわ。そんなに僕のことが嫌なんやったら食べたらいいやん！」

「ちょ、何言って」

「黙って！」

呪魔に包まれている瑛一は燃える瞳で晃を見ている。彼はゆっくりと腕を上げた。

「ここに来た時のこと、どんなに瑛一が忘れたって、僕は忘れへん。あのころの瑛一は僕のヒーローや。今のしょうもないお前が、僕のヒーローを馬鹿にすんな！」

晃はずかずかと大股で近づいていく。心なしか、瑛一が怯んだように見えた。

「変にプライドだけ高くってほんまあほか。頼れよもっと！　辛かったら話せよ！　たどる人生が違っても、友だちやろ！」

もう、意識がないはずの瞳が大きく見開かれた。

「あんとき、ジジイになってもこの池こよなって言ったやん。また日の出見ようって」

震える唇で叫ぶ。最後は涙声になっていた。

渦巻く黒い轟音は一瞬静まり返り、振り上げていた瑛一の手がだらりと下がる。その眼に、涙がひとすじ流れた。だが、肩を落としてしぼんでいきかけた瑛一に、呪魔がささやくように彼の首へぬめりとした影を回した。瞳が再び鈍く光り、影は色を濃くする。苦しそうなうめき声が瑛一から漏れる。瑛一！　と叫ぶ晃の声がむなしく宙を舞う。

「早く斬れ！　同化するぞ」

ナギの声が切羽詰まってきた。浅緋は唇を引き結び、晃の前に躍り出た。刃紋が月の光にぎらりと瞬く。

「やめて、そんなことしたら瑛一、死んでしまう」

「死なねーよ。大丈夫」

晃も取り乱し始めている。細い首をぶんぶんと横に振った。

「もう、僕のこと食べて、瑛一が楽になるんやったら……それで」

自らを幼なじみに差し出すように一歩、また一歩と近づいていく。浅緋はそっと彼を押しとどめた。

「オレのこと信じて。ちゃんとやるから。あんたの友だちのこと、ちゃんと護ります」

励ますように笑ってみせた。そして、重い太刀をぶんと振り上げる。腹の底から大声を出して、黒い炎へ突撃した。

呪魔はあっけないくらい簡単に斬れた。剥がれたと言った方が近い。勢い余って浅緋は尻餅をついて転がった。同時に、ぷしゅりと呪魔は飛び散って消えた。高揚感で全身が沸《たぎ》るのを感じて、沸き立つ血の勢いのまま、桐夜とクロウを囲む黒い波のほうへ走っていった。群がる黒靄をなでるように切り裂いていく。そのたびに、鬼人の太刀はいっそう光を放つ。

刀身に映りこむ自分の瞳が黄金に燃えているのをぼんやりと意識しながら、浅緋は夢中で刀を振り回していた。時間の感覚もわからなくなっているうちに、頭のなかに、誰かの背中が見えた。前も見た、昔の装束の男だ。その男もどこか見知らぬ場所で太刀を持って暴れまわっている。気がつくと、浅緋はがしりと腕を掴まれていた。

「もういい、消えた。あまり霊力を出すと後で反動がくるぞ、落ち着け」

低く穏やかな声が傍で聞こえる。桐夜だ。

「なんでだよ、まだまだやれる」

「息が相当上がっている。身体に負担をかけすぎだ」

桐夜は前と同じように、ひどく優しい手つきで浅緋の手から刀を抜き取った。とたんに力が抜けて、かくんと膝をつく。陸上競技場を何周もしたような激しい疲労感と息苦しさが一気に押し寄せてきていた。

今の今まで光の奔流の中にいたはずなのに、浅緋の周りには山特有の暗い静けさが戻っている。自分がどこにいるのかわからないまま、うわ言のように尋ねた。

「なん、で、アンタは全然、普通なのに」

「お前とは血の濃さが違う。それに、この刀は少々やんちゃなんだ。持ち主に似て」

桐夜は息一つ乱さず浅緋を見下ろす。こちらはぜえはぁと、口を開くのもやっとなのに。

(持ち主に似てって……。どういうことだよ)

荒い息のまま尋ねようとする浅緋の視界に、晃と瑛一が飛び込んできた。二人とも倒れている。浅緋は重い身体を引きずるようにして傍へ行った。

「大丈夫すか？」

晃はよろよろと膝をついて起き上がり、浅緋を見上げる。

「だ、大丈夫。なんか、ぱあって光ったとたん吹っ飛ばされただけやから。そうや、瑛一、瑛一！」

晃は倒れている幼なじみを見つけて走り寄る。ぐったりとして動かない身体を強くゆすって何度も呼びかけると、瑛一は小さく呻いた。意識はありそうで、浅緋と晃は顔を見合わせてほっとしたように大きく息をついた。

「よ、よかったぁ……、僕、もうダメかと思ってしまった……」

晃はへたり込む。蓮華池の暗い水面と、瑛一の青白い顔を交互に見る。

「なんか……すごかった、なんか。瑛一が急に店に来て、その時からおかしかったんよ。けど、蓮華池の場所なんか二人ともはっきり覚えてへんのに、こいつはまっすぐここに僕を連れてきて……。それから、真っ黒ななんかが出てきて」

晃は取り憑かれたように喋っている。

「僕はきっとここで瑛一に殺されるんやと思った」

その時のことを思い出したのか、晃はぶるっと肩を震わせた。

「こんなこと、友だちに思ってしまう僕って最低かもしれん」

晃はうなだれる。浅緋はなんと言葉をかけていいのかわからなかった。

「吉野さんがご自分を責める必要は一切ありませんよ」

桐夜が静かに歩いてきた。

「あの黒い化け物は人の暗い思念に取り憑きます。彼の精神状態は非常に不安定でしたから、化け物にとってとてもいい獲物だったのですよ。貴方は巻きこまれただけです」

晃は瞳を丸くした。倒れたままの瑛一はいつしか瞳を開け、空を見つめている。桐夜の声が聞こえているのかもしれない。

「ここで起きたことは、日が経つにつれてだんだんと曖昧になるでしょう」

桐夜は太刀を鞘に納めて、二人を見た。

「この池はそういう力のある土地です。ですから、思い出も、伝えたい気持ちも存分にぶつけあって、早急に仲直りしていただけると私どもは大変助かります」

桐夜は胸に手を当て、優雅に腰を曲げた。目を白黒させている晃に、「また、おふたりで『雪』にご来店いただくのを心よりお待ちしております」と丁寧に頭を下げた。

晃はそれを見て力が抜けたようにふふ、と笑う。「帰るで、瑛一」と幼なじみを振り返った。まだふてくされたように空を見上げている頭を小突く。そして、よいしょと肩を抱き起こして立ち上がらせた。

「一人で帰れる。ほっといてくれ」と、瑛一は腕を振り払ってよたよた歩きだした。

「オイあんた、吉野さんはあんたのこと助けようとしたんじゃねーか」

たまらず飛び出た浅緋を、晃がいいからいいから、と制する。うっすらとした朝日が、蓮華池を照らし始めた。

桐夜と浅緋に礼を言うと、晃はポケットからごそごそと何かを取り出した。

「これ。車使ってください。僕らは歩いて降りますから」

車のキーを渡す。そして浅緋に「今日のこと、みんなには内緒な？　商店街の人たちって耳ざといから」と囁いた。

そして、幼なじみを追いかけた。朝日に向かってひょこひょこと揺れる二人のシルエット。途中、瑛一の口が「ごめん」と動いた気がした。金色の光が池の水面を眩《まばゆ》く照らす。

「あんなことされたってのに一緒にいてやれるかフツー。やっぱ吉野さんて人好すぎ」

浅緋は思わずつぶやいた。そして桐夜を軽く睨む。

「アンタもアンタだ。吉野さんに、巻き込まれただけって。あの瑛一って奴は自分勝手な嫉妬心で幼なじみを食おうとしてたんだぞ。巻き込むどころじゃねーだろ」

「それを言って何になる。そんなことはお互いわかっているはずだ」

昇る朝日のせいか、鬼人の瞳は眩しそうに細められる。

「魂が繋がっていれば、相手が自分にどんなひどいことをしようとも、助けたいと思うのかもしれない」

「片方があんなとんでもない方向に突っ走ってく奴なんて、オレは嫌だね」

隣の桐夜は答えない。

「まあでもやっぱ、幼なじみっての。ちょっと、うらやましいかもな」

浅緋は大きく両腕を空に伸ばしてそう言うと、あたりをきょろきょろと見回した。

「てか、クロウは？　あいつ何してるんだ？」

「一応池の状態は落ち着いた。今は眠りについている」

「そっか。あいつも頑張ったんだな」

このまま会えないのは少し寂しい気もしたが、浅緋は今なにより暖かい布団に潜り込みたかった。足に重りがついているような感覚なのだ。

二人はゆっくりと酒屋のトラックへ向かった。

誰もいなくなった蓮華池に、一羽の鴉が戻ってくる。やがて、水面が一度、大きく波打った。鴉はそこに、一つの影がぼんやりと浮き上がるのを見る。濃い紫の髪を束ね、色あせた藍染の着物姿の男は、何かを思い出そうとするように、去っていく桐夜と浅緋、二人の背中を見つめ続けた。

＊＊＊＊＊

「うまっ！　めっちゃうま……！」

　ほかほかと湯気を立て、皿にこんもりと盛られたナポリタンの山がみるみる小さくなっていく。口のなかいっぱいに広がる優しいトマトケチャップとぴりっとにがいピーマンの味が懐かしさを運んでくる。浅緋は夢中で頬張った。

　蓮華池を後にして山から下りると、街には朝のさわやかな活気が広がりはじめていた。吉野酒店までの車中、浅緋は死んだように眠りこけていた。車を降りても眠気に勝てないまま、桐夜とナギのあとをふらふらとついていく。疲労困憊の身体をなだめすかしながら、やっとのことで店につくと、桐夜は浅緋をカウンターに座らせた。

「少し待っていろ」

　と言って厨房へと入り、しばらくしてこの赤く輝く大盛りのナポリタンを浅緋の前に置いたのだ。猛烈な空腹感が一気に眠気を吹き飛ばす。

　マジで！　すげえ美味いと唸りながら勢いよく平らげていく浅緋に、桐夜は「それはどうも」とそっけなく返して煙草の箱を取り出した。吸うぞ、と断ってから咥えた一本に火をつける。切れ長の目をすがめ、ゆっくりと吸い込んで紫煙を吐き出すと、ゆるやかな螺旋を描く煙が『雪』の天井へむかってふわりと溶けた。

「でも、これ、なんで？」

フォークにパスタを何重にも巻き付けながら、ふと浅緋は疑問に思った。客として来ていたころとは違い、今は桐夜の料理を口にすることはめったにない。背中を壁に預け、煙を燻らせていた桐夜はガラスの灰皿に吸い殻をおしつけ、ゆっくり浅緋を見た。

「バイト代だ」

「え、っと……」

「ナポリタン分くらいは働いたということだな、浅緋」

ナギが横から代弁する。桐夜は気まずそうに煙を吐いたが、浅緋は顔を輝かせた。

「マジ？　やっぱオレも使えんだろ。な！」

カウンターから身を乗り出す勢いで桐夜に迫る。認めてもらえたというのが、嬉しくて仕方なかった。

「今回に限っては多少使えた、ということだ。あまり勘違いするな」

「わーかってるって！　アンタがオレを使い物になるって判断したのがすげーってこと。な、ナギ？」

「そうだな。呪魔の気配を感じ取れていたのも偉かったぞ」

「だろ！　見えたんだぜ？　ちゃんと」

晃のトラックを見つけた時のことを自慢げに話す浅緋を、桐夜は煙草を片手にじっと見ている。珍しいものでも見るような目つきだ。

「……。お前は、だいぶ初めの印象と違うな。てっきり全身にトゲを生やして生きているのかと思っていたが」

「な、なんだよ。別に、いつもと一緒だろーが」

急に恥ずかしくなり、浅緋はまた皿に集中する。桐夜がかすかに笑った気がした。

「けど、あいつ、なんで吉野さんを蓮華池につれていったんだ？」

ふと疑問に思って尋ねると、

「蓮華池に生じた澱みは呪魔にとって養分になる。あの場のほうが力を増幅できる」

おそらく大倉瑛一は蓮華池に一人で行き、そこで彼の荒れた感情と呪魔が共鳴したのだという。

「……そういえばさ、アンタ、こう素手でぐんってやってただろ？　アレ、どうやんの」

浅緋は蓮華池の桐夜を再現する。クロウを護り、黒い炎となった呪魔を抑えていた時の様子を思い出していた。太刀がなくても彼の手は同じ光を帯びていたように見えたのだ。

「こう、力を手に込めるとかか？　オレ、アンタみたいにできるようになるかな」

「無理だろうな。刀なしで呪魔を滅することができるものはあまりいない」

桐夜は淡々と答える。浅緋は残念そうな顔をした。

「私は鬼人の血が濃いんだ。始祖の直系だからな。鬼人は始祖の藤真の血を濃く引いている方が霊力がずっと高い」

浅緋は昨日の話を思い出した。

「そういえば、その始祖ってのの説明、途中で切られたんだけど」

「藤真は我々鬼人の始まりとなった人物だ。彼が鬼人になったことで、我らと人間との千年以上の歴史が始まった」

「なんか、よくわかんねえな」

ナギがぴょこりと顔を出す。この黒い獣も初め、『フジマの友』だと自己紹介していた。

「藤真とても強い。よく一緒に山で猪を追いかけた」

「……あのさ、それってていつの話？」

「千年前と言ったであろう」

「藤真は平安期ごろのひとだ」

「へいあん」

浅緋はあんぐりと口を開ける。本当にナギは千年生きているのか？　ぽかんとして黒豹の青い目を見ている浅緋に、ナギは赤い口で笑う。

「では、我が教えよう。始まりのひと、藤真の話を」

「ナギ、それは……」

桐夜は気づかわしげにナギを見る。

「お前もこれを見るのは久し振りだろう。それに、浅緋にはぜひ知って欲しいのだ。我が友藤真のことを」

そう言うと、ナギは瞳を閉じた。きらきらと、眉間のあたりに小さな光の粒子が集まっていく。店内に差し込んでいた朝の光がすうっと消え、浅緋はひとり、暗闇のなかに放り出された。

「ナギ。ナギ?」

何も見えなかった。浅緋は知らず声を潜めてナギを呼ぶ。すると、落ち着きはらった声が側で聞こえた。

「ナギの特別劇場へようこそ、浅緋」

「はあ? 何言ってんだよ!」

しぃっ、とたしなめる声が小さく響いて、何か冷たいものが肘に触れた。ナギの鼻だ。姿は見えないが近くにいるようだ。浅緋はほっとして暗闇に目を凝らす。

よく見てごらん、まわりを。

訳がわからないが、浅緋は言われるままあたりに神経を集中した。

やがて、りいんりいんと虫の鳴き声がかすかに聞こえてきた。さわさわと揺れる風が頬を撫でる。上に視線を向けると、『雪』の天井は無く、濃紺色の空が広がっていた。頭上には、まるく大きな月が輝いている。真珠のような色の月明かりに照らされて、時代がかった屋敷が黒く浮かび上がる。手前には小さな池があり、魚のはねる音がぴちゃんとする。

いつのまにか、浅緋たちはどこかの庭園にいるのだ。

「ナギ? どこだよここ?」

人工の光のない静かな夜。全く見覚えのない風景に浅緋は戸惑った。

「これは、私の中にある藤真の記憶だ。金眼になった者だけに見せてきた、大切なものだ。お前にも、その資格がある」

いつものあたたかな声音ではなく、どこか虚《うつろ》に響くナギの声。浅緋は戸惑いながらも、わかった、と頷いた。なぜかナギは、「ありがとう」と答えた。

「では続けよう」

ナギの声を合図に、あらためて場景を眺めると、池の向こうの屋敷、縁側に男がこちらを向いて座っているのが見えた。その後ろ、薄いブラインドのような垂れ幕の向こうにもうひとつ、小さなシルエットが透けている。男は空を見上げて何やら怒っているようだ。

浅緋は耳を澄ましたが、よく聞き取れない。

「ナギ、もうちょい近くに行けねえの？　なんも聞こえねえじゃん」

む、と唸り声がしたかと思うと、いきなり目の前いっぱいに顔が現れた。

形の良い眉、くっきりとした切れ長の涼しげな目、とおった鼻筋、薄い唇。浅緋と鼻先がぶつかりそうになり慌ててのけぞる。灰墨の瞳に、どこかで見たような感覚がした。

「うわっ近い近い。気づかれるってバカ！」

「バカはお前だ浅緋。これは記憶だと言ったろう。聞こえないと言うから近くに寄ってやったのだろうが。我は集中しているんだぞ」

「けど近すぎだって！　うわぁすっげえリアル。さわれそ、すっげえ」

すぐ近くであきれたような ため息が聞こえた。どうやら桐夜もいるらしい。浅緋は男をよくよく観察してみた。まっすぐな黒髪をきっちりと後ろでまとめ、古めかしい黒い装束に身を包んで片膝をついている。年は浅緋よりも下だろうか。

(忍者みてえ。いや武士か？　平安時代ってそんなのいたっけ)

自分の知識不足を痛感してしまう浅緋だったが、それよりもその男が気になった。

「あいつ、桐夜に似てね？」

「あれが藤真だ。この屋敷の姫の護衛をしている」

「え？　アレが藤真？　全然ガキじゃん。つかやっぱ桐夜に似てるな。で、姫ってどこ？」

「姫は御簾《みす》の後ろに座っているぞ」

「御簾？　ああ、あのブラインドみたいなやつね。そういえば、昔の人ってちっさいんだろ。な？　それくらいならオレでも知って」

「浅緋、すこし静かにしていろ」

しばらくして、御簾の向こうから再び声が聞こえた。

『ふじま。ねえ、藤真』

小さな、鈴の音のような可愛らしい声だが、少々不満げな響きを含んでいる。名を呼ばれた青年は、聞いているのかいないのか、口をへの字に結んで空を見上げたままだ。

桐夜が不機嫌なときとそっくりで、浅緋は思わずにんまりとする。と、御簾がするするとめくれ上がり、雛人形のような娘が飛び出てきた。鮮やかな小さな塊は藤真の背中に飛びつく。十五、六だろうか、薄闇の中でもわかるくらい可愛らしい顔つきをしていた。

『ちょっと、藤真。なんで答えないのよ！　最近ぜんっぜん喋ってくれないじゃない。ねえったら！』

ぽかぽかと男の背を叩く。黙って無視を貫いていた藤真は、ぼそりと、

『こっちに出てくるなって言っただろうが。扇でちゃんと顔を隠せ』と苛立たしそうにたしなめた。

『あ、また！　やっと喋ってくれると思ったら今度は怒ってばっかり！』

姫はぷうっと頬を膨らませる。藤真はため息をついた。

『姫。姫様はもうすぐ嫁がれる身。今までのようにはできません。お父上にもきつく言われております。俺の役目は、貴方様をお守りすることのみです』

姫はさらに口を尖らせた。

『だけどそんなのまだまだ先のことなの！　決まったわけじゃない……姫様なんて呼ばないで。あんなにみんなで遊んだじゃない』

『お互い家のためにやることがあります。我らの道は同じではないんだ』

娘は藤真の背中にぽてんと額をつけ、下を向いてしまう。感情表現が豊かな姫君のようだ。花が萎れたようなその姿を見ないようにするためか、藤真は月空を睨むように仰ぐ。

少しの沈黙のあと、ゆっくりと声をかけた。

『お前が嫁に行くのは生まれた時から決まっていたことだ。わかるな、葵《あおい》』

『わかんない。そんなの……わかんないもん。藤真のばか』

姫はうなだれたまま、のろのろと屋敷のなかへ戻っていく。ざらっと降ろされた御簾は、分厚い扉のようだ。少しの間そのまま動かなかった藤真はやっと振り向いて、

『護るから。その日までは絶対、俺がそばにいる』

葵には決して届かないつぶやきを漏らした。ちぎれた雲がひとつ、月の傍に浮かんでいる。

「あれが、藤真だ。人間だったころの」

ナギの言葉が千年前の夜風の音と重なる。浅緋は、ひとり、月夜の庭に取り残された藤真を見つめていた。

「人間だったころ、ってどういうこと……」

押し殺した声で尋ねる。

「奈良から平安にかけ、朝廷政治の陰では陰陽術や呪術が大きく盛り上がっていた。術を扱う一族は多く、この姫の一族、小田《おだ》家もそのひとつだ。呪魔が蔓延《はびこ》る世で、それを祓う力は強力な武器となる。権力を夢見て、彼らは競って呪魔の研究をしていたんだ」

桐夜の声が返ってきた。

「え、あんなもんのこと研究したのか?」

「当然だ。敵を知らなければ、倒すことなどできないからな」

「けど、それとあの藤真とどう繋がるのか……」

暗闇の中、浅緋の問いにナギの声は静かに答える。

「彼らは呪魔を倒すため、あらゆる方法を試した。霊力を高めた札や式神、武具などなど。そして、連中は家臣のなかで非常に高い霊力のあるものを数人選び、ある試みを始めた」

「試み？」

再び浅緋の前に、月夜の風景が現れる。今度はどこかの草原だ。膝のあたりまで伸びた雑草が一面に広がっている。数人の男が直立不動の姿勢で地面から突き出た杭に身体を繋がれている。みな、二十代くらいの若武者だ。

不安そうな表情や怒りを含んだ目つきで並ぶその中に、藤真を見つけた。いつのまにか彼は逞しく、立派な若者に成長していた。理知的で、端整な顔に鋭い切れ長の瞳はますます桐夜に似てきていた。

（ああ、違うか。桐夜が、この男に似ているんだ）

浅緋は、隣で同じ光景を見ているはずの男の過去を目にしているような、不思議な気持ちになった。

「繋がれてる……。何する気だよ」

ナギが映し出す過去で、何層にも重なった黒い渦が出現し、藤真たちを囲んでぐるぐると壁を作っていた。若者たちから数メートル離れた先で、白い衣装に身を包んだ集団が朗々と詠唱している。いくつもの口から流れ出る低い言葉の流れに合わせて、渦からドロドロしたものが這い出てきた。浅緋は目を疑う。

「おいあれ。呪魔じゃねーか！　あんなにたくさん……！」

「当時、高い霊力の術者は呪魔をある程度操ることができた。今となっては忘れられた術だが。小田家では、家臣で霊力のあるものに呪魔を吸収させることにしたんだ。呪魔を克服できたものはより強大な力を得られると考えた」

「は？　な、何それ……」

何体も重なり、大きなうねりとなる呪魔の群れ。浅緋は身震いした。にたりにたりといやらしく弧を描く黒い靄は一斉に拘束された若者たちに襲いかかる。抵抗できない彼らはひとたまりもない。次々に黒い靄に飲まれていった。呪魔を吸収して無事である確率は皆無に近いことなど、誰でも分かることだ。

（あれを、人が、おなじ人に向けんのかよ。あんなもんを）

彼は爪が食い込むくらい、拳を握りしめた。呪魔の向こう側、それを操る下卑た人間への怒りが湧く。

「なんで藤真たちはそんな胸糞悪い実験なんか受けたんだよ！」

怒りのせいか、言葉がうまく出ない。震える声を絞り出す。

「もちろん、自分の一族のためだ。彼が断れば他のものが選ばれる。自分より遥かに弱い霊力のものが。そして、大切な葵にも迷惑がかかる」

今の時代とは違う。上は絶対だ。静かな声で言われ、浅緋は唇を噛み締めた。

(呪魔と人間と、どっちが汚ねえかなんて、これじゃわかんねーよ)

ひどい話だ、と思う。呪魔に飲み込まれた者は次々に術者によって「処分」されていった。怒りの気持ちのまま、浅緋は目の前の惨劇を見つめ続けた。

いつのまにか月は位置を変えている。他のものはとうに倒れ、人間の姿を保っているのは藤真だけになる。やがて、彼にも最期の時が訪れた。武者は地面に腰から落ち、そのまま見えなくなった。黒い狂気の塊は歓喜の雄叫びをあげながら、ぐるぐると渦巻く。「また失敗でございますな」という、周りの白い術師たちの舌打ちが聞こえた。最後の一人を処分しようとする無情な彼らに、浅緋は思わず目をぎゅっと閉じた。

「目を閉じるな」

凛と響く桐夜の声に、弾かれたように瞼を開ける。

青い闇が広がる草原に、月明かりが静かに降りそそいでいた。全ての音が消え失せ、目の前の世界は時を止めている。とぐろを巻いた渦はその姿のまま固まっていた。

やがて、柔らかな光がひと粒、ふた粒と地面から浮き上がる。浅緋が固唾を呑んで見守る中、光は次第に数を増し、ついには噴水のように噴きだした。さらさらとした幾千もの光は、黒の渦から立ち上がる男の姿を浮かび上がらせる。藤真はまっすぐにこちらを見据えていた。いつのまにか腰のあたりまで伸びた髪は銀色に変わっていて、風になびいて美しく光る。

鋭い灰墨の瞳はいま、黄金色に瞬いていた。闇を貫くその姿には見覚えがあった。浅緋が今までに太刀を振るった二度、自分は彼を見ている。あれは始祖の姿だったのだ。

実験用の呪魔はすでに、彼の足元を漂うただの泥のようだ。藤真が軽く足で踏むと、薄っぺらい半紙のようになってあたりを漂いだした。彼は羽虫の群れを払うように無造作に手を振って雲散させる。塵に成り果てた呪魔をひとかたまり、手のひらに乗せ、藤真は周りの人間へと掲げた。

「これで、満足していただけますか。我が殿に」

冷たい声が響いた。氷のような微笑みを湛《たた》えながら彼はかけらを握りつぶした。黒い靄は夜風にさらさらと舞って溶けた。同時にあたりの景色も溶けてゆく。

気づくと、『雪』の見慣れた天井が戻っていた。

浅緋は放心状態だった。数週間前に、初めて自分の瞳が金になるのを見た。それが鬼人の血の表れであることも聞いた。そしていま。

「鬼人は、ああやって生まれた。無論、藤真でなければ成しえなかったろうが」

桐夜はそう言うと、まぶしすぎる陽の光をさえぎるように窓辺に立った。

「鬼人となった藤真の一族は特別に土地を与えられ、その後ずっと小田家に重用された。藤真自身は葵姫を娶《めと》ることを許され、子どもにも恵まれ、呪魔を退治しながら数年は幸せに暮らした」

まだぼうっとしている浅緋は、桐夜の言葉をゆっくり反芻する。

「……それ、幸せって言えるのか？　化け物がカラダん中入ってんだぞ？」

「数年と言ったろう。ま、我には、葵といる時のあやつはとても幸せそうに見えたがな。あと、我と山で狩りをするときだ」

ナギが懐かしそうに言う。この黒豹はいつどこで、藤真と会ったのだろう。浅緋はふとそんな疑問を頭に浮かべた。

「数十年経ち、葵が先に逝き、周りは老いていく。藤真は自分だけが同じ姿のままだということに気づいた。そして、一代限りと思っていた自分の血が継承されてしまったことにも。彼は、己の寿命の限り小田家に仕えることを誓った。代わりに、これから生まれ来る可能性のある鬼人に人殺しはさせないと宣言した。それ以来ずっと、鬼人は呪魔を倒すことを使命としてきた。直接の子孫にあたるのが桐夜だ」

なんだかくらくらしてきた。浅緋は両手で頭を抱えた。

「えーと、えーと、待てよ。まず、藤真って年取らなかったのか？　どれくらいその、生きたんだ？」

「三百歳ほどで亡くなったと記されている。彼は特別で、鬼人の中でも長寿だ」

浅緋は桐夜をまじまじと見つめた。鬼人の中でもってどういうことだ？　この男も藤真の血を引いているのではなかったか。

「あ、アンタ、いくつ？」

桐夜は片眉を上げげた。

「百六十年ほど生きている。何か問題でも？」

「いや、ないない！　問題なんてねーよ！」

慌てて首をぶんぶんと横に振ったが、ざっと計算すると彼が生まれたのは一八七〇年ごろになってしまう。

(でもそれって、それって、江戸？　の終わりくらいか？)

いよいよ自分は歴史の参考書を買わなければならないかもしれない。浅緋は別の意味で戦慄を覚えたが、この、カマーベストが異様に似合うモデルのような風貌の男は、なんと百六十歳以上なのだ。

「……とにかく、アンタがすごく年寄りだってことはわかったわ」

そう言って椅子に深く、深く沈み込んだ。情報量が多すぎて、なんだか胸がいっぱいで、ため息しか出てこない。

「年寄りではない。私はまだ青年期だ」

珍しく言いかえす桐夜に一瞬きょとんとしたあと、浅緋は思わず吹き出してしまった。

「いやいや、それは無理あんだろ。たしかに、そんな年寄りなら運動会なんて出てらんねえよな」

くすくす笑った。むすっとしたらしい桐夜が、ぐいぐいと煙草の火を消した。「お前はバイト代がいらないようだな」と向こうへ行く。浅緋はまだ笑っている。笑いながら、鬼人の始まりのこと、小田家のこと、藤真のことを思った。

まるでお伽話《とぎばなし》だ。けれども、目の前には桐夜がいる。そして、自分も同じ血を引いているのだ。彼は立てかけてある刀を見た。黒い鞘はところどころ傷が走っており、綺麗とはいいがたい。だが柄の部分は艶のある黒い糸で美しい形に巻かれていた。いつも夢中で握っていたのであまり気にする余裕もなかったが、この刀で、ずっと桐夜は戦ってきたのだろうか。

笑みは波のように引いて、浅緋は唇を引き結んだ。階段を上ってゆく長髪の男を見る。藤真は一族のために鬼人となり、彼らを守るために呪魔と戦ってきたと言う。

では、なぜ、この男はひとりなのだろう。なぜ、ひとりで呪魔を倒しているのだろう。

それを聞けずに、浅緋はうつむく。しばらく、ケチャップだけが残る赤い皿を見ていた。

第三章　オルゴールと少年

「だってオレ六連勤すよ」

「そうだよね、おつかれ。もう今日はこれで終わりだからね」

怒涛のゴールデンウィーク営業が終わった翌日の店休日。前日の、夏の予行演習のような暑さでへとへとになった浅緋は小野に愚痴をこぼしていた。彼は苦笑いしながら端末の液晶画面を閉じる。二人は店休日の雑事に駆り出されていたのだ。

「でもたぶん、それだけ浅緋くんのこと頼りにしてるってことじゃないかな、オーナーはさ」と励ますように笑う。

「いやぁ、それはないっす」

モップの柄頭に顎を乗せ、浅緋はへの字口で答えた。桐夜に限ってそれはない。

「アイツ人使い荒いのに、全然褒めたりしねーもん」

「そうかな。オーナーって、割と褒め上手だと思うよ。ここは時給もいいけど何よりスタッフを大事にしてくれるから、頑張ろうって思うし」

「あーまあ、他の人にはそーなのかもですね」

小野は首を傾げた。そういえば、と浅緋を見る。

「浅緋くん、桐夜さんの親戚だったんだね。やっぱりそれだけ気安いから、もしかしたらって思ってたんだ」

浅緋は咳き込みそうになる。親戚だって？

「……それって、アイツ、オーナーが言ってたんすか？」

「そうだよ。遠縁にあたるって」

はるか遡れば同じ血筋なのかもしれないが、あちらは真正の鬼人だ。

(同じ一族ってことは間違いないかもしんないけど、何もかもが違いすぎ)

そこへ桐夜が降りてきた。難しい顔の浅緋を訝しげに見ている。小野は桐夜に気付くと、いったんロッカーへ行き、紙袋を持って戻ってきた。

「これなんですけど、姉からお店の皆さんに、とのことです」

少し照れ臭そうに桐夜へそれを手渡す。弟が日ごろお世話になっているお礼ということらしい。

若草色の紙袋には抹茶スイーツで有名な老舗和菓子店の商号が印刷されている。ちょうど腹が減ってきていた浅緋はやった、あざす！　と嬉しそうだ。

「ありがとう。君のお姉さんは弟想いなんだな」

「姉は京都に住んでるんですけど、昨日からこっちに来てて、今日もこれから案内するんです」

いろんな所に連れてかなきゃいけないからちょっと疲れます、と小野は苦笑いしつつ店を上がっていった。

浅緋は待ち切れずに早速手を伸ばした。匂いにつられたのか、ナギもふんふんと鼻をひくつかせてやってきた。

「開けていいよな。オレちょうどめっちゃ腹減ってたんだ」

桐夜に声をかける。

「お、このロゴ知ってる。有名な店じゃん。食べたことねーけど」

桐夜はぼうっと店の紙袋を見つめている。おい、と浅緋はもう一度桐夜を呼んだ。

「なんだよ、気分でも悪いのか」

「いや、なんでもない。京都には長らく行っていないので、すこし懐かしかった」

そう言って煙草を取り出す。いつもよりぎこちない仕草だった。ナギはちらりと桐夜を見たが、テーブルにひょいと軽く飛びのり包みを前足でひっかく。

「なんかナギ、ひさしぶりじゃん。最近全然降りてこないのな」

「記憶を引っ張り出して披露するのはなかなかに骨の折れる作業なのだ。だから睡眠をたくさん取っていた。浅緋も我をたっぷりいたわれよ？」

いつものようにしっぽをくるりと回す。浅緋は黒猫の頭をよしよしと撫でた。ナギは気持ちよさそうに目を細める。

「ナギにとって、藤真の記憶を見せるのはとても力を使うことのようだ。鬼人も本来なら、あれは生涯一度しか見られない」

「え？　じゃあアンタ、二回見たってことか。ラッキーだな」

そうだな、と短く答える桐夜に、その後、一族はどうなったのか聞いてもいいものか浅緋が迷っていると、店の裏口でチャイムが鳴った。

ドアを開けると、女性が所在なげに立っていた。麻のジャケットにパンツ姿というさっぱりした装いだ。後ろで男の子が彼女の背に隠れるようにこちらを覗いている。浅緋は小さく会釈した。

「こんにちは。『bleu《ブルー》』の三上《みかみ》です。いつもお世話になっております」

「ども……」

「あの、すみません、『雪』のオーナー様と、雑貨の引き取りのお約束で伺ったのですが」

「約束？　ちょっと待っててください」

来客を告げると、桐夜はおや、という顔をして降りてきた。

「こんにちは。三上さん。お約束、来週のはずだったと思いますが」

桐夜がそう言うと、女性は大きなバッグからスケジュール帳を取り出した。ページをめくり、あ、と声を上げ慌てて頭を下げる。

「も、申し訳ありません。私、一週間勘違いしてしまったようです。お忙しいのに、すみません。出直します。本当にすみません。智《さとし》、帰ろ」

女性は何度も頭を下げて、少年の手を取った。桐夜は店内を振り返ってから、優雅な仕草でドアを大きく開けた。

「いえ、二度手間になるでしょうから、こちらは構いません。中へどうぞ」

「そんな、こちらからお約束して頂いたのに、日にちまで間違えてしまって……。大丈夫です来週伺います」

「お気になさらず。浅緋、こちらは、元町で雑貨店を経営されている三上さんだ」

桐夜は、浅緋に彼女を紹介した。そのまま帰るわけにもいかなくなったようで女性は硬い顔で再び頭を下げた。

「いつも『雪』のオーナーさんにはお世話になっております。三上なつきと申します」

「これは従業員兼見習いです、これからもお世話になるかと思いますが、よろしくお願いいたします」

浅緋はぱっと桐夜を見た。彼はなんの見習いかまでは言及しなかったが、浅緋は心の中でガッツポーズを決めた。大きな声で挨拶する。

「浅緋です。よろしくお願いします！」

銀髪ピアスのヤンキーにはりきって挨拶されて、三上なつきは目をぱちくりとさせる。ようやく少し笑顔になって、「こちらこそ、お願いいたします」と頭を下げた。そして、背中に隠れていた少年に声をかける。

「ほら、智。ごあいさつして」
六、七歳だろうか。紺色のパーカーを着た男の子は母親の後ろに隠れたまま出てこない。

鮮やかなブルーのランドセルだけがこちらを向いている。「こら、智」と母親に急かされてやっと顔を出してちらりと桐夜と浅緋を上目で見た。こんにちは、と消え入りそうな声で言う。

浅緋はしゃがんで少年に向き合う。「よ」と、にかりとした。智は戸惑いぎみに上目遣いで頷いたが、「こんにちは。久しぶりだね」という桐夜の声にびくりとしてまた後ろに引っ込んでしまった。

「すみません。今日は学校が早く終わったものですから、息子も一緒なんです」

「こちらは構いませんよ。さあどうぞ」

三上なつきは一度車に戻り、大きなダンボール箱をひとつ抱えて戻ってきた。丁寧にテーブルの上に乗せて、桐夜に見せる。

「今回はこちらになります。ご興味ありましたらぜひお手に取ってみてください。いつも本当にありがとうございます」

「いえ、古いものを見るのは好きなので、私も楽しいですよ」

彼女はテーブルの上に、ダンボール箱を置いて中からいくつもの紙箱を取り出し並べだした。その間も、息子の智はドアの近くに立ったまま不安げに店内を見回していた。やがてその目は、カウンターの隅にいる黒猫の上で止まる。智は大きな目をさらに大きくして、うつむいてしまった。

「猫、好きか？　ナギって言うんだ」

浅緋は少年に話しかけた。だが、彼は小さく首を横に振る。「あんまり」と呟いてすこし離れたソファの端へちょこんと腰掛けた。

(ずいぶんおとなしいな。オレのガキのころとは大違いだ)

母親は息子の様子に申し訳なさそうだ。

「すみません、人見知りというわけではないのですが、最近、少し元気がなくて」

「いえ、大丈夫っす」

桐夜は興味深そうに少年を見たが、何も言わずにテーブルへ近づいた。

「今回は、どのようなものが?」

「ええと、こちらです」

なつきは紙箱を一つ開けた。陶器のカップをそっと取り出す。白い器に、繊細なタッチで風景が描かれているものだ。

「これは、アンティークのカップなんですが、受け皿がなくてずっと売れ残っていたんです。それからこちらも古いカーテンフックです。青銅製で、かわいい彫刻なのに大きめなせいか、人気がなくて……」

彼女は箱から次々に品物を出して、桐夜を前に熱心に説明を始めた。浅緋は「これ、……なんなんすか?」と二人に尋ねる。

「三上さんの雑貨店の商品だ。かつての商品たち、と言った方がいいのか。彼女から、店で扱わなくなったものを引き取っている」

三上なつきは頷いた。五年前、夫とともに神戸にやってきた彼女は、去年念願だった雑貨店をひらいた。アンティークも扱う店で、若い女性や主婦層を中心になかなか評判も良いらしい。だがごくごく小さな貸店舗のため、とにかく場所がない。在庫整理に困っていたところに、『雪』のオーナーを紹介されたのだ。

「そうなんです。こちらは、吉野酒店さんに紹介してもらったんです。オーナーさんは引き取り手のない、骨董的に価値のないものも気に入れば受けてくださると聞いて」

彼女は苦笑いした。「とても助かっています。仕入れはしたものの、どこにも行けない子たちが少しでも外に出てくれるのは嬉しくて」

「完全に個人の趣味なので、大量にというわけにはいきませんが」

桐夜は静かに微笑んだ。

（あ、また営業用スマイルしてやがる）

浅緋は思った。どうも桐夜は営業用と素で態度に差がある。長い間に身に着けたものなのか、元からなのかはよくわからない。なんせ百六十歳だ。どうやって過ごしてきたのか浅緋には想像もつかない。

テーブルは古びた雑貨が所狭しと並べられて、がらくた市のようになっていた。繊細なレース編みからゼンマイじかけのおもちゃまで賑やかに並ぶ。浅緋はひとつを手に取った。

「これ、なんすか。あ、硯《すずり》か」

「そうです。これはね、端渓の硯。中国の端渓という所で採れる石で作られているの。これは一度イギリスに渡って、日本に来たのよ。すごく長い旅をしてる硯なんです」

「へえ。いろんなのがあるんすね」

「神戸は幕末から明治に開港して、外国の物がたくさん入ってくるようになりました。だから、いろんな国のアンティークがあるのよ。ほら、たとえばこのお人形。明治初期のもので、お顔は西洋ですけど正絹のお着物着てるでしょう。外国の商人が特別に作らせたようなんです。桜の刺繍も丁寧でとても可愛いいんだけど、ただ、全体に傷が……」

三上なつきは、優しい目で一つ一つの来歴を披露する。この街が外国人居留地として栄えた当時を想像させる彼女の話は、何も知らない浅緋でも面白かった。

桐夜は、ひとわたり見回すと、「今回はこの三点を引き取らせてください」と淡々と指さした。なつきはあわてて、「はい、ありがとうございます。すみません私ったらたくさん話してしまって……」と、謝る。

「いいえ。物にまつわる逸話は楽しいものですね。古いモノには想いが宿るといいますし」

そこでなぜか、彼女は弾かれたように桐夜を見た。

「どうかされましたか？」

「いえ、あの、本当にそう思われますか？　モノには想いが宿ると」

「ええ、もちろんです。愛された道具は、値段には替えられない美しさを纏うと思います。もちろん、いいものだけではありませんが」

桐夜は静かに答える。三上なつきはそこで、きゅっと唇を噛み思い詰めたような表情をした。

「何か、そういった体験でもされましたか？」

彼女は首を横にふった。桐夜は詳しく尋ねることはせず、席を立った。

「金額交渉の前に、休憩を兼ねて紅茶を淹れますね。お好きだったでしょう」

桐夜がキッチンにいる間、浅緋は再び智に話しかけてみる。

「ジュースとか、何か欲しいものないか？」

それでも智は首を横に振る。母親は困ったように息子を見つめて、すみませんと謝った。

『雪』は紅茶の茶葉も充実している。なつきに出したのはさわやかな風味のフルーツティーだ。

「ああ、やっぱり美味しいです。『雪』さんの紅茶」

「三上さんは、ご主人とよくご来店されていましたね」

桐夜がそう言うと、智の顔がぱっと上がる。なつきの頬が強張ったように見えた。

「そういえば、ご主人以前、長期取材に行かれると仰ってましたね。取材は順調ですか？」

がくん、と彼女の肩が震えた。今度は目に見えて狼狽している。智はもう一度、母親をじっと見た。なつきは息子の目を避けるように早口で答える。

「いえ、ええと、少し帰りが遅れているらしくて」

「そうでしたか」

なつきの夫はフリーのライターで、各地の歴史と逸話についての記事を多く請け負っている。まだ自然の多く残る山地や田舎を巡って現地取材をするため、不在がちだ。『雪』で時おり、桐夜を相手に旅のこぼれ話をするのがなつきの夫、三上孝弘《たかひろ》の楽しみでもあった。

「また、三上さんのお土産ばなしを伺うのが楽しみです」

桐夜がそう言うと、なつきは膝の上に置いた両手を何度も組み直して、小さくはい、と頷いた。

「お母さん、早く帰ろ。はやく」

いきなり智が声を上げた。何かに我慢できなくなったようだ。その眼はぴたりとカウンターの上のナギを見ている。出されたジュースに手もつけずに急いでランドセルを持ち上げた。

「智、ダメよ。ちょっと待って。今からお仕事の話するの。もうすこし待っててね。ほら！　猫ちゃんも来たよ」

「ヤダ、帰る。帰るったら帰る」

智は泣きそうな声を出す。ナギが大きなあくびをしただけで、逃げ出しそうな勢いだ。

浅緋は不意に立ち上がると、智に声をかけた。

「な。オレさ、アイス食べたいんだけど、一緒に買いに行ってくれるか？」

智の動きが止まる。浅緋を見て目を瞬かせた。

「ちょっと、智くんとコンビニ行ってきますが、いいっすか？」

なつきは、ホッとしたように、すみません、お願いします。と頭を下げた。

＊＊＊＊＊

五月ともなると、昼間の日差しは強くなる。コンビニの近くにある公園では、小さな子たちが遊んでいた。浅緋は智とベンチに座り、買ったばかりのソフトクリーム型アイスを渡す。智は丁寧にお礼を言ってちょこんと座った。アイスの蓋をうまく外せない智に、ほらよと言って綺麗に蓋を取ってやる。

「ありがとうございます」

真面目にお礼を言う智に、「何年生だ？」と尋ねるとにねんせいです、と敬語で返してくる。へぇ、と浅緋は感心した。

「です。なんて使わなくていーぜ。堅苦しいだろ」

浅緋はベンチにもたれる。このアイスめっちゃ好きでさ、と智に笑いかけると、彼は少し恥ずかしそうに僕も、と言った。

「でも、大人にはちゃんと、です、ます、で話しなさいって言われてるから」

「オトナかー。別にオレはどっちでもいいけど。お前、今までも母さんの用事についてきてたのか？」

智は躊躇いがちに頷く。

「あの店の中にはお前が遊べるようなものもないし、澄ました男もいるし、つまんねーだろ」

「そんなことないです……、ないよ。あのおにい、えと、おじさんはちょっと苦手だけど、お母さんがお店のお話するのを聞いてるのは好き。すごく楽しそうだから」

「お前の母さんの話、すっごい面白いな。まるでモノが生きてるみたいに話すじゃん。わかりやすいし」

浅緋が素直に言うと、智は嬉しそうに笑った。そのあとは浅緋に打ち解けたようで、学校や友だちの話を聞かせてくれた。本気で笑ったり感心したりする浅緋に、智は心を開いたようだった。

「お兄ちゃん、あそこで働いてるの?」

不意に智が聞いてきた。浅緋が頷くと、声を顰めた。

「猫、怖くない?」

「ナギのこと言ってんのか? 黒猫の」

智は真剣に頷く。

「あの猫の秘密、僕知ってるんだ」

「秘密?」

絶対秘密だよ、と念を押してから、智は両手を口に当てた。浅緋が耳を近づけると、

「あの黒い猫さんは、お化け猫だよ。大きな大きな真っ黒の怪物だよ」

　と早口で囁くものだから、浅緋は思わず吹き出してしまった。嘘じゃない！　と智は頬を膨らませる。

「悪い悪い。そうだな。確かにナギは大きい大きい生き物だ」

「お兄ちゃん、見えるの？」智は心底驚いた顔をした。

「ああ。見えるぜ。でも、ナギは怪物じゃない。正義の味方だ」

　この少年には、ナギが本来の姿で見えているらしい。確かにあんなデカい黒豹が自分のそばをウロウロしていれば怖がって当然だろう。

「あの猫は、オレの友だちだよ。すっごくいいヤツだ。正義の味方なんだぜ」

　ここは、ナギの名誉のためにもきちんと伝えなければ。

「あいつは悪いものからみんなを守るために、街をパトロールしてる」

「へえ！　かっこいい」

「お前が見てる姿は、ナギの本当の姿なんだ。あいつの毛は真っ黒で、ツヤツヤでふかふかしてて、触るとすごく気持ちいい」

「触ったことあるの？」

「ああ。ナギはかっこよくて強いだけじゃなくて、すげえ優しいからな」

　智は目を輝かせた。

「僕、いっつもすごく怖かったんだ。でもお母さんには言えなかったから……」

智は安心したように、アイスの最後の一口をほおばる。

「今度見たら手を振ってやれよ。喜ぶぞ」

浅緋は立ち上がった。アイスも食べ終えたし、店では母親の仕事も終わったころだろう。

「そろそろ行こうぜ」

「うん……」

「ん？」

智はぎゅっと膝の上で拳を握っている。まだ何か心配事があるのか、立ち上がろうとしない。浅緋は腰を下ろした。

「お母さん、また変な顔してたから。もう元に戻ってるといいなって思って」

「ああ、そういえば、ちょっと元気なかったな」

智は俯く。言いにくそうにベンチの下の砂をずりずりと靴でかき回す。

「今日だけじゃないんだ。外でお父さんのことを言われると、いつもあんな風になる」

夜にいっつも泣いてるんだ。と智は堰を切ったように話しだした。

「僕に見せないようにしてるけど、毎日泣いてるの知ってるんだ」

目を何度もぱちぱちと瞬かせて、唇を震わせる。

「お父さんが帰ってこないから」

浅緋はごくんと唾を飲み込んだ。これは、自分が聞いてもいい話なのか。

「父さんて、出張中なんだろ。いろんなところに行く仕事って言ってたよな」

「そうだよ。でも、もうずっと帰ってこない。いつもは日曜日に必ず電話で話すもん。それもないし。それで、お母さんがお仕事で使うマンションに行ったんだけど、帰ってきても何も教えてくれないんだ」

たどたどしい説明ではあったが、余計に必死さが伝わってきた。冬に連絡が来たきりだという。

「お母さんは、ちょっと忙しいからまだ帰れないって笑うけど、隠れて泣いてるんだ」

冬ということは、連絡が途絶えて下手すれば半年近くになる。

「初めは、どうして帰ってこないのか何度も聞いたんだよ。けど僕が聞くたびにお母さん、泣いてるみたいに笑うから」

もう聞けなくなっちゃった。智はそう言って唇を噛みしめた。さっきも父親の話題が出るたび、親子の間に緊張した空気が流れていたように見えた。そういう事情があったからなのだろう。

浅緋は何も言わずに智の頭に手を置く。柔らかな髪がさらりと指の隙間を流れた。まだランドセルの方が大きいくらいの少年が、父親の帰りを待って、母親にも気を遣って、誰にも言えずに肩を震わせている。胸がぎゅっと掴まれるようだった。

ひょいっと、ベンチのそばの植え込みにナギが鼻面を覗かせた。猫は静かな目で俯く智を見ている。浅緋は、そっと智の耳に囁いた。

「今から、いいものに会わせてやる。驚くなよ。な？」

智は目を瞬かせ、こくんと頷く。豹へと姿を変えたナギがゆっくりと智に近づいてきた。ほら、あれ。さっき言ってたナギ。お前が言ってたお化け猫だ。挨拶しに来たみたいだぞ。

砂場で遊ぶ子どもたちは、彼らの前に現れた大きな黒豹には気づかない。黒猫にしか見えていないのだろう。だが智は、わあっと声を上げ浅緋にしがみつく。

「大丈夫、だいじょーぶ」と笑う。ナギは、浅緋の手のひらに美しい毛並みを寄り添わせた。優しく撫でてやりながら、

「ほら、こわくねーよ。すっげえ綺麗だろ。足もめちゃくちゃはええし、夜の山でも怖いもんなしだぜ」

そっと智の手をとって、ナギの背中においてやった。少年が恐る恐る撫でると、黒い豹は気持ちよさそうに目を閉じた。

「正義の味方、なの?」

ナギは黙って、片目を瞑ってみせる。ふふふ、と笑って智はナギの頭を撫で続けた。

「ナギは足が速いんだね。黒い毛、綺麗で、かっこいいね」

智はすでに、ナギを憧れの目で見ている。そして、

「僕もナギみたいだったら、お父さんを探しに山も海も駆け回れるのにな」

残念そうに言う。浅緋はその手をぎゅっと握ってやった。どんな事情で父親が失踪したのかはわからない。だから、

「早く帰ってくるといいな」

　そう言うのが精いっぱいだった。二人は手を繋いで『雪』へ向かった。交渉は終わったらしく、なつきはダンボールを片付けている。その目が心なしか赤く腫れているようだった。帰り際、桐夜に「聞いていただき、ありがとうございました。すこし楽になりました」と頭を下げて、親子は帰っていった。

「浅緋お兄ちゃん、またね」と小さく手を振る。浅緋はおう、いつでも遊びにこいよと声をかけた。

「浅緋お兄ちゃん、とは。この短時間でずいぶん仲良くなったものだな」

　嬉しそうに手を振る浅緋に桐夜が話しかける。

「まあね。オレ、子どもと遊ぶの好きだし」

「子ども同士、似たようなものだからか」

「はぁ？」

　浅緋は馬鹿にしてんのか？　と睨みかけたが、ぷ、と吹き出す。

「あいつ、アンタのこと怖がってたぜ？　おじさんかお兄さんかわからないみてーだった」

　嬉しそうな浅緋を桐夜はひと睨みした。

　その夜、桐夜は浅緋を屋上に呼んだ。今夜は空気が澄んでいるので星がよく見える。彼は白い布を広げ、三上なつきから引き取った品を並べた。

呼び出された浅緋はあくびを噛み殺している。夜営業まで手伝わされて機嫌が悪い。

「なんだよ。こんなとこに並べて。てかアンタ、骨董品集めが趣味だったのか？」

「ああ。あれは方便だ。そこまで興味があるわけではない」

浅緋は訳が分からないといった表情だ。

「ここにあるものは、かすかに気を纏っている。放っておけばやがて邪気に変わるものもある」

「こんなものが？　へぇ」

ひとつを手に取ってみるが、浅緋には特に何も感じられない。素直にそう伝えると「まだまだだな」と呆れられてしまった。

「お前は先日、大倉瑛一に憑いていた黒い靄が見えたろう。あれと同じように、これらにも微かに気があるんだ。呪魔を呼ぶのは人の心だけではない。どんな物にも想いは重ねられるからな。何か起こる前に見つけて処分することにしている」

例えばこれだ。と言って桐夜は人形を持ち上げた。桜の着物を着た外国の少女、なつきが話していたものだ。

「これの纏う気は悪いモノではない。持ち主の想いをかすかにまとっているだけだ。だが、年月とともによくないモノになる可能性も持っている。だから」

品々を前に刀を持ち出し、すうっと息を吐くと大きく振り下ろした。ざらりとした靄が舞い上がる。と、『雪』の屋上に、桜の花びらが無数に舞った。そのなかにひとりの娘が立っていた。寂しそうにどこかを見つめている。

「え、何これ」

少女の着物は、人形と全く同じだ。何か話しているのか、口が動いている。でも、桜吹雪に紛れ、声はこちらに届かない。やがて、彼女は静かに消えていった。あとには人形が残るだけ。静寂な夜空に、桜の花びらが舞う。浅緋は突然現れそして消えた少女に驚く間もなかった。

「今の、なに」

「これが纏う気を斬った。この人形はもう、ただの無機物だ」

「呪魔、じゃねえんだよな？　いまのは」

「呪魔ではない。この世に留《とど》まっている、行き場のない想い、念だ。だがこの先害をなす可能性はゼロではない」

浅緋には、ただの少女の微かな寂しさだけしか感じられなかった。

「あの子、何か話そうとしてた……」

「それはそうだろう。だから気を纏っているんだ」

名前も残さぬまま、桜の少女はいってしまった。なんだか胸が詰まったような気になる。

「呪魔になりうる芽は見つけたらできるだけ排除することも、私の役目だ。人に害をなす前に」

桐夜は平静そのもので、残りの二品もてきぱきと処分してゆく。

彼が手にしている刀を改めてじっくり見る。柄は真っ黒な糸で美しく飾り巻きにされている。その一つに、金の文様が光っていた。

浅緋の視線に気づいた桐夜が「気になるか？」と問う。彼が頷くと、鬼人はよく見えるように柄を浅緋に向ける。

「これは柊《ひいらぎ》だ。柊の葉は邪を祓うと言われている。鬼人の太刀には皆、この紋様が描かれているんだ」

「邪を祓う、か……。池の主を助けたり、人に憑いたの斬ったり、鬼人って、いろいろやるんだな」

西崎のアパートで見た時、化け物をぶった斬るという明快な豪快さに憧れたが、鬼人も、桐夜も、そう単純なものではなかったようだ。浅緋は、屋上から眼下に広がる港町を見た。山上からなら百万ドルの夜景だろうが、ここだと六割くらいだろうか。それでもきらきらと美しかった。

（オレは、知らねーことばっかりだな）

「目指すところは同じだ、呪魔を断つ。それが全てだと教わってきた」

桐夜は清められた品たちを白い布に包む。

「そうは言っても、こうやって直接持ち込まれることはそう多くない。今回も、三上孝弘とたまたま縁があってのことだ。今は彼と連絡が取れないらしいが」

「え。なんで知ってんの？」

「お前たちが出ていた時に三上さんから聞いた」

あのあと、彼女はためらいながら打ちあけたそうだ。長期の取材でとある地方の月極めマンションに滞在していた夫が、忽然《こつぜん》と姿を消した。手がかりもなく、数ヶ月の夫の失踪は彼女に相当な不安と焦りを与えていて、夜もろくに眠れないという。息子に黙っているのもそろそろ難しくなってきた、と悩んでいた。浅緋も、智の話を伝えた。

「なあ、あいつの父さん、もしかして何か事件に巻き込まれてるとか……」

「彼は成人した立派な大人だ。仕事柄数週間家を空けることも今までよくあった」

「でもさ、智はすごい心配してるぜ？　かわいそうじゃん。三上さんだって参ってんだろ」

「それは家族の問題だ。女性問題、金銭問題、どんな問題を抱えているかは私たちではわからない。詮索するつもりもない」

確かに、智の父親には会ったこともない。だが、智は小さな胸を痛めているのだ。

「けどよ、なんかできることあるかもしれねーだろ。探すの手伝うとか」

「『雪』は便利屋ではない」

桐夜は咎めるような目つきになる。そんなことはわかっている。でもなんとかしてあげたいと思うのが人情ではないだろうか。帰り際のなつきの赤い目と、智のぎゅっと閉じた拳が浅緋の目の前にちらつく。

「さっきも言ったが、鬼人は、呪魔を相手にするのが使命だ。お前もあまり深入りするな」

「それは、わかってるけど……」

しゅんとして屋上の手すりに肘をかける浅緋を、桐夜は困ったように見る。

「いよいよとなれば、三上さんも夫の捜索願を出すだろう。お前にできるのは、せいぜいあの子のそばにいてやるくらいだろうな」

浅緋は桐夜を見た。桐夜はこほん、と咳払いする。

「……初対面でずいぶん懐かれていただろう。あの少年は会ったときから私には及び腰だったのに」

「アイツはナギが怖かったんだよ。智には猫じゃなくて、ナギの本体が見えてる」

「だとすると、彼はすこし霊力があるのかもしれないな」

「ま、オレが紹介してやったらナギともすぐ仲良くなってたけどな!」

胸を張る。そして、空を見上げて呟いた。

「早く帰ってくるといいよな。智が寂しくないように」

＊＊＊＊＊

同じ夜、三上なつきは思いつめた表情でリビングにひとり座っていた。目の前のテーブルには、鳥籠が置かれている。本物ではない。今日、『雪』に持ち込もうとしてやめた古物だ。サッカーボールほどのドーム型の鳥籠は繊細な金細工で、なかには真っ白な鳥が一羽、優雅に羽を広げたかたちで止まっている。オルゴールの機能がついており、底にあるゼンマイを回せば可愛らしい音を奏でてくれる。高値のつく銘品ではないが、職人が丁寧に愛情を注いで作った品だということが伝わってくる。

数ヶ月前、夫の孝弘はこのオルゴールを写真に撮りメールしてきた。「智へ」というタイトルとともに、『お母さんが好きそうな素敵なオルゴールを見つけた。ちょっと遅れるけど、これを智と父さんからの誕生日プレゼントにしよう。今度家に帰るまで、お父さんが大事に持っておくからな』と興奮気味な文を添えて。

おっちょこちょいの孝弘はなつきの携帯だということをすっかり忘れて、サプライズパーティーの計画まで息子に告げていた。

少し抜けていて、たまに連絡を忘れたりするけれど、孝弘は自分の仕事を愛し、それ以上に妻と息子を大事にしていた。そのはずだ。

なつきは籠の中の美しい鳥を見つめる。嫌な想像が後から後から湧いてくる。

「孝弘、どこ行っちゃったの？　こんなオルゴールなんかいらないから、帰ってきて」

電気のついていない真っ暗なリビングで、なつきの咽《むせ》び泣きが小さく響く。真っ白な鳥はほのかに光を浴びているように見える。だが、彼女の泣き声に合わせるように一枚、また一枚と純白の羽を黒に染めてゆく。廊下の陰で、その姿をじっと見ていた智は、唇をぎゅっと噛み締めた。ため息をつくと、自分の部屋へと戻る。ベッドにもぐりこみ布団を頭から被っても、母の泣き声が聞こえてくるようだった。

＊＊＊＊

その翌週、浅緋は携帯画面に記されたメモを確認しながら元町商店街で店の備品を買い集めていた。今日は買い出ししてから出勤することになっている。今のアパートから絶妙に遠い『雪』まで重い荷物を持って歩くたび、バイクを売ってしまったことが今更ながら悔やまれる。

(車は無理としても、単車くらい欲しいよな)

頭の中で微々たる貯金額を思い浮かべるとなんだか悲しくなる。辛気くさい気分を振り払って彼はくるりと方向を変えた。そういえば、『bleu』まではここから近い。バイトに行く前に、智の顔を見に行こう。店にいるかはわからないが、母親に聞けば分かるだろう。

重い荷物に辟易《へきえき》しながら歩いていると、弾けるような笑い声が聞こえてきた。時間は二時を過ぎ、近くに小学校があるらしく横断歩道にわらわらと小さな子どもたちが集まっている。低学年なのだろう、ランドセルにはまだ黄色いカバーがかけられている子も多い。小学生の群れを避けながら道の端を歩いていると、お兄ちゃん！　と背中をつつかれた。振り向くと、智が恥ずかしそうに見上げている。

「お、智じゃん、今帰りか？」

「うん、給食食べて、終わり。お兄ちゃんは？」

「オレは買いもの中。んで、お前の店に行こうとしてた」

「うちのお店？　どうして？」

「もちろん、お前とアイス食うため」

智はぱっと笑顔になり、浅緋の手を握った。

『bleu』は小さな店だった。客が五人も入ればいっぱいで、そこへたくさんの雑貨が所狭しと並んでいる。だが不思議と居心地は良かった。

なつきは疲れた顔がさらにやつれているように見えたが、二人が顔を見せると笑顔になる。智が、浅緋の話をよくするのだと教えてくれた。

「ね、浅緋お兄ちゃん、僕んちに来て？　お母さん、お願い」

「ダメよ、お兄ちゃん忙しいんだから。アイス食べたらお母さんとおうちに帰るのよ」

「いやだ」

智は頑なに浅緋のTシャツの裾を握って離さない。数分間の押し問答の末、なつきは説得をあきらめたように、浅緋を窺った。

「浅緋さん。すこしで構いません、家で智と遊んでくれませんか？　わがまま言ってすみません」

「いえ、オレなんかで良かったらいくらでも」

店は十五時で閉めるという。自分のお店だと出勤時間は自由だから、楽なんです。と笑った。

智の家はマンションだった。浅緋を招き入れ、お茶を出すとなつきは仕事があるのでと言ってパソコンデスクへ向かう。しばらく二人でテレビゲームをしていたが、智は母の様子をそっと見て浅緋の裾を引っ張った。

「僕の部屋に行こう」

まるで初めから決めていたみたいに生真面目な口ぶりで、智は浅緋を部屋に案内した。彼の部屋はきちんと整理されていて、浅緋はまた感心した。自分は小学生のころから部屋にいること自体少なかった気がする。いつも外を駆け回っていた。

棚の上に作りかけのジグソーパズルが置いてある。まだ三分の一ほどしか出来上がっていない。

「それはお父さんと一緒に少しずつ作ってるから」

智が寂しそうに言った。

「まだ連絡ないのか？」

口をへの字にして頷く智に、浅緋は慌てて明るい声を出す。

「大丈夫、もうすぐ帰ってくるって！　あんまり落ち込むな、な？」

精いっぱい慰めようとする浅緋にぎこちなく頷いて、智はクローゼットを開けた。奥の方から大きな紙箱を出して浅緋を手招きする。

「ここにね、大事なものを入れてるんだ。見せてあげる」

秘密を打ち明けるような口調に、浅緋もこくんと頷いた。なかには、パステル調のふわふわしたぬいぐるみがいくつも入っている。智は照れ臭そうにそれを脇によけた。

「これは違うんだ。赤ちゃんのころの僕のおもちゃ。お母さんがとってあるの。大人になったらきっとなつかしいよって」

「ああ。そーいうことね」

箱の底からバスタオルにくるまれたものをそっと取り出すと、智は「見せたいのはこっち」とタオルを取る。出てきたのは、あまり大きくない鳥籠だ。

なかには、鳥が一羽、枝に止まっている。黒い羽が美しい。繊細な彫刻や、凝った持ち手から見ても、アンティークのようだ。母親のなつきの店に並んでいそうな品物である。子どもの趣味にしては渋いと思ったが、宝物というくらいだから、智の大切なモノなのだろう。

「すげえ、綺麗だな」

月並みな感想しか出ない浅緋だが、智はそうでしょと自慢げだ。

「これ、オルゴールなんだよ。この横のネジを回すと音が鳴るの。今は壊れちゃってるけど」

浅緋は鳥籠を高く揚げた。

「へえ！　オルゴールになってるのか！　見ただけじゃわかんなかった。すげーな。古いものなんだろ？」

智はそっと鳥籠に触れた。

「お母さんの誕生日プレゼントなんだ。こういうの大好きだから」

「そっか、じゃあきっとめちゃくちゃ喜ぶな。誕生日までここに隠してんのか」

「違うちがう。これはね、お母さんが持って帰ってきたんだ。お父さんの仕事のおうちから」

智は俯く。浅緋は話がよく見えず目を瞬かせた。そういえば、三上孝弘は地方の仕事中、マンションに滞在していたと言っていた。このオルゴールは彼の失踪後に、様子を見に行ったなつきが持ち帰ったもの、ということか。

「サプライズパーティーも計画してたんだよ。お父さんと」

「じゃ、お前の父さん帰ってきたら、もう一度ちゃんと渡したらいいじゃねえか」

浅緋は元気付けるようにそう言ったが、智は怒ったように首を横に振る。

「僕もそう思ってたんだけど、でも、昨日お母さんがこの鳥さんのこと捨てようとしてるの、見ちゃったんだ。だから、ここに隠してる」

「捨てる？　だってこれ、お前たちがあげるはずのプレゼントなんだろ。お前の母さんそんなことするか？」

「でも！　夜にね、この鳥さんを見て泣いてたんだよ。『こんなのいらない』って言ってるの、聞いちゃったもん……きっと、羽が黒くなっちゃったからだ……」

唇がふるふると震える。抱えていた鳥籠の中で黒い鳥の、無機質なガラス玉の眼が外の光を反射した。

「だから僕、隠すことにしたんだ。捨てられないように」

「羽が黒くなった？」

そんなことが起こるものだろうか。智は頷く。

「最初は真っ白だったんだよ。この鳥さん。でも飾っているうちにちょっとずつ黒くなったの」

浅緋はもう一度オルゴールを掲げじっと観察した。色が変わったというが、彼にはよくわからなかった。代わりに、柔らかな光の流れが鳥籠の周りをゆっくりと揺蕩うのがはっきりと見える。浅緋は先日の、『雪』の屋上でのことを思い出した。

もしかしたら、この光は鳥籠の纏う「気」なのかもしれない。だとしたら。浅緋は思わず声に出していた。

「智、これ、何かお前の父さんのこと、わかるかもしれねーぞ」

智は目を丸くして浅緋を見る。

「ほんと、ほんとに？　ね、どうやったらわかる？」

「こいつに聞くんだよ」

浅緋はオルゴールを指さして勢いよく言った。

＊＊＊＊＊

書斎の向こうに座っていた桐夜は厳しい目をした。机に両肘をつき、その上に軽く顎を乗せている。

「つまりお前は、そのオルゴールは気を纏っている。三上さんの不在と関係しているに違いないからあの少年に見せる。そのために太刀を貸せ、と言っているんだな」

「そーだよ。ずっと智の親父が持ってたものだって言うし、大事なプレゼントなんだ。あの人形みたいに、きっと何か見せてくれる」

興奮ぎみに身を乗り出す浅緋に、桐夜は渋い顔をした。

「お前は……。安請け合いもいいところだぞ」と呆れ顔で言う。

「なっ、なんでだよ！　智はずっと……」

「アンティークのものなら、彼らよりさらに前の持ち主の想いかもしれない。子どもに見せられる物ではなかったらどうするんだ？」

「え？　それは、そんなこと」

そこまでは全く考えていなかった。

「お前は……、なぜそんな短慮なんだ」

「け、けど、普通に考えたら智の親父のことかもってなるじゃん！」

「なんの根拠がある？　私にはお前が突っ走っているようにしか見えないが」

浅緋は机をドンと叩いた。

「そうだよ。ただの勘だよ。わりーかよ！　智は親父に会いたくてたまんねーんだ。何とかしてやりてえって思うだろ！」

「あれはいい結果になるばかりではない。たった一度見ただけで安易に判断するな」

「そんときは俺が責任とる」

　桐夜は無表情だ。

「責任だと？」

　桐夜の目が険しく細められた。

「昨日今日金眼になったくらいで何もかも救えるなどと言うのか。とんだ思いあがりだ。やはり、お前には見せるべきではなかった」

「そんなこと思ってねえよ！　家族を心配してるチビに手を貸してやりたいってのが思い上がりか？　誰だって必死になるだろ！」

　――お前だって誰かを助けることはできるんだ――

　あの事故の日、ぐしゃぐしゃになった車のなかで致命傷を負いながらも幼い浅緋に笑ってくれた父親の顔が浮かぶ。智には、父親にもう会えないかもしれないなんて思ってほしくなかった。何かしてやりたい、そう思う気持ちのどこが悪いんだ。

「……アンタはさ、どんだけ長く生きてるか知らねーけど、大事な人がいなくなる怖さとか、悲しさとか、どっか置いてきたんじゃねえの」

　浅緋は鬼人を睨みつけると、足音荒く出て行く。ばたん、とドアが重く揺れた。桐夜は無言でそれを見つめるだけだ。やがて、彼はやけにゆっくりと煙草を取り出した。横にいたナギが、くすりと笑う。

「アレは優しい子だな。かなり直情的ではあるが」

すこし、あの男に似ていると思わないか？　と桐夜を見る。火をつけようとした動きがぴくんと止まった。

「いやなに、昔、似たような話を思い出したんだ」

黙りこんでいる桐夜に、ナギは話しだした。

「お前と東雲が任務で大和あたりまで出向いた時だ。呪魔と関係のない人間のやっかいごとに首をつっこみ、親父殿に大目玉を食らっていただろう」

「あれは、あいつが……！」

桐夜は思わず声を上げる。

「我はあの時、親父殿のそばにいたからな。お前たちが怒られて顔を真っ青にしているのをとても面白く見物していたのだ」

ナギがあの男の名を出すのは久しぶりだった。その名が音を持ったことで、桐夜の脳裏にはっきりとあのころが描きだされた。遠いとおい、希望に満ちていた時代。東雲はいつも、まっすぐに己の道を進んでいた。

＊＊＊＊＊

「桐夜！　一匹そっちにいったぞ」

腰まである滅紫の髪をばっさばっさと振りながら、星空の下を東雲が走っていく。着物の裾を盛大に翻して、飛ぶような足さばきで見るまに暗い森の中へ消えて行った。

残された桐夜は、やれやれと前髪をかきあげる。生まれも数日しか違わない二人は、体格こそ違えど、最近では顔つきも似てきている。決定的に違うのは髪色と、正反対とも言える性格だった。自由奔放で裏表のない東雲と、理知的でもの静かな桐夜。彼らは兄弟同様に育ち、里でも優秀な討ち手となった。

幼なじみの消えていった方角に背を向け、桐夜は己の刀の柄を握り直す。月光を浴びて刃先は柔らかな光を纏い、誇らしげに桐夜の顔を照らしだしていた。彼の隣で、あたりの闇よりも黒い豹がにやりと口角を上げる。

「ほんとうに、東雲はいつも騒がしいな」

「そうだな。あいつと一緒にいると身体が鈍るということがない」

月明かりが照らす、薄暗い草むらのなかをこちらに向かってくるどす黒い、人のかたちをした怨念の塊を見据えながら、桐夜は、「では、我らも行こう」と走り出した。

「ぜんっぜん、手応えなかった。お前に任せたやつの方がでかかったんじゃないか？」

「いや、大したことはなかった。よかったじゃないか、人を喰らう前に始末できたのだから」

あっさりと呪魔を退けた帰り道、二人は夜道をのんびりと歩いていた。東雲は不満げだ。

「んー。そういうことじゃねえんだよ桐夜！　俺ら二人だけで任されたんだからさ、俺はもっと、こう、武功っつうの、あげてみたかったんだよな」

そしたら、俺らが最強ってのがみんなに伝わるだろ？

東雲は誇らしげに笑う。桐夜はくすぐったい気持ちを隠しつつ、

「お前はガキだな」と笑った。

「んだよ。お前だって俺らが一番強えって思ってるだろ？」

「私たちはまだまだこれからだ。そんな風に驕ったりしてはいけない」

「けっ。驕るも何も事実だからな。小田のお衛方に圧倒的な強さを見せつけて里のみんなを、仲間を守らないと」

東雲は刃を天へ突き刺すように掲げた。薄雲に隠れていた月が顔を覗かせ、年若い二人の鬼人の満足げな顔を明るく照らしだしていた。

同じ月がいま、煙草を握りしめる桐夜の手元を明るく照らす。彼は窓を見上げた。

「東雲は、誰にも似ていない」

そう言って、月から顔を背向けた。

＊＊＊＊＊

翌朝、ランニングをしながら浅緋は考え込んでいた。啖呵《たんか》を切ったのはいいが、実際どうしよう。刀がなければあの技は使えない。そして、刀は桐夜の自室にある。

他のやつなら喧嘩で負ける気はしないが、桐夜には全く勝てる気がしなかった。それに、彼はあの黒拵えの太刀をとても大事にしている。

身の入らないままアパートへ向かう浅緋の前に、黒猫がお馴染みの黒い尻尾をくるんと回しながら現れた。

「おはよ、ナギ。こんなとこまでどうしたんだよ」

「おはよう。お前を待ってたんだ」

「なんかあったのか」

浅緋は軽く汗を拭いながら尋ねる。

「あの少年のことだ。我が見てやってもいいぞ。そのおるごーるとやら」

浅緋は目を輝かせた。

「マジ？　すげー嬉しいんだけど！　でも、なんで」

我は正義の味方なのだろう？　とナギは浅緋を見上げる。

「これでも始祖の友だぞ。霊力には多少自信があるのだ」

悪戯っぽく片目を瞑る。浅緋はよっし、と拳を握りしめる。ナギがいれば百人力だ。んじゃ、さっそく今日にでも智の家に行こうぜ、と意気揚々で駆け出した。

夕方になるのが待ち遠しい。浅緋はそわそわと落ち着かない気分で昼の営業をこなしていた。桐夜は朝から特に変わった様子もない。

もうすぐ四時になろうかというころ、準備中の『雪』のドアが乱暴に開けられた。見ると、三上なつきが取り乱した様子で立っている。

「すみません、浅緋さん。智は……っ！　智はお邪魔してませんか？」

「いや、来てないっすけど……。どうかしたんすか」

智の母親は焦った様子で店内を見回して、顔を歪めた。

「三上さん、なんかあったんすか？」

浅緋が重ねて聞くと、彼女はのろのろと胸に手を当てた。奥から桐夜がやってきて、彼女に水の入ったグラスを差し出す。

「智君は学校では？」

「ええ、帰ってきたんですけど、その、ちょっと、喧嘩をしてしまって……」

「喧嘩？　珍しいですね」

桐夜が問い返す。なつきは言いにくそうに彼を見た。

「た、大したことではないんです。あの子が勝手に家のものを隠していて、それで、少しきつく叱ったんです。そうしたら、出ていってしまって……。あまり怒ったりする子じゃないので、私も動揺してしまって、感情的になって」

浅緋はピンと来た。「もしかして鳥籠のことっすか」と単刀直入に聞く。なつきははっとして浅緋を見た。

「知ってるの？」

彼は頷いた。

「大事なものだって見せてもらったけど」

「違うの、あれは……、そんな」

彼女は否定するように首を振る。

「とにかく、あの品は処分するって決めてたのに、あの子がわざと隠してたんです。返すように言ったんですが、そうしたら飛び出ていってしまって、探しても、見つからないんです」

彼女は深く頭を下げた。

「お願いします。もしあの子がこちらに来たら知らせてください。これ、私の携帯です」

震える手で彼女はメモに番号を書く。浅緋はそれを受け取ると、さっそく外に出ようとした。

「あの」

なつきが戸惑ったように彼を見た。

「心配しながら待つだけとか無理なんで、オレも探します」

いいだろ、と桐夜を見ると、彼は既に上着にそでを通していた。猫姿のナギもドアの前で待機している。桐夜の手には黒い太刀が握られていて、浅緋が物問いたげな視線を向けると「念のためだ」とそっけなく答えた。

「お前はナギと行け。私は三上さんと家の方から探す」

なつきは顔を歪めて、二人を交互に見た。

「す、すみません『雪』さん。本当に、お手間を取らせてしまって……、私」

「時間がもったいないですよ、三上さん。暗くなる前に、早く行きましょう」

穏やかながらも有無を言わせぬ桐夜に、なつきは気圧されるように頷いた。

「子どもの足だ。そう遠くへはいけないだろう」

浅緋とナギはまず『bleu』へ走った。学校、公園なども続けて回るがやはり智の姿はない。

「あと、小学生が行きそうなとこって言ったら、スーパーとかか？」

浅緋はぐるりと周囲を見渡す。大型店舗へは、駅周辺まで行かなければならない。あの辺りは入り組んだ道も多いうえに、かなりの人混みだ。

「あいつ、何やってんだよ一人で……」

心配で仕方なかった。父親の手掛かりが分かるという浅緋の言葉を信じたから、母親に取り上げられそうになって怒ったのだろう。自分にも責任がある。浅緋はきゅっと唇をかみしめた。

「浅緋、浅緋」

「クソ、オレのせいだ」

「浅緋！」

　ふくらはぎにピリッと痛みが走った。ナギが彼に噛みついたのだ。

「な、なんだよびっくりすんだろ！」

「馬鹿者！　嘆く前にもっとするべきことがあるだろう。足を動かせ」

　牙をむき出して浅緋を威嚇する。

「ごめん……！　いこーぜ」

　二人は智を探し続けた。少しして、ナギがぴくんと尻尾を立て止まる。ふんふんと空気の匂いを嗅ぐ仕草をして「こっちだ」と走り出した。

「今、あちらにかすかな気の流れを感じた。そのおるごーるかもしれん」

　ナギが飛ぶように坂を駆け上がっていくのを浅緋は追いかける。

　やがて彼の耳に、キリキリと言う錆びついた音が聞こえてきた。目の前には神社の鳥居が現れる。学問の神で有名な北野天満神社だ。中へと走っていくナギの向こう、緑の木々の間の小さな石段に、ちょこんとうずくまる姿がある。智だ。鳥籠のオルゴールをだきしめ、ひとり項垂《うなだ》れて座っている。少年の小さな手は、オルゴールの壊れたゼンマイを一生懸命回していた。

「智！」

　矢も盾もたまらず、浅緋は駆け寄った。「浅緋お兄ちゃん？」と智は大きな目を見開いた。うるうると見る間に瞳がうるんでゆく。

「お前、バッカ……。心配するだろ？」

「だって、だって……」

しゃくり上げる智の頭をぐりぐりとかき回す。安心して、膝から力が抜けそうになった。携帯を急いで取り出したところで、「さとし！」と悲鳴のような叫び声がすぐ近くで上がった。なつきが走ってきていたのだ。桐夜も後に続く。彼女は息子を強く抱きしめる。

「ごめん、ごめんね、智、お母さん、怒りすぎたよね」

智も、ごめんなさい、ごめんなさい、と泣きじゃくる。

「ここは、小さい時からよく家族三人でお参りに来てたんです。近いので散歩にもちょうどよくて。もしかしたらと思って」

少し落ち着くと、なつきは優しく息子の頭を撫でた。そして静かに尋ねる。

「でもね、智。どうして、隠しちゃったの？」

智は俯いて黒い鳥の入った籠を抱きしめる。

「お母さんがこの鳥さんを捨てようとしたから……、だから、僕、守ろうとしたんだ。だって、お父さんが帰って来た時にプレゼントがないのがわかったら、きっと悲しくなるもん」

「それは……」

なつきは苦しそうな顔になった。浅緋と桐夜も見守る前で、小さな声で話し出した。

「このオルゴール、仕事のマンションから持って帰ってきて、しばらくは飾ってたんです。でも、この鳥が私をじっと見てる気がして。怖いっていうか、孝弘は戻らないよって言われてる気になって……。そのうち、白い鳥がだんだん黒くなっていったんです。そんなこと、あるわけないのに。私、とうとう自分がおかしくなったと思いました」

彼女は智を見た。

「この子には心配かけたくないし、もうどうしていいかわからなくなっちゃって。彼に何があったのか。私が至らないせいで出ていったのかとか、とにかく、信じたいのに、できなくなってしまって。見るたびに辛くなるので、処分しようと決めました。被害妄想ってわかってるんです。こんなの」

彼女は肩を震わせる。店の品のことを話すときの愛情溢れた口調はどこかへ消え、怯える目で智がもつ丸みを帯びた鳥籠を見る。

「でも、自分の不安ばかりで、この子の気持ちを考えられなくなってたんですね……」

智はそっと、母の腕をとった。

「その鳥ですが、貴方を怖がらせたいわけではないと思いますよ」

なつきは驚いた表情で桐夜を見る。鳥の色が変わるなど、非現実的な告白に真面目に返されるとは思っていなかったのだ。

「以前、モノには気持ちが宿るというお話をしましたね。貴方もそれを信じていらっしゃるのでしょう？」

と尋ねる。なつきは質問に戸惑いつつも、小さく頷いた。

「無機物には思い出や、ときには憎しみまでもが宿っていることがあります。どんなものも、人の手を経ていますから」

　桐夜はひどく優しい手つきで籠に触れた。

「この鳥にも、何らかの思いがあるようですね」

「え？」

　なつきは息を呑んで、智の持つ籠を凝視する。そして桐夜を見つめた。

「なんで、そんなこと」

「わかるのですよ。今回はうちの従業員が先に気付いたようですが」

　そう言うと、桐夜は携えていた太刀を見せた。美しいが威圧感のある黒い拵えに、なつきと智は顔を見合わせる。

「それは……美術品ですか？」

　彼は首を横に振る。

「いえ、これは観賞用ではありません。私は今まで、そういった『想い』のあるモノをこの刀で斬ってきたのですよ、三上さん」

「……おっしゃっていることが、よくわからないのですが……」

「お祓いのようなものだと考えて頂ければ結構です。貴方から引き取った品もいくつか処分しました」

　事務的で淡々とした桐夜の説明に、なつきは訝し気に眉を寄せた。

「でも、でも、桐夜さんの話が本当だとして、そんな刀で斬る必要があるんですか」

桐夜は智から鳥籠を取り上げると、ずいっと彼女の前に差し出した。

「もちろん、方法は様々あるでしょうが、私はこの方法です。その『想い』が悪いモノだったら困りますから。よくあるでしょう？　呪いの人形なんてその代表的なものですよ」

彼の瞳が冷たく光った。

「ですから、この鳥籠のこともぜひ、斬らせて頂きたい」

「え、あの、でも……」

「もちろんこんな怪しげなこと公言はしませんし、関わった方はあまりそのことを覚えていません。とにかく、悪い気を放つ前に断ち切るのが私の仕事ですから」

「……そんなおっきな刀で斬ったら、壊れちゃうよ？」

智がおそるおそる尋ねる。『雪』のオーナーはにっこりと少年を見下ろした。

「そうですね」

「おい、言い方……」

浅緋は慌ててとりなそうとしたが、ナギが彼の足を強く踏みつけた。「黙っていろ」と目ですごまれる。

「だ！　ダメです！」

なつきは桐夜から慌てて鳥籠を奪い返し後ずさった。智も母に寄り添い両手を広げる。

「そうだよ、やめて！」斬らないでよ！　壊れちゃう、と必死だ。

「おや、おかしいですね。そもそも貴方はこれを捨てようとしていたのではないですか？」

桐夜は冷たく笑って太刀の柄に手をかけた。

「それは……」

親子は長身の桐夜に立ち向かうようにきっと彼を見据えた。

浅緋はことの成り行きにぽかんとしてしまう。鳥籠オルゴールを挟んで無言で睨みあう桐夜と三上親子。やがて、なつきは智とオルゴールを抱きしめて叫んだ。

「これは、私たち家族の大切なものなんです！」

すると、籠の中の黒い鳥が一声、高く鳴いた。神社を包む静かな樹々の間を透き通った美しい音色が通り抜ける。黒羽がどんどん落ちてゆき、真新しい雪色に生まれ変わる。

やがて、きらきらと光り輝く羽を纏った白い鳥は、籠の中で嬉しそうに両翼を広げた。

「ああ、元に戻りましたね」

あっけにとられているなつきと智に、桐夜は優しい眼差しを向けた。そして、ゆっくりと膝をつき、智と目を合わせる。

「この鳥は、君のお父さんの想いを知っているみたいだ。浅緋が君と約束したように、君が望むなら、見せることができる」

智は目を輝かせて母親を見た。ただし、と彼の言葉が硬くなる。

「とても悲しくて、辛いものかもしれない。悪いが、私にはそこまではわからないんだ」

なつきは気遣わしげに息子を見た。

「私たち、覚悟がいるということですね」

桐夜は頷く。少年はしばらく黙って考えていた。

「でも、知らないのは、嫌だ」

そう呟く。顔を上げて、なつきとしっかり頷きあう。

「この子が決めたことなら、私も同じです」

「よろしい、では、浅緋」

桐夜は浅緋に振り返った。太刀を差し出して静かに告げる。

「お前がやりなさい。最後まで責任を持つのだろう？」

彼は頷いた。

「まかせろ」


智はなつきの手をしっかりと握りしめた。眩しくてあたたかい光が顔を照らして、ぎゅっと瞑っていた目をあけた。神社の境内は消え失せ、目の前いっぱいに広がる白い雲海と聳え立つ山。

親子は見知らぬ場所に立っていた。いや、浮かんでいるという感覚だ。なつきは智の肩を抱くようにして辺りを見回す。

崖の端に人影が見えた。孝弘だ。なつきは心臓を掴まれる思いで、彼の姿に目を凝らした。愛用の撮影機材を持ってひとり、雲海を眺めている。智が声を上げた。

「お父さん！」

孝弘はくるりと振り向き、弾けんばかりの笑顔を見せた。

──よう、待ってたんだ！　よく来たな──

智は飛び出して、父親に抱きつく。彼は思いっきり息子を抱き上げた。なつきは、おそるおそる尋ねる。

「……ほんとに孝弘なの？」

──はは、そんな警戒するなって。俺だよ──

どこか虚に響く夫の声に首を傾げながら、それでも彼女は近づいていった。孝弘はほっとした表情になる。

──近くに川があるんだ、一緒に遊ぼう、智──

うん、行こうと元気に頷いて手を握ってくる息子と歩く夫を、なつきはじっと見つめた。

川面に光が反射して、七色に輝く。智と孝弘は、川の中ではしゃいで走り回っていた。水飛沫《みずしぶき》を掛け合いながら笑い、ずっと嬉しそうな智がいる。

なつきはその様子を見守り続けた。やがて、日が落ちてくると、孝弘は川辺で手早く焚き火をセットした。慣れた動作で火を起こすごつごつとした手は、ずっと見てきたものだ。

「すごい！　すごいね。これからキャンプもいっぱいできるじゃん、ね、お母さん」

「うん。ほんとだね。でも……」

なつきは、顔を上げた。掠れた声を絞り出す。

「一緒に、帰ろ？　孝弘」

智は、不思議そうになつきを見た。火がゆらゆらと彼女の顔を赤く映しだす。何かを悟ったようなその表情に孝弘の顔が一瞬で歪んだ。

――ごめん――

孝弘は俯いた。智が父親の膝にちょこんと乗る。小さなころからいつも、そうやって過ごしたように。彼は息子の頭を大きな手で撫でた。

――帰れないんだ――

孝弘はぽつりぽつりと話しだす。

――ここで、あの崖の上で転んじゃったんだよ――

彼につられて、二人も上を見上げる。険しい崖が立ちはだかり、ここからは頂が見えない。

――落ちたんだと思う。しまったって思った時には、身体が宙に浮いていた。真っ逆さまに落ちる感覚だけ覚えてる――

だから、ここで、お別れなんだ。

孝弘はそう言って笑う。

――最後にお前たちの顔が見たくて、ずっと待ってた。ずっと――

智は、ぎゅっとしがみついて離れない。何も言わずにただずっと父親のお腹を抱きしめている。顔は見えなかった。

「おねがい、ねえ、たかひろ、そんなこと言わないで」

声が震えて、きちんと言葉にならない。息ができない。

——だからよかった、来てくれて。もうダメだって思ったとき、やっぱり浮かぶのはお前たちの顔だったから——

「わたし、わたし、ごめん、へんな疑いとかしちゃっ……て、こんなとこで、ひとりで待っ……てるって、しら、知らなく、て」

泣きじゃくる妻を、孝弘は強く抱き寄せた。後から後から流れる涙を指で拭ってやる。

——ひとりじゃない。お前たちがきてくれたから、もう大丈夫だ。俺は還れるよ。お前たちのところに——

ついに、智が大声をあげた。

「ばかばかばか！　ばか！　一緒に帰ろうってば。ねえ、おとうさん」

父親の胸をどんどんと叩く。怒りたいのか、泣きたいのか、ぐちゃぐちゃの気持ちが小さな胸に押し寄せる。

「ね、僕、いい子にするから、お願い、帰ってきて」

孝弘は智の頭を撫で続ける。

——智はいい子だ。ずっとずっといい子だよ。大好きだ——

少しずつ、孝弘の姿は薄くなる。智は縋《すが》るように手を伸ばした。さあ、行きなさい、という言葉と共に、孝弘は手をゆっくり離した。

『二人とも、ありがとう。僕の人生を一緒に歩いてくれて』

孝弘は笑顔を見せる。どんどんと薄くなる山の景色のなかで、彼はいつまでも、いつまでも手を振っていた。


神社からの帰り道。先へ行ってしまった桐夜を追いかけ、浅緋は横に並んだ。

あのあと、親子は赤い目をしていたが、その目から暗さは消えていた。なつきは智の手をしっかりと握り、深く頭を下げる。智はそんな母を守るように寄り添い二人に大きく手を振っていた。

「あの……。なんでその、オルゴールを壊すようなこと言ったんだ」

あの時の桐夜はまるで二人を煽っているような口ぶりだった。

だが彼は横目で浅緋に一瞥をくれただけだった。

「そんなことより、黒い羽のこと、なぜ黙っていた」

「あ、あれは、オレ、その、あの鳥籠をぐるぐる回ってる光が見えたから、そっちに夢中で……、忘れてたっていうか……」

しどろもどろになる浅緋を遮ぎって彼は続ける。

「あのオルゴール自体が持っていた気は、結局はお前の言う通り父親のものだったが、それとは別に瘴気も纏ってしまった。黒い羽になった原因は母親だ。色や形などが短期間で急激に変化する場合、身近な人間が原因なことが多い。覚えておけ」

早口でそれだけ言うと、桐夜は歩く速度を速めた。

「あっ……、待てよ。き、桐夜……、サン」

浅緋はまた、鬼人を追いかける。

「あの、ごめん、いろいろ」

浅緋は悩んだ末、素直に謝った。

「その、アンタを冷たい奴だって言ったり」

「別に、お前のような子どもに何か言われても気にしていない」

二人はしばらく無言で歩いた。

「それに、後先考えずに突っ込む奴には慣れている」

不意に桐夜は夕空を見て小さくつぶやいた。浅緋が物問いたげに見上げる。桐夜は空を見つめたまま、刀の柄を撫でる。

「この刀の持ち主のことだ」

「昔はひとりで仕事をすることはなかった。いつもこの刀の主と二人だった。あいつは相談なしで色々とやらかした。後始末は私だ」

懐かしそうに目を細める。浅緋はすこしためらってから聞いた。なんとなく、答えはわかっている気がしたのだが、聞かずにはいられなかった。

「そのひとはいま、どこにいるんだ？　鬼人は長命なんだろ」

「東雲は死んだ」

沈む夕陽とともに、桐夜の声が暗くなる。

「鬼人は滅びた。残っているのは私と、あとひとりだけだ」

今や西の空は、真っ赤に染めあがっている。血を浴びたような桐夜の顔を直視できなくて、浅緋は道路に視線を落としてしまう。

少し離れて二人を見守っていたナギは、空気の匂いを嗅いで突然立ち止まった。

「どうした、ナギ」

黒い猫は真っ赤な空に背を向けた。

「お前たちは戻っていろ」

「なにか見つけたのか？」

「ああ。少し気になる匂いがした。ま、すぐ帰る」

そう言ってナギは山のほうへと走り去っていった。

＊＊＊＊＊

『彼』はもう長いこと、炎のなかを歩いていた。身体はとうに燃え朽ち果て、むき出しの魂となってもまだ、あるいていた。腕にしっかりとかき抱いていたはずの愛しい女はいつのまにか消えてしまった。

暗い　赤い　黒い　ここはどこだ。

『彼女』はいないのに、彼は炎に包まれたままだ。悲しみと、怒りが魂の隅々にまで満ちている。

自信と光に溢れていたかつての『彼』は、もうどこにもいない。ただ、彷徨い歩いていた。

どれほどの時間がたったのだろう。鈍い金属音が聞こえてきた。懐かしい、自身の愛刀の音だ。『彼』は遠く朧《おぼろ》げに灯る光のほうへ、刀の音のする方へ、引っ張られるようにして進んだ。


「浅緋！　何してる、その刀で早く呪魔を斬れ」


刀の音に、凛とした声が重なった。誰だ？　とても、とても懐かしい。炎に焼かれ続け、疲弊した『彼』の魂は記憶を探るように近づいてゆく。気づくと見覚えのない池のそばにいた。ふたつの背中が見える。

『彼』はすこし、思い出した。

あれは、そう、桐夜だ。俺たちはいつもああやって二人でいた。刀を持って。使命に燃えて。そして、愛しい『彼女』がいつも見守ってくれていた。朧々《ろうろう》たる魂は自分の姿をすこし、取り戻しはじめた。

どのくらい彷徨ったかわからない。時の感覚はとうに失《な》くした『彼』だったが、とうとう、ひとつの目的を思い出した。

行かなければ。『彼女』を殺した人間たちに制裁を。そして、里へ帰らなければ。桐夜と、帰らなければ。

ふと見ると、何者かがこちらを窺っている。『彼』は首を傾げた。なんだろう、あの黒いモノは。あの存在を知っているような、知らないような。よくわからなかった。黒いモノは藪の中からゆっくりと出てきた。豹だ、あれは。

黒い豹はひどく狼狽《うろた》えていた。輝く毛並みと、碧い瞳を震わせながら、『彼』の前に立つ。

「……まさか、なぜ……」

切れぎれの言葉が牙の隙間から漏れる。だが、『彼』には関係がなかった。『彼』は進むのに邪魔な黒い生き物を薙ぎ払った。ごろん、と丸太のように転がって、黒豹は動かなくなった。

ちくり、と魂の一部が痛んだ気がしたが、『彼』はすぐにそれを忘れ、暗い森に消えていった。

第四章　果たされなかった約束

　数日後、浅緋は最後の客を送り出したあと『雪』のドアプレートを外した。夜の十一時。平日とはいえ、今晩は妙に客が少ない。「こんな日は開けても意味がない」と早めに閉店するよう桐夜が決めたのだった。先日の智のことが頭から離れず、仕事にあまり身の入らなかった浅緋にも、それはありがたい提案だった。雨が近いのか、空気は重たく湿気を含んでいた。

　降りださないうちに帰りたいもんだと浅緋は集めたゴミを裏口へと運ぶ。鉄製のドアを開けると、黒い塊が目の前の道に落ちていた。

「誰だよ、ゴミ袋をあんなとこに出したヤツ……」

　ぶつくさ言いながら拾い上げようとした浅緋は、喉を詰まらせた。

「……ナギ？」

　それは、海岸に打ち捨てられた海藻のように、ぼろぼろの塊となった黒い豹だった。美しい毛並みは見る影もなく艶をなくし、堂々とした体格は半分以下の大きさになっていた。赤く艶やかな舌は、白く変色して生気がない。浅緋は全身が総毛だつのを感じた。

「桐夜！」

悲鳴に近い声で叫ぶ。

切羽詰まった声にただならぬものを感じたのか、桐夜はすぐにやってきた。ナギの様子を見てとった彼は目を大きく見開き、黒豹の名を呼びかけながら地面に片膝をつく。カマーベストに汚泥がべったりとつくのも構わず、ナギの腹のあたりに手を当てた。

「動いている」

そう言うと、小さくなった身体を抱き上げた。

「桐夜……。きりや！　どうしよう、ナギ」

「落ち着け浅緋。とにかく部屋へ運ぶ」

二人は桐夜の自室まで上がり、ナギの身体をそっとベッドへ横たえた。桐夜はバスルームへ駆け込み湯を準備し始めるが、浅緋はうろうろとそのあたりを動き回っているだけだ。

「落ち着けと言っているだろう、その辺りにブランケットがあったはずだ。かけてやってくれ」

「そのあたりってどこだよ」

「ベッドかソファのあたりか、棚の近くに置いてないのか？」

「ねーよ！　早く思い出せ。身体が震えてんだよ」

「待て。どこかにしまったはずなんだ」

珍しく要領を得ない桐夜に、浅緋は大股で室内を探し回り、やっとのことで分厚いブランケットを引っ張り出してきた。力なく横たわる黒い塊をそっと包む。牙の隙間から薄く息が漏れている。浅緋は不安で押しつぶされそうになる。

湯を張った洗面器と濡らしたタオルを持ってきた桐夜は、丁寧に泥を落としていく。険しい顔をして唇を引き結んだままだ。

「ナギ……。なんでこんな姿に」

浅緋が尋ねても、首を横に振る。

「あの日、三上さんたちと別れてから、見回りに行ったのを見たのが最後だ。いつものことだし、あまり気にしてはいなかったが……」

「まさか、呪魔ってことはないよな？」

「その辺の呪魔にやられるようなナギではない。こんな怪我をするとなると、もっと、違う力だろう」

彼は悔しそうに下唇を噛む。やがて、外では雨が降り始めた。

浅緋は、ナギの存在自体が薄くなっているような気がした。何より、桐夜が険しい顔をしていることが余計に不安を掻き立てる。彼はその夜、桐夜に頼み込んでナギの隣で寝かせてもらった。激しい雨音が余計に彼の不安をつつき、まったく眠れなかったが。

それから二日間、浅緋は仕事をしているあいだもずっと傷ついた黒豹のことが頭から離れなかった。桐夜の自室に寝かされているのを何度も見に行っては呼吸を確認し、ほんのすこし、ぱさりと尻尾が揺れるのを見てはほっと胸を撫で下ろす。とうとう、桐夜にいい加減にしろと叱られてしまった。だが、その桐夜もこの二日、ずっと考え込んだ表情をしているのだ。

　バイトの小野までが心配して声をかけてきた。周りが見かねるほど、『雪』のオーナーは難しい顔をしていたのだ。

「こんな、ちっこくなって……、綺麗な毛並みも……全然起きねえし」

　浅緋はナギの前足をそっと握る。そして、こわごわ尋ねた。

「もしかして、ずっとこのまま、なんてことはねーよな、治るよな？」

　窓から差し込む陽光がきつくなる。桐夜はブランケットの角を掴んで直してやる。

「ナギは藤真の時代、おそらくそのずっと前から存在していたんだ。鬼人の土地付近を棲《す》処《か》にしていたらしいが、もとは妖怪だったのか、獣が精霊化したものか、本人の記憶も曖昧だ。私でも、本当のところはわからない」

「どうすんだよ。このまま起きなかったら」

　元がなんであれ、すでにナギは浅緋にとって大事な友だ。いつも温かく、ときにはユーモアで自分を見守ってくれる。彼の存在は浅緋にとってとても大きかった。

「……あてがないわけではない」

　桐夜はそう言って大きく息を吐いた。ここ数日、何かを心に決めかねているようではあったのだ。

「あまり頼りたくはなかった。だが、いつかは行かねばと思っていた」

「なんだよ、なんの話」

「京都へ行く」

桐夜は立ち上がると、浅緋をじっと見下ろした。

「支度しろ」

「オレも？」

＊＊＊＊＊

その後、ろくな説明もないまま浅緋は車に乗せられた。桐夜もお馴染みの「本日休業」のプレートを店の扉にかけて早々に運転席につく。彼は、東へとハンドルを切った。北野の店を出た車は早々に高速に乗り、ひたすら東へ向かっていた。左手に遠く緑の山々の起伏を眺めながら、大阪湾に沿うようにして勢いよく進んでいく。浅緋は助手席から、防音壁越しに時おり覗く芦屋や西宮の市街地を見るともなしに眺めた。京都へは一時間余りの道のりだが、道中、小野への連絡で話をした以外会話らしい会話をほとんどしていない。

「そろそろ行先教えてくれたっていいだろ」

ナギはペット用のケージに入れられて浅緋の膝の上に乗っかっている。猫に変化しているわけでもないのにこんな小さな箱に収まってしまったのを見るとなんだかやり切れない気分になる。延々と流れる灰色の防音壁に嫌気がさして、浅緋はじれったそうに尋ねた。

「……今から会いに行くのは、鬼人だ」

浅緋は驚いて窓から目を離した。

「それって、アンタの仲間ってこと？」

「彼なら、ナギの回復法を知っているかもしれない。昔から調べ物や書物を読むのが好きだったから。だが、……今でも彼が私を同胞と思っているかは疑問だ」

桐夜は、鬼人の生き残りは自分とあと一人だと言った。その人のことなのだろうか。聞きたくても、張り詰めた空気が桐夜の周りに張られていて、浅緋はそれ以上話しかけるのを躊躇っていた。

（でも、別の鬼人にも会えるってことか。どんな奴なんだろ）

浅緋は、ケージの硬い表面をグッとつかんだ。こんな状況でなければもしかしたら、ほかの鬼人に会うのはもっと楽しめたかもしれない。

その後、二人は京都でも有数の観光地、嵐山についた。だが、桐夜が目指したのはそこからかなり外れた閑静な街だ。車をコインパーキングにとめたあと、ほとんど迷うことなく歩いてゆく。とある店の前で立ち止まった。

古めかしい看板に流麗な筆文字で『橘《たちばな》古書店』と書かれている。横にやけに小さな文字で、「お祓い随時受け付けます。店主まで」と添えられていた。ますますどんな人物か気になってきた。

「ここ？」

「ああ。昔、ナギが教えてくれていた。ただ、ずっと来られずにいたんだ」

どこかが痛むような声で桐夜が答える。

「へえ、なんか古い感じの店だな」

古民家のような趣のある建物で、引き戸にはすりガラスが嵌め込まれている。髭もじゃのお爺さんでも出てきそうな雰囲気だ。

「その人、物知りなんだろ？　早く入ろうぜ。ナギを助けてもらわねーと」

人がいる気配はしない。だが、引き戸に手をかけると拍子抜けするほどするりと開いた。

「すみませーん」

答えはない。中はほの暗く、かすかに白檀の香りが漂っている。浅緋は大股で足を踏み入れる。

「もしかして聞こえてないんじゃねえの？　相当な爺さんだろきっと」

隣で桐夜が「静かに」と言った。見るとどういうわけか、彼の周りに白い煙が渦を巻いて現れた。煙は二人を抱き込むようにして、暗い店の奥へと押しこむ。

「うわっ。なにすんだ」

浅緋はナギのケージを抱きしめた。煙は大きな白い獣へと姿を変え、桐夜に長い尻尾を巻き付けようとしている。戸はいつの間にか閉まり、逃げ道は塞がれてしまった。

「くそ！」

浅緋は戸を開けようとガタガタとゆすったがびくともしない。煙はどんどん二人を取り巻いた。だが、焦る浅緋の隣で桐夜は躊躇することなく白い尻尾を掴むと、ぱしゅん、と潰してしまった。情けない音を立てた後には、ぺらりとした紙切れが宙に舞う。

「これは、イタチの式《しき》か」

するとと、後ろでいやに平板な拍手が聞こえた。

「さっすが！　何十年たっても衰えないんだねえ。君の力って」

手のひらを申し訳程度に合わせる乾いた音に、桐夜はゆっくりと振り返る。店の奥の壁に男がひとり、背を預けて立っていた。

「久しぶりだな。瑞貴《みずき》」

にこにこと人懐っこい笑みを浮かべながら、男は赤茶色の長い横髪をかきあげた。桐夜へと一歩、二歩、近づくにつれ、その姿がはっきり見えた。細身のカジュアルなジャケットスーツを品良く着こなした好青年だ。

京都あたりの老舗の御曹司といった風情に、浅緋は思わずまじまじと男性を見てしまう。てっきり老人かと思っていたのに、嫌味なくらいさわやかな奴だ。だが、目は全く笑っていない。決して、浅緋が仲良くしたいタイプではなかった。

「本当に、ひさしぶりだねえ」

瑞貴も桐夜と同じように美しい長髪だった。ゆるく横に結んでいるだけで整った容姿にさらに華を添える。

（古本屋の店番には全然見えねえ）

桐夜は眩しそうに目を眇《すが》めて声をかける。

「お前も変わっていない」

「そうかなぁ？　僕はだいぶ変わっちゃったんだけどね。あのころはまだ式神なんて使えなかったよ。ていうか、君、そもそも僕のことなんて覚えてないでしょう」

微笑みながらまたぐい、と近づいた。そして桐夜を見上げその笑顔を一変させる。

「何しにきたの？　今ごろ」

ぎらぎらと、刺すような瞳で桐夜を睨みつけ低い声を絞り出す。冷たい怒りがそばにいた浅緋にまで伝わって無意識に後ずさってしまう。桐夜は彼の視線を受け止めながら、しっかりとした声で答えた。

「ナギを診てほしいんだ。そして、刀を、約束した藤真の太刀を受け取りに来た」

瑞貴は表情を一層固くする。ふざけるな！　と低く叫んだ。

「今さら刀？　ねえ桐夜。君、時間の感覚あるの？　いま、何年か知ってるのかな。何年前の話してるの。あれから百年以上経ってるんだよ？」

畳みかけるように桐夜に言葉を浴びせて、彼は先程の白い煙をあたりにいくつも出現させた。手には白い札が幾枚も握られている。きつく握りしめているせいか、手の甲にはいくつもの筋が浮かび上がっていた。イタチの姿となった式は瑞貴の周りにふわふわと浮かび、桐夜を再び攻撃しようと待ちかまえている。

「出て行け。君に話すことなんてない。刀は君には渡さない。君にはもうあれを受け取る資格なんてない」

「それは、自分が一番よくわかっている。聞いてくれ、瑞貴。この子は浅緋という。藤真の刀をこの子に使わせようと思っているんだ」

瑞貴は桐夜の顔をまじまじと見た。瞳が怒りで真っ赤に染まる。

「……な、んだよ、それ。百四十年ぶりに現れたと思ったら、最初の台詞がそれか？　いったい君はどれだけ僕を馬鹿にしたら気がすむんだ！」

美しい顔を歪ませて瑞貴は札を投げ捨てた。そして、桐夜の襟元に掴みかかる。そのまま彼を壁に押し付けた。どん、と鈍い音が部屋じゅうに響く。

「藤真の刀を受け継ぐのは頭領だ。千年もの間のしきたりだぞ。なんのために僕が守ってきたと思ってる。桐夜、君のためだよ。こんな、」

そう言って瑞貴はぎりぎりと唇を噛みしめた。

「こんな子どものためじゃない。君と約束したから僕は、ずっと……」

更なる罵倒の言葉を浴びせようと息を吸っては口を開き、また閉じる。けれども最終的に瑞貴は「帰ってくれ。二度と来るな」と言ったきり背中を向けて店の奥へと消えてしまった。桐夜は目を閉じ、見えない背中に向かって頭を下げた。

「瑞貴、遅くなってすまなかった。だが、ナギのことだけは、頼む」

返事はない。桐夜はため息をついて背を向け、引き戸を開けて出て行く。目の前で突然

始まったやり取りに入りこむことができずにいた浅緋は、

「ちょっと待てよ桐夜！　どーすんだよ」

桐夜を追いかけようとしたが、古ぼけた台に置いたナギのケージを見る。

（くそ、なんて役回りだよ）

舌打ちしながら店の奥へと入っていった。

「あの、瑞貴、サン」

また何か攻撃されるのかと警戒しつつ、おそるおそる声をかける。中は店先よりももっと多くの書物棚が並んでいた。黴臭《かびくさ》い、昔の紙の匂いと埃が部屋の中を漂っている。すりガラスから薄い陽が差し込む中で瑞貴が立っていた。まだ、肩を細かく震わせている。足音に気づいてはっと振り返った。桐夜でないとわかったとたん、興味のなさそうな表情になる。

「なに？　帰ってって言ったはずだよ」

「すみません、ナギを。ナギを診て欲しいんす。アイツが、桐夜が、瑞貴サンなら治せるかもって」

彼はまだ怒っているようだったが、深呼吸して「どこ？」と尋ねる。浅緋は黙ってケージを差し出した。「この中にいるの？」と疑わしそうに覗き込んだ途端、顔を歪ませた。

「なんてことだ。ナギ……久しぶりなのに」

横たわる黒い塊を何度も撫でた。そして、浅緋に顔を向ける。

「何があったのか教えて」

浅緋は彼を見つけたときのことを話した。瑞貴は難しい顔で聞いていたが、やがて首を横に振る。

「何かにやられたんだろうけど、ケガよりも力の消耗が激しい。やれるだけのことはやってみる。さあ、ナギを置いて出て行って」

「あざす！　お願いします！　それで、あの……」

桐夜とあんなにやり合うのを見て、はいそうですかと出ていけるわけもなく、「何」と不機嫌そうな瑞貴に、浅緋は気まずいのを我慢して尋ねた。

「なんか、二人、すげえ因縁あるみたいなんすけど、話してもらえたり、します？」

精いっぱい丁寧に言ってみたのだが、

「部外者には全く関係のない話だからね。話す必要なんてないよ」

とけんもほろろだ。きついもの言いに浅緋もカチンとくる。

「部外者じゃねーし」

瑞貴はきっと彼を睨んだ。

「何その口の利きかた。年長者に対して失礼だろ。もしかして桐夜にもそんな風に接してるの？」

「カンケーねえだろ」

「関係あるよ。彼は僕たち鬼人の頭領なんだ。気安くするな」

「アイツが頭領なんて知らねーし」

「知らないんだ、やっぱり部外者じゃないか。うるさいから早く帰ってよ」

浅緋はかっとなる。なんだって鬼人ってのはこんなに扱いにくいのばっかりなんだ。

「じゃあ教えてくれよ！　オレだって鬼人の血引いてんだよ」

「は？　そんなの信じるわけないでしょ。この世に残ってる鬼人は僕と桐夜だけだ」

「こんなこと嘘つくかっつの」

ケージを挟んで睨み合う。意識のないはずのナギの尻尾が、宥めるようにぱさりと揺れる。二人して慌ててケージに駆け寄った。瑞貴はとても優しい手つきで、またナギの頭を撫でる。どこか桐夜の仕草と似ていた。

浅緋の視線に気づくと、瑞貴はふいと顔を背けた。自分の中の怒りと戦うようにしばらくの間眉間に皺をぎゅっと寄せていたが、最後は諦めたように、わかったよと呟いた。

埃っぽい部屋のなかで、瑞貴は浅緋を見た。

「浅緋くん、だっけ？　桐夜はなんで君のこと鬼人だってわかったの。金眼になった？」

浅緋は頷く。あの夜、西崎のアパートであったことをかいつまんで話した。ほんの二、三ヶ月前なのに、今では遠い昔に思える。

「たしかに、我々の『血』を受け継いでいる可能性は高い。でも、やっぱり信じられないな。あのころでさえ、僕らの後に鬼人は生まれなかったのに」

瑞貴は床に視線を落とした。

「まあ、それは今は置いておこうか。僕たちのことが知りたいんだろ、君は。でも、因縁なんて、そんな大層なものじゃない。桐夜が約束を守らなかっただけだよ。百四十年以上もね」

「約束……っすか」

「そう。約束。百四十年前、彼は、僕に始祖の……藤真の太刀を守ってくれって言ったんだ。いつか必ず戻るからって。それなのに、いつまで経っても帰らなかった。そして、里は滅ぼされた。僕たちは帰る場所をなくした」

鬼人は滅んだ、あの時桐夜はそう言った。

「さっき、桐夜のこと、頭領って……それに、滅びたって、故郷が、ですか？」

瑞貴は使い椅子に座った。浅緋にも座るように促す。

「君、鬼人がどうやって生まれたか知ってる？」

「ああ。それは、ナギが見せてくれたっす」

「そっか、じゃあ話は早いや。鬼人になった藤真はね、当時の小田家にすごく重用されて、広い土地をもらったんだ。彼の一族はそこに根を下ろし、数百年にわたって呪魔を祓うことを生業とした」

呪魔を祓う金眼を持つ鬼人と、その家族や親族で構成された土地。ここが鬼人の里と呼ばれる、僕たちの故郷だ。

藤真は亡くなるまでの三百年、一族の長《おさ》であり続けた。そして次の鬼人に頭領の座を譲った。鬼人は長命だからね、歴代の頭領となると、十人に満たないんじゃないかな。桐夜は、お父上のあとを継いで頭領になる予定だったんだ。

「あいつ、跡取りってことか」

藤真の直系だと言っていたから、正統なのだろう。だが、瑞貴は首を横に振る。

「僕たちは世襲制じゃない。桐夜の父上はとてもお強い方だったが、若くして病に倒れられた。そのころにはもう、鬼人は数えるほどしかいなかった。桐夜が次期頭領だというのは、みんなで決めたんだよ。誰も反対しなかった。彼はずばぬけて優秀だったから。始祖である藤真の太刀は、代々の頭領だけが扱うことを許される、特別なものなんだ」

瑞貴はすこし嬉しそうだ。浅緋が見ていることに気づくと、こほんと咳払いをして顔を引き締める。

「とにかく、先代が亡くなり桐夜が後を継ぐ直前に反乱が起きて、その一味のひとりとして桐夜は追放されたんだ」

「反乱……あのカタそうな桐夜が？」

「幼なじみを助けるために同行したんだ。そこで、兄弟みたいな親友と、その恋人を亡くした」

もしかして、その「幼なじみ」とは、東雲だろうか。あの夕焼けの帰り道。桐夜の苦しげな表情を思い出す。

「事件の日、戻ったのは桐夜一人だった。すぐに彼は捕らえられて、追放の命が降《くだ》った。

そのときに、僕は藤真の太刀を預かったんだ。必ず取りに戻るからって」

瑞貴は悔しそうに続けた。

「けれど、直後に里は小田家に一斉に襲撃を受けた。僕たちは逃げるしかなかった。散り散りになったあげく、みんな死んでいった。鬼人はもう残っていなかったし、あとは人間ばかりだ。我らの里は、あっけなく滅ぼされてしまったよ。もう故郷はない」

「……桐夜のせいで、里は襲撃されたのか？」

瑞貴は首を横に振った。

「違うよ。長年の間に、小田家との確執はもうどうにもならなくなってた。時代が変わりつつあって、巨大な波のなかに日の本という存在が翻弄されていた。今思えば小田も、鬼人も、どちらも淘汰されるのは必定だった。あの事件は数あるきっかけに過ぎないんだ」

むしろ、全てを桐夜のせいにできればどれだけ楽か。

埃っぽい部屋で、瑞貴は顔を曇らせた。

「それから百年以上、桐夜は僕のことを避け続けている。太刀を取りに戻ったところで、守るべき里はもうない。自分を責めてるんだろうね。東雲と真雪ちゃんのことも、里のみんなが襲われたことも全部、自分の責任だと思ってる」

――あの時の僕らに、何かできたはずなんてないのに。

瑞貴は唇を噛み締めた。そして、天井を仰ぐ。

「僕の話はここまでだ。さぁ、もう行きなさい。ナギのことはまかせて」

＊＊＊＊＊

何軒か店を訪ね、街を彷徨った結果、ある喫茶店にすらりとした背中と、流れる黒髪を見つけて浅緋はほっと息をついた。

「こーんなとこにいたのかよ。何軒探させるわけ？」

隣に腰を下ろす。

「なんだ、帰っていなかったのか」

低い声で答えると、桐夜はグラスに手を伸ばした。

「あんな風に出ていかれて帰れるかよ。つか、車もそのままだし、もしかして、アンタどっかで泣いてんじゃねえかと思って探しにきてやったんだろうが」

浅緋は薄暗い店のなかを見回した。京都とはいえ観光地から離れているせいか、午後の遅い時間、客はまばらだ。上品で落ち着いたデザインの調度品が並ぶ店は、どことなく『雪』を思わせる。浅緋は店員にコーヒーを頼んだ。

「昼間っから酒？　らしくねーな。小野さんが見たら絶対引くね」

あの人アンタのことすげえ尊敬してるっぽいし、と浅緋はにやりとした。

「私は尊敬に値する男ではない」

琥珀色の液体が氷と絡んで、からんと音を立てる。黄金の輝きは、呪魔を祓うときの桐夜の瞳の色によく似ている。浅緋はカウンターに肘を置き、頬杖をついた。

「ナギのこと、診てくれるってさ。あの人」

「そうか、よかった。彼ならきっと方法を考えてくれるだろう」

桐夜はほっとしたように軽く息をついた。

「それと、瑞貴さんに聞いた。里がなくなった話。と、アンタとの約束のこと」

「そうか」

長く垂らした黒髪に隠れ、桐夜の表情は見えない。

「私は仲間も里も見捨てた身だ。本来なら、お前を教え導く資格もない」

だから、頑なに自分のことを避けたのか。なんとなく、この男らしい。

「ま、資格があるかないかは知らねーけどさ、オレは店に置いてくれてすげーありがたかったけど」

それよりもさ、と浅緋は桐夜に向き直る。

「瑞貴さんとのことはどっから見てもアンタが悪い。行くの遅すぎ。考えなくてもわかんだろそんなの。アンタら二人しか残ってないのに、よくそんなほっとけたな。あのひと多分、すっげー待ってたんだぜ」

桐夜は思い詰めた様子で首を横に振る。

「そんな軽い話ではない。あの土地には命が、暮らしがあった。それを、私は守ることが出来なかった。頭領に選ばれながら何ひとつ残せなかった。瑞貴に合わせる顔などなかったんだ」

固くグラスを握りしめる手が震える。あのころ、里は桐夜の全てだった。愛しいものがすべてあの地にあったのだ。

「でもアンタは幼なじみを助けようとしただけだろ。何も悪いことしてないじゃん」

「誰も救えなかったこと以上の罪などない」

沈黙が落ちる。何もかもを失って百数十年、この男はどう過ごしてきたのだろう。浅緋には想像もつかない。壁にかけられた時計の秒針が音を立てずに進んでゆく。

「なあ、鬼人の里ってどんなところ?」

浅緋は静かに尋ねる。桐夜は横に座る銀髪の青年を見た。おそらく、あのときかろうじて逃げ延びることのできた者がいたのだろう。里の、誰かの血を受け継いでいるこの青年は、あの土地の匂いさえ知らない。

「畑がどこまでも続く、美しい土地だ。春には山桜が咲き、夏には真っ青な空が広がる。秋になれば山は深紅に染まる。冬は厳しく、全てが白い。そしてまた、桜が芽吹く」

＊＊＊＊＊

里を見下ろす小高い丘でいつも、桐夜たちは遊んでいた。十数人の子どもはまだ誰も金眼にならず、小田の子らとも混じって日がな一日駆け回っていた。大勢でかくれんぼもした。いつも、最後に残るのは東雲だ。いつだったたか、東雲を探し出すのに飽きてしまい、みな勝手にその辺で別の遊びを始めたことがある。桐夜と真雪も揃って歩きだす。

「ね、しののめ見つからないねえ、きりや」

「うん、でもきっと、どっかで見てるよ。おれのことみつけらんねーだろ、て笑ってると思うな」

「きりやは、しののめのこと、なんでもわかるんだね！　すごいなぁ」

真雪の大きな瞳がきらきらと幼い桐夜を見つめる。彼は思わず目を逸らした。

「べ、べつに、いっつも一緒だから、なんとなく、そう思うだけ」

「そうかなぁ。二人はとっても仲良しだよね。兄弟みたい。きりやがおにいさんで、しののめはおとうと」

「やだよ、あんないうこと聞かないおとうとなんか」

「ふふ。きりやの言うことは聞きそうだけどな」

彼女は足元の石を蹴って、呟いた。

「わたしは、みんなときょうだいになりたいなぁ。小田のうちじゃなくて、女の子じゃなくて、きりやたちと同じがよかった」

そっとため息のように吐き出す。彼女がいつかは離れてしまうことは、皆がなんとなく意識していた。真雪もいずれ支配する方へと帰ってゆくのだ。

「大丈夫だよ！　みんなでずっと一緒にいられるように、俺と東雲が変えていく！」

真雪の沈んだ表情に、何の根拠もない自信が不意に湧いてきて、桐夜は思わず拳を空に突き上げた。

「あ、お前ら！　俺がずっと隠れてんのに、探すのさぼんなよな！」

「しののめ、みつけたー！」

「あっ。馬鹿まゆき！　俺は出てきてやったんだから、俺の勝ちだ！」

「そんなわけないでしょ。ばかしののめ！」

「何笑ってんだきりや。俺の勝ちだって、な！」

東雲と真雪、そして里のみんな。あそこには全てがあった。かつては楽しげな声がいくつも重なり飛び交っていたあの丘は炎で焼かれ、もうない。


桐夜は目を閉じ、苦痛に顔を歪ませた。あのころの想い出は炎と同じく、桐夜を苦しめる。ふと見ると、いつのまに頼んだのだろう、浅緋が大盛りのナポリタンを頬張っていた。

「失くしちまったもんはしかたねーだろ。アンタたちはまだ生きてんだし、二人とももっと前向くべきだと思うけど。まぁ、すぐにとは言わねーけどさ」

彼はフォークを桐夜に向かって突き出すようにして、うまいなこれ！　と言った。

「でも、『雪』のコーヒーと、アンタの作るナポリタンには敵わねーな」

桐夜の強ばった顔が緩む。

「私を慰めているのか？」

「バーカ、んなことするかよ」

氷が溶けて、すこし薄くなった酒を口に含んだ。喉を焼くほどのきつさは消えたが、苦みは変わらない。この先もずっと。

「お、オレは早くナギが治って、こんな酷い目に遭わせたヤツ見つけ出してきっちりお返しさせてもらいたいだけだっつの」

「……そこは、ナギの回復待ちだろうな」

「な、瑞貴サンて、アンタの弟みたいなもん？」

不意に浅緋が尋ねる。桐夜は不思議そうな顔をした。

「いや、瑞貴は私より年上だが」

「え、マジかよ。えー。ぜんっぜん見えねえ」

「そうか？」

桐夜は初めて笑った。

＊＊＊＊＊

京都から戻った翌週、浅緋は昼下がりのベンチに座っていた。背中を預けて空を見上げていると、なんだか眠たくなる。お馴染みの公園には強い日差しが注いでいたが、空気は乾いていて気持ちがいい。大きなあくびをしていると、ぱたぱたと軽い足音がしてきた。

「お兄ちゃん！　浅緋お兄ちゃん。遅くなってごめん」

「よ、智。元気だったか？」

ランドセルを揺らしながら智が駆けてくる。浅緋を見て嬉しそうに手を振った。

「友だちと話してたら遅くなっちゃった。めっちゃ待った？」

「気にすんな。ぜんぜんへーキだ」

浅緋は智にペットボトルを渡す。今日は母親のなつきに頼まれて、学校帰りの智と待ち合わせしていたのだ。あれから、彼とはたまにこうやって遊ぶ。

鳥籠のオルゴールが見せた情景は、この親子だけしか知らない。だが、その後のなつきは憑き物が落ちたように、疲れた顔をしなくなった。智はというと、たまにふさぎ込んでしまうが、学校へ行くと元気になるそうだ。

孝弘のことは行方不明者として捜索願いを出したらしい。あの日の不思議な出来事は記憶から薄れつつあっても、二人は、何が孝弘の身に起こったかをわかっているようだった。

「お母さん、どうだ？」

「うん。元気だよ。あのね、あのオルゴール壊れてたでしょ？　お母さんが直してくれたんだ」

二人で毎日、鳥籠のオルゴールを聴いているという。浅緋は胸がつまったような気持ちになる。何があったのかは彼もなんとなく察していた。でも、智が笑って言うのだから、自分がそんな気持ちになるのはお門違いだとも思う。前を向こうとする智を、これからもしっかり、見ていてやろうと思った。

「また、『雪』に行くね。ナギにも会いたいよ」

「ああ、いつでも来いよ」

瑞貴からの連絡はまだないが、そのことは黙っていた。

夕方になる前に智を送る。母親のなつきも笑っていた。浅緋は、二人に何度も手を振った。そして、ポケットに手を突っ込み歩きだす。

ほんの数ヶ月前、鬱屈した気持ちばかり抱えて神戸の街を漂っていただけの自分が、今では人ならざる存在のナギの不在を心細く思い、百年以上生きる桐夜の過去に思いを馳せている。

桐夜と瑞貴の確執に、前を向くべきだろなんて偉そうに言ったのはいいが、誰より後ろ向きだったのは浅緋自身だ。

橙の街灯がまだ明るい通りに灯り始め、街は夜へと向かう。

両親が逝ってしまったことを知ってからの自分は、根っこをもぎとられ放りだされた気がしていた。好きだった陸上も奪われ、なんのやる気も持てずにこの港町にたどり着いた。だが、身体に流れるこの血に、千年つながる鬼人というルーツがあったのだ。たとえそれが、言ってみれば人体実験のなかに生まれた偶然だとしても、浅緋は一人ではないことが嬉しかった。

そしていま、晃や智たち、いくつかの繋がりを経ていつのまにか『雪』の非日常に染まっている。そんな自分のことも、悪くないと思えた。

（おじさんとおばさん、元気かな）

自分を腫れ物扱いする態度が嫌で、反発ばかりしていたことをすこし恥ずかしく思った。久しぶりに連絡してみようと携帯を取り出す。こちらで、やりがいのある仕事を見つけたと、これからもずっと関わっていくと伝えよう。メールにするか、直接話すか悩んでいると、画面に新しいニュース投稿を示す通知があった。

『捜索中だった行方不明の男女グループを六甲山中で発見。全員意識不明』

「またかよ」

浅緋は思わず眉根を寄せた。

数日前にハイキングに出かけた大学生たちが下山せずに騒ぎになっていたのだが、意識不明の状態で見つかったらしい。場所は蓮華池の近く。これで三件目だ。他にも、失踪者が何故かここで倒れていたとか。この半月でこの手の行方不明事件が頻発している。

ふと、晃に聞いた地元の掲示板サイトを開いてみる。案の定、いろいろな憶測が飛び交っていた。サークルはカモフラージュで、実は自殺志願者の集まりだったとか、失踪していた男は指名手配中だったとか。

この手の噂は嘘ばかりなのも多い。けれどもし、本当だとしたら、呪魔に魅入られて集まっている可能性もある。浅緋は画面をスクロールしていった。蓮華池はもはや呪いの池となっていた。ぼうっとした青や紫の火が飛んでいた、とか、紫色の髪をした着物姿の幽霊を見たといったような、行方不明とは関係のない書き込みまである。蓮華池はたしかに幽界とのはざまにあり、そういった現象もないことはないのだろう。

「桐夜、きりや！　これ見ろよ」

『雪』につくなり浅緋はどたどたと階段を駆け上がった。ノックをすることも忘れて彼の自室のドアを開ける。

「なんだ？　騒がしい」

「これ、このサイト見てくれ」

浅緋は携帯を桐夜の目の前に差し出した。私はあまり、こういうものは好きではないんだが、と言いながら読み進める桐夜の顔色が変わる。

「これ、ナギがやられたことと関係あるんじゃね？　前も、クロウのこともあったしさ」

浅緋が話しかけても、桐夜はサイトの文を見つめていた。紫髪の幽霊についての書き込みを食い入るように読んでいる。

「なんだよ、なんか気になんのか？」

「いや……」

そう言いながらも、考え込むような表情のままだ。

「なあ、見にいった方がよくねーか？」

「あ、ああ。そうだな。確かに、あの時ナギは山へ向かった。やはり、蓮華池の狭間を完全に塞ぐのは時間がかかる。何か起こっているのかもしれないな」

二人は早速準備を始め、車に乗り込んだ。道中、ハンドルを握りながら、桐夜が思い出したように口にした。

「お前の刀がないのが残念だな」

「オレの？　あー。藤真の刀をオレにってやつ？　瑞貴さんがそのつもりがないなら、仕方ねーだろ」

「いや、私の太刀があればよかったのだが。小田家の者に取り上げられてしまってから行方がわからない」

まぁ、しょーがねーよ、と浅緋は外を見た。いつか、自分も欲しいな、とは思う。

夕暮れを過ぎた六甲山へと車を置き、再び山のなかに入ってゆく。あの時と違い、今夜は星も見えない。月のない空はどこまでも暗くて、分厚い緞帳《どんちょう》を垂らしているようだ。空気は重苦しい熱を孕んでおり、息苦しささえ感じる。

妙な胸騒ぎを覚えつつ、浅緋は足元の土を踏みしめながら桐夜に続く。彼は、何かに突き動かされるように木立の間を疾駆していく。浅緋は追いかけるのが精いっぱいだ。蓮華池に近づくにつれ、黒髪の鬼人の速度は増してゆく。

やがて、木立が開け眼前に水面が広がる。既に汗びっしょりで、暑さで頭痛を起こしかけていた浅緋は水辺に出たことにほっとして立ち止まった。

「あちー。なんなんだこの暑さ。夜なんだぞ……」

言いかけて口をつぐむ。蓮華池の変わりように言葉を失ったのだ。以前の涼やかな雰囲気はあとかたもなく、池全体がまるで沸騰しているように大きく波打っていた。

「な、なんだ、こんな感じじゃなかったのに……」

見回すと、立ち入り禁止のテープが所々の木に貼られている。破れているのがほとんどだが、忘れられたビニールシートの青が不自然に目につく。警察や消防の名残りだろう。

「ひどいな。景観も何もあったものではない」

桐夜も眉を顰め波打つ池を見つめる。すると、向こう岸から怒号が響いた。暗いなか、いくつもの悲鳴やうめき声が重なり合って桐夜と浅緋の方に流れてくる。数人の人間が向こう側にいるようだ。

「行くぞ」

桐夜と浅緋は再び走り出した。迂回して、声のもとへ駆けつける。その間にも一層空気は重たく、腕に、足に絡みついてくる。池はごぼごぼと不気味な音を立てて、彼らを威嚇するように泡立つ。

「おい、大丈夫か？」

前にいるのは、数人の男女の集団だった。皆、スマホを手にして、明らかに軽いノリでやってきた野次馬たちとわかる。若い学生たちが恐怖に取り憑かれたように逃げ惑っていた。だが腰が抜けているのか、赤ん坊のように這うことしかできない。彼らは大声で呼びかけた浅緋の方を一斉に見て、口々に助けてくれ、と叫んだ。

中の一人が、不意にひょいと何かに持ち上げられたかと思うと、そのまま地面に叩きつけられた。ぐしゃりという嫌な音がする。絡みつく空気を払うように浅緋は駆け出した。

「やめろ！　クソ野郎」

暗闇のせいで姿がはっきりと見えないが、呪魔とは違う。それだけは浅緋にもわかっていた。ゴミ掃除のように人を投げ捨てているモノに向かおうとしたとき、重い雲の隙間から月がのぞいた。煌々とした月光が、黒い影を照らす。

「……しののめ？」

隣で、桐夜の息を呑む音が聞こえた。

浅緋は、月に照らされた姿に目を凝らす。男は、古めかしい着物を身につけていた。意志の強そうな眉、切れ長の瞳、そして、濃い紫のまっすぐな髪。黒い影はどこかぼんやりとした表情で桐夜へぐるりと視線を向けた。片手には、人間をぶら下げるようにして。

桐夜は、驚愕で震える身体を支えるように自分の肩を抱く。もう一度、「東雲なのか」と呟いた。

「おい、桐夜！　ぼうっとすんな。こいつ人を襲ってんだぞ！」

浅緋は怒鳴った。だが、桐夜は棒立ちのまま動かない。太刀を手にした腕が小刻みに震えている。浅緋は舌打ちして、黒拵えの鞘を桐夜の手から抜き取ると、掴まっている青年を力いっぱい引っ張る。青年は地面に転がり落ちた。

ばきばきと枝の折れる音と、呻き声。浅緋は、鞘から太刀を抜こうと柄に手をかけた。

『俺の愛刀』

黒い影は低く笑った。ぞっとするような笑みだ。そして恐ろしい強さで彼の腕を掴み、ぎりぎりと締め上げる。激しい痛みに歯を食いしばって耐えるが、浅緋は楽々と持ち上げられてしまう。

抵抗する間もなく、強く地面に叩きつけられた。腹に鈍い衝撃が走り、顎をしたたかに打ちつけた。立ち上がれない。影の男はゆっくり歩を進め、うつぶせで倒れている浅緋の肩を踏みつけた。

「ぐっ……。足どけろクソ野郎」

彼の言葉など聞こえないのか、紫髪の影は歪んだ笑いを浮かべたまま、太刀へ手を伸ばした。力の差を見せつけるように、柄からゆっくりと一本一本指を引き剥がしてゆく。桐夜はその様子を、ただただ呆然と見つめるばかりだ。

（ヤバいかもしんねー）

痛みでぐらぐらする頭をなんとか戻そうと、浅緋は必死に意識を集中しようとする。悔しくて仕方がない。化け物みたいな力の男に踏みつけられて、拳を、爪が食い込むほど握りしめた。

「その子を離せ！」

どこかで聞いたことのある声がした。同時に、浅緋の前で光が弾ける。眩しさで目を細めた彼の身体がふわりと浮く。気づくと誰かの肩に担ぎ上げられていた。

「瑞貴、さん？」

浅緋は驚いて声が裏返りそうになった。瑞貴が自分を軽々と担いでいるのだ。

彼の手には見慣れない真っ白な太刀が握られている。

「な、どうやって、なんでここに」

「ナギに聞いた。間に合ってよかったよ」

「え、ナギ？　ナギがいるのか？」

痛みも忘れて浅緋は瑞貴の肩からばたばたと降りた。相変わらず洒落たスーツ姿の瑞貴は、着物姿の男から目を離さずに頷く。赤茶の髪が炎のように明るく煌めいた。

「まだ弱ってるから、早く桐夜をなんとかして」

「わ、わかった」

ナギは、立ち尽くしたままの桐夜のそばにいた。鬼人は荒い呼吸を繰り返している。美しい顔は蒼白だ。

「桐夜、しっかりしろ。このままだと皆がやられてしまう」

弱々しい声で、桐夜の腕に前足をかけて必死に話しかけている。その姿は小さなままだ。

「おい桐夜！　何ボケっとしてんだよ。目ぇ覚ませこのくそジジイ！」

こんな彼は見たことがない、浅緋は大きく桐夜の肩を揺さぶった。次第に、桐夜の荒い息が収まっていく。一度、ぎゅっと目を閉じると、彼は大きく深呼吸した。ゆっくりと目をあけて浅緋と、傍のナギを見る。

「すまない。すこし、取り乱した……」

「すこし、じゃねーっつの。早くアレをなんとかしねーと」

浅緋はあの影から守った太刀を桐夜に渡す。桐夜の目に再び生気が戻り、二人は瑞貴の横へ並ぶ。瑞貴は牽制するように、自分の白い太刀をぴたりと影に向けていた。

「君、本当に、東雲なの？」

だが、相手は何も答えない。再び虚な目をして鬼人たちと、黒く燃える蓮華池をぐるーりと見回した。桐夜と瞳が合う。影は少しだけ、微笑んだかに見えた。

「ここじゃない」

そう言って、炎のなかへ消えた。残された二人は、太刀を構えたまま動かない。

「東雲って……。アレが、あの」

怨念の化け物みたいなヤツが、とは聞けずに、浅緋は俯く。桐夜は小さく頷いた。

「私の幼なじみだ。百四十数年前に自死した」

第五章　鬼人の里

　蓮華池から『雪』に戻るまでも、桐夜は後部座席で青ざめた表情のままじっと窓の外を見ていた。

　瑞貴が運転する隣で、浅緋はナギを抱きしめる。毛にはまだ艶はなく身体は小さいままだが、浅緋を見て嬉しそうに尻尾をくるりと回した。そして後ろの桐夜を気遣わしげに見る。瑞貴も、終始顔を強ばらせていた。

　ナギをベッドに寝かせ、浅緋と瑞貴をソファに座らせてからようやく、桐夜は重い口を開いた。東雲の太刀を傍に置いて、ぽつりぽつりと話し始める鬼人の昔語りと、時おり挟まれる瑞貴の言葉。

　浅緋はいつのまにか、彼らの過去に引き込まれていった。

＊＊＊＊＊

「このあたりだったんだけどな。昨日いい感じの小間物屋見つけたんだ」

「菓子ではだめなのか？　饅頭《まんじゅう》でも買えばいいじゃないか」

「いや、あいつらには甘味でいいんだけど、真雪がなんか、可愛い小物がほしいとか言ってたからよ……」

　桐夜と東雲は賑やかな宿場街を歩いていた。背も高く容姿が際立つ鬼人は、着流しで街中にいるだけでも目立つ。好奇の目が苦手な桐夜は自然と早足になるのに対して、東雲は頭の後ろで両手を組み、土産物を探してのんびりとしたものだ。

「あ、あそこかな。ちょっと見てくるわ」

「なんでもいいから早くしろ。私は宿へ帰る」

　寄り道ばかりする東雲に痺れを切らした桐夜は、友を置いてすたすたと埃を舞いあげながら横道に逸れた。たしかに里を発つ朝、真雪は二人のもとに走ってきた。いつものように、「二人とも、本当に気をつけてね！　ナギの言うこと、よく聞いてね」と心配そうな表情を浮かべて。

「ガキ扱いすんなよな、真雪。安心して待ってろ、な？」

「桐夜、東雲をちゃんと見ててね。いつもいつもはしゃいで怪我してるんだから」

「まかせてくれ。しっかり見張っておくよ」

「お前らなぁ。二人して親かっつーの。ほら、行こうぜ桐夜」

「小さい子たちが好きそうな可愛らしいお土産あったら、お願いね」

大きく手を振る彼女に面倒くさそうに片手を上げ、東雲は先へ行ってしまった。あのとき、彼は真雪の言葉を勘違いしたらしい。彼女は子どもたちへの土産を頼んだのだ。

桐夜は一人宿へと向かいながら、ほう、と息を吐いた。話を最後まで聞かないのは東雲の悪い癖だ。突っ走りがちな幼なじみの舵取りは自然と桐夜の役目になる。それでも彼は三人でいる時が一番、自分らしくいられることもわかっていた。たまに、東雲にむける真雪の瞳が甘く潤んでいるように見えて、ちくりと心が痛んだとしても。

「呪魔を祓い人を守るのが我らの役目だ。だが第一に、小田家に忠誠を誓うことが何より大切なことなんだよ」

数世紀前、鬼人となった藤真は三百年もの長きにわたり小田家のもとで刀を振るい、一族は呪魔祓いを生業にして繁栄を極めた。幼い子はことあるごとに頭領からこう伝えられ、主家に仕えることが全てだと教わってきた。

桐夜と東雲、瑞貴が生まれたのは幕末、外国からの蒸気船が立て続けに日の本へやってきて江戸では大騒ぎしていたころだった。幕府の政権にも翳りが差し、時代が大きく動き始めていたが、それでも、この教えは鬼人の里と小田家をしっかりと、まるで鎖のように繋いでいた。

宿への曲がり角で、桐夜の目にぱっと華やかな色が飛び込んできた。黄色や橙、桃色の匂い袋がいくつも店先に並んでいる。思わず足を止め、いくつか手に取った。

「店主、すまないがこれを五つ、包んでくれ」

勘定を済ませているときに、紅の櫛《くし》を見つけた。真雪の黒髪に合いそうな、可憐な花の模様が彫られたそれをついでのように指差して、これも頼む、と店主に声をかける。知らず、耳が変に熱を持つ。壊さないようにそっと、受け取った包みを懐に忍ばせた。

「あっ、おい！　桐夜、こんなとこにいたのかよ。置いてくなよな」

「お前が遅すぎるんだ。……行くぞ」

桐夜は東雲を見ずにそのまま歩き出した。その背中を待てよ、と朗らかな声が追いかけていく。まだ青年期に入ったばかりの桐夜の世界は、溢れ出る力と、美しい里と、仲間との毎日で満ちていた。

畳の青い香りが部屋を流れる。それが多少なりとも、病の匂いを消してくれるような気がして、桐夜はそっと息を吐き出した。

「ただいま戻りました。父上。桐夜です」

声をかける。小さく応じる声に、静かに障子を開けた。

「父上、お加減はいかがですか？」

「……変わらず、だ。緩やかに死へと向かっているよ」

「そんなこと、やめてください……」

ふふ、と笑顔を見せ、桐夜の父親はゆっくりとその身を起こした。かつては精悍だったその顔つきは頬がさらにこけ、目も落ち窪んでいる。だが、瞳にはまだ力があった。

「悲しいことではない。お前の母も待っているのだからな。ひとも、鬼人も、死して初めて同じところに行けるような気がしているよ」

答えない桐夜に、柔らかく微笑む。さて、とつぶやくともう、父親は鬼人の頭領の顔になっていた。

「今回の任務、滞りなく済んだと報告があった。ご苦労だったね。ゆっくり休むといい。お前と東雲にばかり、負担をかけてしまってすまない」

「いいえ、あれくらい、大したことではありません。休まなくともまだ、務めは果たせます」

「そうか。それは頼もしい。だが、あまり無理をするな。お前は大切な次の頭領だ」

「わかっています。ですから、なおさら先頭に立っていかなければ」

桐夜の父親は瞳を翳《かげ》らせる。

「お前の気概は頼もしい。だが、最近は依頼が減っていてね」

「そうなのですか？　やはり皆それどころではないのでしょうか」

ここ数年で政権が朝廷に戻り、神仏分離の令が布告され、陰陽道による宮中祭祀《さいし》も廃止されると、呪術を生業とする家は衰退していく一方だった。呪魔の数は減ることなどないのに、と父親は今を憂える。

「主家も存続の道を模索しているようだが、時の流れはなんともし難い。中には、我らを厄介者と見る向きもある。嘆かわしいことだ。我らと小田は二つで一つだ。どちらが欠けても続いてはいけぬというのに」

小田家は、鬼人の力を畏れているくせに、桐夜たちを見る目は呪魔にむけるそれと変わらない。昔のような蜜月の関係は終わり、互いに反目し合っているのが現状だ。

「お前たち以降、金眼が生まれないことに彼らはご不満なのだ。金を産む鬼人が絶えてしまえば、力のない里のものだけが残されてしまう」

父親はため息をついて自分の身体を見回す。私がもっと頑健であればなと零した。

「父上、私は小田家の命で呪魔を斬っていますが、全ては我らの里を守るためです。もし、我らを切り離したいのならそれでも構いません。里の皆のためならばどのような仕事もやりましょう」

「滅多なことを言うな。桐夜。お前の力は彼らも十分認めている。お前が反抗的だと主家と我らの亀裂は深くなるばかりだ。藤真の子孫として、それだけは避けなければならぬ」

桐夜は父親を尊敬し憧れてもいたが、こういった点については懐疑的だった。なぜ、いつまでも隷属しなければならないのか。この地で、鬼人の一族だけで暮らす、というのは東雲や桐夜、同じ世代の若者が持っている夢だった。そのような彼の思いを見透かしたのか、頭領は硬い声で、

「揉めるんじゃないぞ。特に東雲はやることなすこと過激で煙たがられている。あれは我が子同然だ。危ない目に遭って欲しくないのだよ」

病気とは思えない有無を言わせぬ声に、桐夜は頭を下げた。

「わかりました。東雲にも伝えておきます」

「よろしい、では、下がりなさい。少し疲れた」

いつのまにか黒い豹が現れ、頭領の背中に寄り添う。眠りにつくその痩せ細った姿を見たくなくて、桐夜はその場をそっと辞去した。

豪華な屋敷を出て、集落の方へ向かう。屋敷は頭領の住まいだ。幼いころの桐夜は、なぜ自分の父親だけが主家近くのお屋敷で暮らしているのか特に気にもしなかった。だが今思えば、きっとそれも主家が決めたことなのだ。頭領はその首根っこを彼らに押さえられており、いずれ自分もそうなる。舌打ちして、砂利をけり上げた。

「こら、そんなことするな。子どもみたいだぞ」

耳のそばで声が響く。

「ナギ。出てきたのか？」

「ああ。父上の様子が気になるかと思って、少しだけ。ゆっくりとお休みになった」

「そうか、ありがとう」

ナギは始祖である藤真の友であり、彼が逝ったあとも里に残って代々の頭領と共にいた。この黒い生き物がどこからきたのか、どう藤真と出会ったのかは二人の秘密らしく、ナギも話してくれない。だが、常に桐夜たち一族を見守る心優しき存在だった。

父親の様子を伝えた黒い豹は尻尾をくるくると揺らして消えていった。

午後の風がそよそよと桐夜の黒髪を揺らす。数人の子どもたちがぱたぱたと走ってくるのが見えた。彼は暗い思いを振りほどいて、あふれんばかりの元気な笑顔を迎えた。

「桐夜、おかえり！」

「きりや、けがしなかった？　悪いの、やっつけた？」

「きりやー！　おみやげある？」

口々に聞かれ、まとわりつかれる。彼の落ち着いた物腰は子どもたちになぜか人気だった。小さい子たちからすると、東雲は一緒になってとことん騒いでくれる友だちで、桐夜はいつでも頼りになるお兄さん、らしい。以前、真雪がくすくすと笑いながら教えてくれた。土産の可愛らしい匂い袋と菓子を出すと彼らはきゃっきゃと喜んで彼を囲む。

この子たちはみな、力を持たずに生まれてきた。金色の目をした赤ん坊は生まれなくなって久しく、桐夜と東雲はその最後にあたる。

「おかえり、桐夜」

子どもたちの一番後ろには、赤茶の髪を陽光に煌めかせた青年が立っていた。

「瑞貴。ただいま。またこの子たちのお守りをさせられてるのか？」

同じ鬼人の瑞貴は三つ上だが、彼は呪魔を倒すことよりも、読書の方が好きなようだった。彼の住まいには各所から集めた書物や、怪しげな絵などが所狭しと積んである。赤茶の髪、少し青みがかった瞳、好戦的に見られがちな華やかな顔つきとは裏腹に瑞貴は争いをあまり好まない鬼人だった。

「たまたまだよ。君まで僕がお人好しみたいなことを言わないでほしいな」

おっとりした声で、瑞貴は不機嫌に首をかしげた。

「それは悪かった。ちょうど良い。お前にも土産があるんだ」

僕に？　と驚いて形のいい眉を上げる。

「美味そうな菓子を見つけたんだ」

彼は手にしていた包みを瑞貴に差しだす。

「あ、ありがとう」

「最近は俺たちがいないときに、警護を任せっきりだからな、ちょっとした礼がわりだ」

「そんなこと、自分の里なんだから当たり前だろ。まだ頭領を継いでもいない君から言われたくないんだけど」

そう言いながらも嬉しそうに顔を綻ばせた瑞貴は自分の家を指す。

「お茶を入れるよ。一緒にどうだい？　君も甘いもの、大好きだろう？」

「ああ。だが、東雲を探しているんだ。あいつ、父上に小言を言われるのが嫌だからか、挨拶もせずに行ってしまった」

「さっき、裏の丘のほうへ行くのを見たよ。ほんとに、困ったやつだ」

「そうか、行ってみる」

子どもたちの頭を撫でてまた後でな、と手を振りながら、桐夜は丘のほうへ足を向けた。

丘へのなだらかな道を登っていると、やがて人影が見えてくる。どうやら、東雲ともう一人、いるようだった。

それが真雪だと分かった桐夜は声をかけようと口を開いた。だが、戸惑うように立ち止まる。

二人はなにか真剣な表情で話し込んでいた。真雪はかすかに俯いて、時おり小さく頷いている。小田家の娘でありながら彼女は幼いころから里の皆と過ごし、その優しい性質で皆に慕われていた。

幼い少女だった真雪は、美しい女人へと成長していた。豊かな黒髪が吹く風にさらさらと泳ぐ。頬にかかるその一筋に、東雲の骨張った指がすっと伸びた。

東雲もまた、少年から青年へ、真っ直ぐで、何も恐れない勇敢な討ち手となった。東雲の指は彼女の髪を優しく梳き、白い耳へとかける。そのまま、幼なじみの手は真雪の頬へ。東雲は彼女に口づけた。真雪は、瞳を閉じたまま幸せそうに微笑んで彼の手を握る。

桐夜は、手のひらのなかでそっと握りしめていた櫛の包みを懐へ戻しながら、ゆっくりと背を向ける。振り向かずに丘を降りる彼のうしろで、血のような夕焼け空が広がっていた。

＊＊＊＊＊

ひと月後、頭領の御影《みかげ》が静かに息を引き取った。立派な討ち手でありながら、早くから病に付き纏われた彼は、百年という鬼人としては短い生涯を終えた。そして、ナギもその姿を消した。黒い豹は、歴代の頭領の黄泉路《よみじ》に付き添う。そして再び現世へ現れるのだ。

喪が明ければ、桐夜は太刀の継承に臨む。悲しむ間もなく準備に追われることで桐夜は気持ちを紛らわしていた。だが、そこに主家から待ったがかかった。

父の執務部屋へやって来た小田家のつなぎ役たちは、桐夜を前に落ち着かなげに目を見合わせた。やっと、一人がこほんと咳払いをしてから、切り出した。

「藤真の刀の継承だが、少し待ってほしい」

桐夜は片眉をあげる。

「その、桐夜殿が頭領を継ぐことに疑問の声が上がっていてね。まだ鬼人にしては若すぎる。相応《ふさわ》しくないのではないかと」

「……どういうことです？　合議の上、決定したはず」

「次の頭領の役を、小田家から出してはどうかという考えがあるのだ」

桐夜は発言した者を凝視した。凍りつくような視線にたじろぎながら彼は話を続ける。

「そちらの談議が済むまで、継承の儀を延期することが決定したのだ」

「我らになんの相談もなく、ということですね？」

喉がやけにひりつく。桐夜は怒鳴り上げたいのをぐっとこらえ、一人一人の目を順に見据えた。父親が早くに逝ってしまい、この歳で頭領になるのは確かに例を見ないことではある。だが、あまりの暴挙に呆れ返ってもいたのだ。

「刀は扱えなくともいい。あれは儀礼的なものだろう。若いお主が頭領の器になるまで、こちらで後見を立てようという考えだ」

彼らはそう言いながらも、桐夜と目を合わせようとしない。これが、苦し紛れのこじつけであると宣言したのも同然だ。

「そうやって、俺らの首根っこ押さえたつもりかよ」

部屋の戸が開けられ、低い声が響く。人間たちは驚いて声の主を見た。東雲の灰墨の瞳は怒りのせいで縁が赤くなっていた。

「ぶ、無礼な。東雲。お前など呼んでおらん」

紫髪の鬼人はずかずかと入り込み、彼らの前に立った。

「里の人間は、頭領の命なら絶対従う。たとえそれが人間でもな。あんたたちさ、みえみえなんだよ。そうすりゃあの土地からさっさと俺らを追い出せるからな」

嘲笑《あざわら》うように吐き出される東雲の一言一言に、人間側は眉間のシワを深くして、唇を震わせる。

「口を慎め東雲！　お前たちにどれだけ自由を与えていると思ってるんだ。呪魔を祓えもしない里の奴らを養っているのは我々だ。それを忘れているわけではないだろうな？」

「はっ。自由？　笑わせる。里の者を人間以下の扱いしといてよく言う。知ってるぜ。あの土地を武器工場かなんかにするんだろ。俺たちを追い出して自分たちだけ生き残ろうってんだよな。どこまでも自分勝手な一族め」

「だまれだまれだまれ!!」

年配の男が立ち上がり、東雲の胸ぐらを掴んだ。青筋をたて怒り狂っている。真雪の父親だった。

「好き勝手言いおって！　お前たちは、誰のおかげで保護されていると思っている！　おまえは、おまえは、真雪をたぶらかして……っ、バケモノのくせにっ」

「おい、いまなんつった？」

「わしの娘はお前とは違う！　人間なんだ。バケモノが偉そうに講釈たれるんじゃないっ！」

「それ以上、我らを侮辱するのはおやめください。人間が、聞いて呆れる。品位のかけらもないではないか」

静かな声がぴんと張り詰めた空気をはじく。桐夜はゆったりとした調子で話し始めた。艶のある、だが凍てつく声音に周りも、東雲まで虚をつかれたように彼を見つめる。

「藤真は、始祖は、自らの意思で鬼人となりました。我ら鬼人は代々彼の遺思を継ぎ、小田家のために力を振るってきました。そこには何某《なにがし》かの絆があると信じて。ですが」

片膝をついて、桐夜は突っ立ったままの長老たちを真っ直ぐに見上げる。

「どうやらそれはこちらの幻であったようだ。この先は、我らもそのつもりであなた方と向き合おう。まずは、この場から去られよ。喪が明けるまでは、どのような話もするつもりはない」

障子を開け放ち、彼らに退出を促す。人間たちはぞろぞろと不満げに部屋を後にする。

真雪の父親は憎しみのこもった視線を東雲に向けたまま足音荒く出て行った。

残った東雲は、桐夜と顔を見合わせた。

「お前、あんなこと言ってこれからどうするんだよ」

「わからない。バケモノ呼ばわりされて、頭に血が上ってしまった」

桐夜は大きく息を吐いて、柱にもたれかかった。実に自分らしくないことをしてしまった。父、御影が見ていたらなんと言うだろう。

「桐夜って、実は馬鹿なのな」

「お前こそ、やっぱり馬鹿だったじゃないか」

目を合わせ、くすくすと笑いあった。こんな時なのに幼いころに戻ったような気分になる。

「とにかく、この話は受け入れられない」

「今ごろあいつら、地団駄踏んで悔しがってるだろうな。計画がばれていると思ってなかったんじゃね？」

「父上が逝くのを待っていたようなやり方には反吐《へど》がでる」

二人は、屋敷の向こうに広がる空を仰いだ。大丈夫。なんとかなるさ、と東雲が呟いた。根拠がなくとも、東雲の言葉はなぜかそんな気分にしてくれるのだ。

数日後、真雪が桐夜のもとを訪ねてきた。屈託ない表情が中庭からひょこりと覗く。

「忙しそうだね、桐夜。最近は東雲と一緒にいないじゃない」

「まぁな。いろいろ準備もある。お前こそどうした。東雲は？」

先日の光景が思い出され、彼の胸はちくりと痛んだ。だが桐夜は笑顔を作り真雪を見る。

「話があるの、桐夜」

立ったままの真雪は酷く真剣な瞳だ。桐夜は思わず居住まいをただし、読みかけの文献を置いて縁側まで出てきた。

「何かあったのか？」

彼女は桐夜の隣に腰を下ろし、また、俯いた。両手を膝の上でぎゅっと握りしめる。桃色の着物が美しい黒髪を引き立てて、今日の真雪は肌の色がやけに白い。そしてひどく儚げに見えた。長い睫毛を何度も瞬かせてから、口をひらいた。

「わたし、わたし。里を出されるわ。お嫁にいくことになったの」

「よ、嫁？　そ、それは、あの、」

自分でも呆れるほどしどろもどろになる。普段気丈な彼女は表情を歪ませた。

「昨日、急に父様が来たの。お前に縁談が来た、いい話だから受けることにしたって。私の意見なんて何も聞かずに、もう決めたことだって！」

信じられない、縁談なんて来るわけないいんだよ!?　真雪は怒りのせいで首すじまで赤く上気していた。

「その、相手は……どんな……」

「相手の人のことなんて何も知らない。とにかく婚礼の日まで外に出るなって。そればっかりなの」

　こんなのおかしいよね、ひどい！　と声を詰まらせしゃくり上げる真雪の背中にそっと手を置き、あやすようにぽんぽんと撫でる。幼なじみとして、桐夜は精いっぱい彼女を慰めた。

　泣きじゃくる真雪を宥めながら、桐夜は顎に手を当て空を睨んだ。いくらなんでも性急すぎる。思い当たるのは先日の集まりのことだ。真雪の父は東雲と、彼女のことを知っていた。バケモノに娘を誑《たぶら》かされたとひどく憤慨していたのだ。

「もしかしたら父上もすこし、その、焦ってしまっただけかもしれない。まだ何も決まっていないかもしれないだろう？」

「……だといいけど、わからないの」

　真雪は肩を落とした。

「私、わたし、東雲が好きなの」

「……ああ」

「本当は、東雲に相談したいけど、きっと怒って父様に突っかかってしまうでしょ？」

「それは、間違いない」

「だから、まず桐夜にって思って……」

　まっすぐ感情を表し、それを行動に移せる強さを持つ東雲。それは桐夜が逆立ちしてもできないことだ。何をするにもひと呼吸おいて周りを見てしまう自分とは違う。最近は特に、これからの鬼人の行く末に不安要素ばかり見つけては考え込む毎日だ。こんな自分では、真雪を幸せにすることなんて到底できはしない。彼女には東雲しかいない。

「誰か、事情を知っていそうな者に聞いてみよう」

桐夜は穏やかに答えた。

「私は、お前には幸せになってほしいと思っている。なんとか父上に思いとどまってもらえるよう、話を聞いてもらおう」

「……ありがと、桐夜」

彼は軽く片目を瞑って見せる。真雪は目を見開いて、そんな仕草、里の外でやったらだめよ？　女の子が無駄に心を痛めちゃう、と悪戯っぽく笑った。そして立ち上がると小さく手を振り、屋敷の外へと回ってゆく。その背中を見送った桐夜はしばらく、そこから動かなかった。

目当ての人物はわりと早くに見つかった。先日の集まりにも参加していた修吾《しゅうご》という男だ。彼は一番の若手で、桐夜たちと年齢もそう変わらない。だが、彼はこの男が嫌いだった。差別的な視線を常に送ってくる老人たちとは違い、この若い男は時おり憧れとも憎しみともつかない目で鬼人を見てくる。

「すまない、修吾どの。すこしいいだろうか？」

くるくるとした巻き毛頭の修吾は仲間たちと談笑していたが、桐夜の声かけに途端に顔を引きつらせた。

「おや、桐夜どのではないか。次期頭領になり損ねたとはいえ、今では鬼人の筆頭の貴方に名前を覚えていてもらっていたとは、光栄だね」

敵意を含んだ嫌味を込めてそう言うと、修吾はなぁと、周りを見渡す。仲間たちは大胆な修吾の発言にすこし戸惑いながらも同調して一様にぎこちない笑みを作った。

桐夜は嫌味を無視した。

「お尋ねしたいことがある。どうしても」

修吾は、訝しそうに足を止めた。

「真雪殿のことだ。縁談がきたと聞いた。お相手はどのような御仁か知っているか？」

「ああ、真雪がそちらに話したのか？　まったく。あいつはお前たちのことが大好きなんだな」

吐き捨てるように言って、桐夜を見る。そういえばこの男は、一時期真雪に言い寄っていたはずだ。今回の話は彼もいい気はしていないだろう。

「彼女はとても悩んでいた。何か話の行き違いがあったのではないかと思ったんだ」

「いや、間違いなく縁談の話は来たらしいぞ。ただお相手がねえ。俺もよく知らないが、あれはすこしかわいそうだなと思っていたところだ」

眉を顰める桐夜を、修吾はにやりとしながら横目で見る。

「なんせ、お相手は御年八歳ということだ。真雪はもう二十四になる。いったいお父上は何を考えてらっしゃるのか。よっぽど、あの鬼人と一緒にさせるのが嫌らしいなぁ」

嬉しそうに言う修吾に、桐夜は頬をぴくりとさせた。もし、これが東雲だったら一発や二発拳骨が飛んでいただろう。

「まぁ、真雪もとうがたっているし、乳母のつもりで嫁げばいいんじゃないか？　鬼人の手垢のついた女など、いくら顔がよくとも、どこにもいけやしない……っう」

その先を続けようにも、修吾は両の頬をぶにゅりと挟まれ言葉が出ない。もがもがとした呻き声にしかならないのを、桐夜はにこやかに微笑みながらさらにグリグリと力を入れる。

「修吾どの。すこし口を慎んだ方が良いのではないか？　あまり汚い言葉を吐くとおなごに嫌われますよ」

ぐいぐいとダメ押しのように頬を掴みあげてやった。

「もっとも、真雪に嫌われてしまっては意味がないのだろう？　かわいそうな修吾どの」

ぞくりとする響きを乗せて、耳元で低く囁く。桐夜の妖艶な仕草に、男ながら修吾は頬も耳も赤くしてしまった。

「は、な、せ！　このっ」

桐夜を突き飛ばすように両手を突き出して離れると、修吾は逃げるようにどたどたと廊下を去っていってしまう。その姿を見て思わず桐夜は意地悪く笑みを深めた。

「やりすぎだっつの」

振り向くと、いつのまに現れたのか東雲が柱にもたれかかって笑っている。

「なんだ、見ていたのか？」

「まぁな。俺もあの男のこと探してたからさ」

東雲は不満げに口を尖らせた。

「真雪のやつ、お前に先に相談したとか言うからさ。信用ねえのな」

「お前がいつも暴走するからだろ」

東雲はふっと眉を上げた。

「いやいや、今のはお前こそ大暴走してたじゃねえか！　人のこと言えねーよ」

あんな仕草して、俺よりタチが悪い、と東雲はくつくつと笑った。先ほどの修吾のどぎまぎした様子を思い出したのだろう。

「お前のそういうところ、ほんと好きだわ。仲間を貶《けな》されたら心底怒るとこ、俺たちそっくりだよな」

東雲は、桐夜の肩をぽんぽんと叩いた。爽やかな笑顔に、空の青さが重なる。百年のときを経ても、この時の東雲の笑った顔は桐夜の心に鮮やかに刻まれている。

二人は廊下に並んで立ち、屋敷の外を眺めた。

「真雪のことだが、その」

桐夜は口籠る。

「ああ。好きだぜ。何よりも大事だ」

東雲はにかりとした。そして大きく息を吐いてから、さて、どうすっかな、と紫の髪をぽりぽりとかいた。

だがそれから数日後、二人は、真雪がすでに嫁ぎ先へと向かったことを知らされたのだった。


「どういうことだよ。なんでそんなこと、もう婚礼って……っ！　ふざけてる」

東雲は苛々《いらいら》と腕を組んで桐夜に噛みついた。瑞貴が所有する小屋で床を踏み鳴らしながら歩き回る幼なじみを桐夜はすまなそうに見つめる。彼にも全く突然のことだった。

今朝、修吾が伝えてきたのだ。わざわざあちらから桐夜を探して、「もう真雪はいないぞ」と口を歪めながら。

「わからない。縁談の話が出てまだひと月も経たないのに。喪が明けないうちに送り出すなど、考えてもみなかった」

「こっちでのお祝いだって何もしてないのに。絶対おかしいよ。……どうして真雪ちゃんのお父さんはそんなに急いだんだろう？」

遠慮がちに会話に入ってきた瑞貴を、東雲は知るかよ！　と睨みつける。

「あいつの意思は全く無視じゃねえか！」

東雲はどすんと腰をおろしあぐらをかいた。怒りのせいか、背中に垂れた真っ直ぐな滅紫の髪が炎のように揺れている。彼はしばらく考え込んだすえ、きっと顔を上げた。

「俺、会いに行くわ。っていうか、あいつを連れて帰る」

「えっ……。ちょっと、あんまりいい考えじゃないと思うよ」

瑞貴が慌ててあたりを見回しながら声を潜めた。

「瑞貴の言う通りだ。東雲。そんなことをしたら向こうが激怒するのは目に見えてる」

「このまんまだとあいつ、なんにも知らねえチビと一緒に夫婦として暮らすんだぞっ？　そんなのありかよ！」

噛みつくように言われて、二人は顔を見合わせ黙り込んでしまう。花嫁を連れ帰るなど大事《おおごと》だ。無謀なのはわかりきっている。かと言って、止めても素直に従うような男ではないことも二人はよく承知していた。

東雲はいつも真っ直ぐで、嘘がない。打算や危惧など全て軽々と踏み越えて、望むところへ行ってしまうのだ。

すっと立ち上がり、膝をはたくと東雲は戸口へ歩き出す。その視線はもう前しか見ていない。背中を向けたまま、東雲は言った。

「お前らは何も知らなかったことにしとけ。ここには帰らないかもしれない」

「東雲……」

桐夜は言葉を失った。不自由ながらも、穏やかな日々ががらがらと崩れる音がする。東雲と、真雪。二人はこのままどこかへ行ってしまう。彼は思わず口にしていた。

「私も行く。お前が何するか心配だし、そもそもこの話自体が不自然だろう」

東雲がくるりと振り向きだめだと言うのと、瑞貴が声を上げたのは同時だった。

「桐夜！　だめだよ。君は頭領なんだ。勝手にそんなことしてばれたらどうするの？」

「私はまだ頭領じゃない。二人を逃がすにしろ連れ戻すにしろ、真雪には幸せになってもらわないと困る」

幸せにするのが、自分ではなくても。

瑞貴は桐夜を見てため息をついた。心を決めたように立ち上がる。

「それなら僕も行く」

東雲はぽかんとした。まさかこの大人しい鬼人までもがそんなことを言い出すとは思わなかったのだ。

「はぁ？　お前もかよ。次から次に。散歩じゃねーんだぞ」

「ちがっ……。心配なんだよ君がっ」

「お前に気遣われるほどやわじゃねえよ」

にやりと笑う東雲を、瑞貴は地団駄を踏んで睨みつけた。桐夜はもう一度、説得を試みる。

「小田と鬼人の関係は修復不可能になるかもしれないんだぞ」

「だとしても、だめだ。真雪を放っておけねえよ」

東雲は桐夜をひたと見据える。そこには、迷いも不安もなかった。「悪いな」と桐夜に笑ってみせた。

「大丈夫だ。俺が真雪をかっ攫って遠くへ逃げたってことにすりゃあいい。お前らは何も知らなかった、俺が勝手にやることだ。そうしていつか、里に戻ってくる。二人で」

東雲は瑞貴の肩に手を置いた。

「瑞貴。それまで里を見ておいてくれよな」

「な、なんだよ。僕もついて行くって言ってるだろ」

「頼む」

瑞貴は顔を歪めてそっぽを向いてしまった。東雲は苦笑しながら桐夜に向き直る。

「……桐夜、お前も」

「さあ、行くぞ。早いほうがいい」

「桐夜」

「聞こえない。絶対に一人では行かせない。お前だってわかってるだろう」

東雲は諦めたように笑って、そうだなと呟いた。

硬い表情で背中を向けた瑞貴に、東雲はじゃあ行ってくると声をかける。小さな時から彼をからかっていた東雲の瞳は今、とても柔らかかった。

「瑞貴、ありがとな」

小さく呟くと戸を開け外に出た。

「東雲に無茶はさせない、な、瑞貴。無事に逃がしてみせるよ」

桐夜も瑞貴に頷いてから、その後を追った。埃っぽい風が辺りを撫でていく。残された瑞貴は悔しそうに二人の背中を見つめた。背の高い鬼人二人は颯爽と一本道を駆けてゆく。その影はどんどん小さくなっていった。やがて、彼は不安を振り払うように大きく深呼吸すると小屋の中を見渡し、書物の片付けを始めた。

真雪の嫁ぎ先は葵一族の遠縁にあたる血筋で、桐夜も一度、父親と幼いころに出向いたことがあった。里よりかなり辺鄙《へんぴ》な場所にあり、屋敷というほど大きくもない。遠い昔、権力争いに負けた一派だと聞いていた。

一日中曇っていた空はどんよりと重苦しい色で、夕陽の橙も灰色の幕に隠れてしまっている。二人は野道をある程度まで馬で行くと木に繋いだ。いざというときに真雪を乗せるためだ。二人ともほとんど言葉を交わさずにひたすら足を進める。これまで何百とこなしてきた討伐と同じように、東雲が先を行き桐夜が後ろを守りながら。

興奮のためか、妙にざわざわとした感覚が各々の身体を包む。屋敷が近づくにつれ、その感じは強くなっていった。

「ナギがいてくれたら、忍び込んで様子を見てくれるのにな」

辿り着いた屋敷は婚儀が行われるというのにひっそりとしていた。人の声もほとんどしない。庭の簡素なしつらえの垣根の間から中を窺いながら、東雲がこぼした。

「今も父上のそばにいるんだろう。当てにしないほうがいい」

「分かってるって。それにしても」

静かすぎねえか？　と屋敷を見上げる。たしかに、新たに嫁を迎え入れた家だというのに華やかな空気の一つも感じられない。

「日が落ちきるまで様子を見るか。東雲」

妙な胸騒ぎを覚えつつ、桐夜は尋ねた。

「いや。きっと真雪が心細がってる。人が少ないんならちょうどいい。行こうぜ」

屈んだ姿勢のまま辺りを見回した東雲は、垣根の間に適当な隙間を見つけた。桐夜へ目配せをして先へ入ってゆく。いつものように、東雲が前、桐夜が後ろ。

暴走しがちな東雲を、桐夜が周りを見ながら援護する。もし、このまま東雲が行ってしまったら、こうやって二人で呪魔を倒すことももう出来なくなる。そんな考えがふと、桐夜の頭をよぎった。

こんな時に私は何を考えてる。真雪のことを探さなければ。

彼は自分を叱って、前をゆく東雲の周りと自分の背後に意識を集中することにした。中庭から、縁側の縁へと身を低くしつつ近づく。陽が傾き薄暗くなってきているが、屋敷は暗いままだ。何かおかしい。

二人は気配を絶って中の捜索を始めた。やがて一つの部屋に辿り着く。

そこは、やけに狭かった。屋敷の隅、女中部屋のようなところに真雪はいた。

薄暗く人気のない部屋をいくつかすぎるうち、ちいさな明かりが漏れでているのを見つけ、互いに目配せし合う。東雲が締め切った襖へゆっくりと近寄る。そっと隙間から窺うと、背中を丸め小さく座る姿が彼の目に飛び込んできた。

「真雪！」

がらりと襖を開け放った東雲は、かすれた声で女の名を呼ぶ。項垂れていた顔がはっとあがり、こちらを向いた。真雪だ。彼女は目を大きく開いて、驚いた声を出した。

「東雲？　どうして。二人とも、なんで……」

「お前が、何も言わずにいなくなるからだろ！」

東雲は怒ったように囁いて彼女の前に片膝をつく。真雪は戸惑った仕草で左右に視線を走らせた。

「いきなりだったから、誰にも知らせることができなくて……。籠に乗せられて連れてこられちゃったの」

「だが、縁組だろう？　なぜこんな乱暴なやり方を……というか、誰もいないじゃないか」

桐夜もあたりの様子を訝しげに見回す。もうすぐ日も暮れるというのに、屋敷には暮らしの匂いがしなかった。

「わたしも、全然わからない。支度は嫁ぎ先でするから、お前は身ひとつでいいと長老様に言われて。父様に挨拶もさせてくれなかったの」

「こっちについても、しばらくここで待っていてってお屋敷のひとに言われて。でもこんな……人もあまりいないし。だいぶ前に何人かの足音がしたけれど」

言いながら真雪は、下顎を震わせた。泣くのを我慢しているのだろう。心細かったに違いない。東雲がそっと真雪の肩に触れた。

「しののめ……。ごめんね。急にこんなことになっちゃって……」

目尻を指さきで優しく拭ってやりながら、東雲は真雪の頭を撫でる。

「お前のせいじゃねえよ。そもそもおかしいだろ、こんなの」

妙に平べったくなった声に、真雪は不思議そうに東雲を見た。彼は自分たちがやってきた暗い廊下を鋭く見つめていた。

「桐夜」

誰かきたぞ。その気配に気づいた桐夜も、真雪のそばで身構えた。

「ご名答。おかしいよな、こんな婚儀があるわけない」

妙に高い声とともに、廊下で人影が動いた。のんびりした様子で部屋へ入ってきたのは小田家の修吾だった。やけに嬉しそうな、弾んだ声が薄暗い部屋に響く。

「お前たち、速いなぁやはり。こっちは馬をダメにしそうになった」

薄ら笑いを貼り付け、修吾は鬼人たちに目を細めてみせた。冷たく、嫌な予感が桐夜の背中を伝う。

「これはいったい、なんのつもりだ？」

桐夜は低い声で彼を睨んだが、意に介さずと言った様子で可笑《おか》しそうに口を歪めた。

「頭領になり損なったお方にこんな所でお会いするとは。てっきり、そこの馬鹿一人が突っ走るものと思ってたんですがね」

意外にお二人の絆が深くて驚きましたよ、と馬鹿にしたように東雲を顎でしゃくった。

ぴくりと眉を上げ、東雲は前にずいっと進みでた。

「俺に、なんの用だ」

「もちろん、謀反の企てをしたお前を成敗しにきたんだ」

大きく開いた瞳で、黒目がぬらりと光った。

「変な言いがかりをつけるんじゃねえよ」

「言いがかりなどとんでもない。夜な夜な我らを陥れるための策を練っていただろう？悪い芽はとっとと摘まないとな」

「は？　何言って……」

「証拠などいくらでも作れるってことだよ。観念するんだな」

修吾の口から悪意に塗れた言葉が出るたびに、彼の背後で黒い影がゆらりと立ち昇る。

あまりにも馴染の呪魔の兆しに、桐夜は軽く眩暈を覚えた。

「東雲、この男……」

「わかってる。真雪を見ていてくれ」

東雲は修吾に目を据えたまま低い声で言った。

「いいか、桐夜には手を出すな。こいつはまだ必要だ。狙うのは紫の髪だ」

呪魔に囚われた主家の男は鋭く指示を飛ばした。向こう側の障子ががらりと一斉に開き、矢を構えた男たちが十数人現れた。その背後には刀を持った浪士らしき姿もある。数十もの目玉が東雲をぴたりと見据えていた。紫髪の鬼人は眉一つ動かさず、ひいふうみいと指をさす。そして、にやりと笑った。修吾の瞳が暗く燃え上がる。

「ヘラヘラしているのも今のうちだぞ。鬼」

さっと手を振り射手に合図する。すかさず矢が飛んでくるのをたくましい腕で軽くいなしながら素早く移動すると。東雲は自身の愛刀を抜いた。既に構えている桐夜に、「真雪のそばにいろ！」と叫び、ひとり中庭の方へ躍り出た。数人が再び彼へと弓を射掛ける。

「東雲！　しののめ！」

真雪の悲鳴が暗い屋敷に響いた。彼の左肩に矢が数本、突き刺さっている。だが、東雲は微かに顔をしかめただけだ。

「真雪、大声出すな。大丈夫だ。お前ら、こんなもんで俺が死ぬとでも思ってんのか？」

たじろぐ男たちを睨《ね》め回して、東雲が唸る。

「やはり、頑丈だな。さすがバケモノだ。もっともっと打ち込め」

修吾は驚く様子もなく冷静に男たちへと命じた。そして笑いながら両手を広げる。黒い瘴気に包まれ始めた男の笑顔は醜悪そのものだ。

「お前たちの掟、なんだったかなぁ？　ああ。そうそう。『人殺しはしない』だったか」

「知るかよそんなこと！」

東雲は矢を避ける風もなく射手たちに向かっていく。ひとりを捕まえ盾にして茂みへと後ずさった。弓を構えている者は躊躇って修吾の顔色を窺う。

「刀を使え！　なんのために訓練しているんだ！」

数人が矢を捨て、東雲へと斬りかかる。刃のぶつかり合う鋭い音と、荒い息遣いが庭に響く。

真雪は桐夜にすがりついてその裾を必死に引っ張った。

「ねえ桐夜！　東雲が死んじゃう。ねえ！　助けて！」

「大丈夫だ。あのまま塀から逃げられる」

東雲は冷静で、いつもと変わらない。彼の力ならばここから逃げ切れるだろう。真雪を追って来ることを知って罠にかけたにせよ、あの人間たちでは東雲の相手にはならない。

今のうちに真雪を連れて逃げなければ。東雲とはいずれ何処かで落ち会えるはずだ。

「こっちだ真雪。行くぞ！」

「東雲は？　ねえ、しののめは？」

真雪は黒髪を乱して不安げに聞いてくる。

「後で会える。早く！」

桐夜の声にためらいを見せたが、やがて彼女は頷いて彼の腕をとる。二人は駆け出した。

だが、真雪があ、と立ち止まる。

「急げ！　真雪！」

急き立てる言葉に反して彼女が急に桐夜の手を振り解いた。東雲を指差して、声にならない声を上げる。

揉み合っていた東雲はもうすぐ塀へ届きそうだ。だが、待機していた十数人の浪士たちが刀を構え、怒号とともにざざ、と現れたのだ。

「あんなにたくさん！　無理よ！」

「真雪！」

再び腕を取ろうとする桐夜を、真雪は強く振り払った。初めて見せた彼女の激情に桐夜は虚をつかれ、ただその黒い瞳を見つめる。

「わたしだって！　東雲を守りたいの！」

懐剣を取り出しくるりと身を翻して彼女は中庭へ、東雲のもとへ駆けてゆく。桐夜には、真雪が踊っているように見えた。

それは、一瞬だった。


しののめ、と呼びながら走る背中に何本もの矢が突き刺さる。

長い黒髪がふわりふわりと宙に舞った。

「まゆき！」

驚愕する東雲の表情が、絶望に歪んでゆく。

二人の青年の世界が、魂が凍りつく。

ゆっくりとくずおれていく真雪を、東雲が抱き留める。桐夜には、何もかもがやけにのろのろと進んでいるように感じられた。

「真雪、まゆき……」

じわりと赤黒く染まってゆく小さな背中を抱きしめ、東雲は壊れた玩具のように彼女の名前を呼び続ける。動きを止めた兵たちは皆声を失ってその様子を見つめていた。

修吾が慌てて庭へと降りてくる。眉尻を上げ唾を飛ばしながら足音荒く彼らの方へ向かっていった。

「馬鹿が！　殺すのは鬼だ、バケモノの方だろうがっ。なんてことしてくれたんだ！　叔父上に叱られ」

修吾の声が途切れた。代わりに、首からぷしゅりと何かが噴き出る。低い灰色の空に赤い斑点がいくつもいくつも散った。

修吾だったモノがどさりと倒れる、その音を待たずに隣でまた、血の花が舞い上がった。ここで、あちらで。

低い叫び声があちこちで上がっては途切れる。桐夜のやけに緩やかな視界で、男たちは次々に真っ赤な塊となっていった。黒拵えから放たれる太刀筋は鋭く煌めき、東雲は舞い踊るように彼らを切り裂いた。輝きを失い、虚な穴のような瞳で真雪を抱いたまま、東雲は殺し続けた。みんないなくなるまで。

「や、めろ……。東雲。しののめ……！」

辛うじて声を上げた桐夜は、東雲に走り寄る。

「皆、死んでいる。もうやめろ！」

真雪を抱き、両膝をついている肩を掴んでその瞳を覗き込む。だが、東雲はもう桐夜を見ていない。

「桐夜、真雪が。おれの、まゆきが」

「東雲……」

頬に、額に、首に。幼なじみの身体は血飛沫に塗《まみ》れていた。だが彼は己がいま何人屠《ほふ》ったかも意に介さず、真雪の身体を桐夜に差し出す。

「医者を。医者に連れて行こう。な。頼む。桐夜」

ほら、まだ息してるよな？　と震える口ですがるように桐夜に尋ねる。だらんと垂れ下がった白い腕をとり彼は首を横に振った。命は、すでに真雪から抜け落ちていた。

「嘘つくなよ、桐夜。お前は意地の悪い奴だ」

「嘘なんて言わない……！　真雪はもう、」

紫の髪が乱れ額にべったりと赤く張り付く。誰の血かなんてもう、わからない。桐夜は肩を震わせながら東雲を抱きしめた。灰色だった空はだんだんと闇に染まってゆく。

どれほどの時間そうしていただろう。

「真雪は死んだりしない。おれの真雪は死なない。おれを置いていくわけねえよ」

やがてぽそりと呟き、東雲は桐夜をぐいっと押しのけて立ち上がる。そして、縁側をあがり、屋敷のなかへと向かった。

「東雲？　どこに行くんだ」

桐夜は自分が何をすべきかわからなくなっていた。ただ、世界がもう元には戻らないことだけはわかる。自分のどこかが抜け落ちたように、幼なじみを見ていた。東雲は乾いた笑い声をあげた。そして、小さな行灯を手に取る。血の匂いが満ちている暗い世界で、火は怯えるようにちらちらと揺れている。

「屋敷にはこいつらしかいなかった。真雪を餌に俺を呼び出したんだなぁ。そんなに俺が邪魔だったのか」

独り言のようにぽつりぽつりと言いながら、彼は辺りに火をつけていく。柱に、襖にぽぅ、と燃え移るちいさな炎は瞬く間に大きく育ち広がってゆく。

「やめろ！」

桐夜の叫びも虚しく、二人の間にはあっという間に炎の壁が出来上がってしまう。熱と、煙が桐夜の視界を遮った。

「桐夜、真雪がいなきゃ俺の世界は何もねえよ」

めらめらと揺れる炎の向こうから、東雲は真雪をかき抱いたまま桐夜を睨んでいる。

「東雲、やめてくれ！　私を一人にするな！　しののめ！」

桐夜は叫び続けた。

「やっぱり俺は人間なんて大嫌いだよ。こいつ以外な」

そう言って、東雲はすこし笑った。

じゃあな。

轟々と燃える炎の海となった屋敷は、黒い空をあかあかと照らす。幼なじみの名を繰り返す桐夜をあざ笑うように吹く風が、炎の勢いをさらに増していった。

二人の姿が炎に消えても、桐夜は糸が切れた人形のように立ち尽くしたままだった。

最終章　風のなかへ

普段は居心地の良い桐夜の私室が、冷たくしんと静まり返る。昔語りにじっと耳を傾けていた浅緋は、いつのまにか息をすることさえ忘れていた。

「東雲は反乱を企て、真雪を殺したとして処罰されたことになっている。里に戻った私はすぐに捕らえられた」

浅緋の耳には男たちの断末魔の声が残り、脳裏には真っ赤な血飛沫と全てを飲み込む炎がはっきりと見える。鬼人の里に吹きつける、埃を含んだ風の匂いまでもが鼻をかすめるようだった。グラスを掴んで中身を一気にあおる。氷が溶けてしまった水は喉に生ぬるく、ちっとも渇きを癒してくれない。瑞貴がぽそりと言った。

「僕、初めてちゃんと聞いたよ。彼の最期」

「私も、こうして誰かに話すのは初めてだ」

桐夜はゆっくり息を吐いた。

「戻ってきたときの君の様子は酷かった……。とてもじゃないけど見てられなかった。それからは浅緋くんに話したよね。桐夜は追放され、数週間後には人間が大挙して里に攻め込んできた。反乱の制裁だとか叫んでたよ。誰もそんなこと信じなかったけどね」

　カップを両手で包む瑞貴の声は震えていた。

「その後、小田家は歴史の波に消えてゆき、今はもうない。僕は辛うじて逃げ残った人たちと隠れながら暮らしたよ。式術を覚えて、祓い屋の真似事で食いつないでね」

　もうみんな亡くなったけど、と力なく笑う。

「君は？　君はどうしてた」

　瑞貴は静かに尋ねる。前のような憤りを含んだ声ではなく、ただ気遣う眼差しで。

「私は……わたしは、ずっと歩いていた」

　虚な声が、皆の前に落ちる。

「二人を失って、里にも帰れず、行くべきところもない。野を、山を、森を、ただひたすらに歩いた。足を動かしているあいだは、何も考えなくてよかったから。眠れば炎の夢が襲ってくる。私があの時手を離さなければ、真雪は死ななかったのではないか。二人は幸せになれたのではないか。そればかり考えた。だから、歩いたんだ」

　彼の声はさらに暗くなった。

「けれど不思議なもので、当てもなく彷徨ったつもりが、やっぱり足は里へ向いていたんだ」

　数ヶ月ぶりに故郷へ向かった桐夜を待っていたのは、焼き討ちに遭った里と、屋敷の残骸だけだった。

「そのあとはほんとうに、どこをどう歩いたのかも、いつ寝たのかもわからない。あいつの形見を持って、私は死に場所を探していた」

隣に置いた東雲の太刀にそっと触れる。黒髪がぱさりと頬に落ちた。浅緋には、桐夜がまるで迷子になった幼い少年のように見えた。

「星も、青空も、緑の森も私を癒してはくれない。何も見たくない、早く獣にでも襲われて身体が滅べばいいとばかり願っていた。けれどある日、深傷《ふかで》を放置したまま見知らぬ山を転々としていた私に声をかけた男がいた」

彼はそこでいったん口を切り、懐かしそうに目を細めた。

「こちらは『死にたがり』だったが、相手にはただの行き倒れの流れ者にしか見えなかったらしい。彼は小さな村落に住んでいた医者で、私はかなり強引に家に運び込まれ、手当てを受けた」

怪しさ満点で人間不信の塊《かたまり》の桐夜を、その医師は手厚く保護した。貧しい村落の人々さえ、寝床を与え、飯を作り、彼の回復を願った。

「それまで、私が呪魔を斬る理由は二つあった。主家に与えられた役目と、里の皆を守るためだ。どちらも失って、呪魔を祓う意味は消えた。真雪を殺した人間を憎んでもいた」

「そりゃそーだろ。オレだって絶対そうなるわ」

浅緋が思わず口を挟む。「しっ」と瑞貴に睨まれて、浅緋はむむうと頬を膨らませた。

「だが、その考えは少しずつ変わっていった。回復した私は、恩返しのつもりでその村落で手伝いをしながらしばらく過ごした。医師は持てる技術すべてで人々を助けようとし、人々は自分たちのできることでお互いを支え合って生きていた。そんな姿は、里のみんなと何も変わらない」

雄大な自然と人々の懸命な暮らしは壊れる寸前だった彼を少しずつ、癒していった。

「感謝を示すために自分にできることは何か。やがて私は、しばしばそんなことを考えるようになった。もちろん、一つしかないのはわかっていたんだ。けれどこの血を忌む己もいたし、人間と深く関わり、また傷つくのも怖かった」

そんな葛藤を抱えていたある日、医師は、桐夜に村を出て行くよう告げた。

「君は、自分で居場所を見つけるべきだ。必ず君の力を必要とする場がある」

「彼の言葉はなぜか、すとんと私のなかに入ってきた。もしかしたらあの医師も、何かを抱えて生きていたのかもしれない。私は皆に別れを告げ、街へと出た。それがここ、神戸だ。港が開け、外国文化が毎日のように新しいものを運んでくる。人で溢れた賑やかな街には様々な想いも渦巻いていたから、私の『仕事』にはうってつけだった」

そして、ナギが戻ってきた。

いきなり現れた黒豹は「偉いぞ、桐夜。我はずっと待っていたのだ」と嬉しそうに赤い口を見せた。父、御影の死から実に二十年近く経っていた。

「当時、この街には一旗揚げようという若者で溢れていた。その中に混じり、私も様々な店を転々とした。昼は人に紛れ働き、夜はナギとともに呪魔を相手にする。やがて、戦争が始まった」

当時を思い浮かべたのか、彼は遠い目をした。瑞貴も表情を曇らせ、空を見つめる。

「……戦争が終わって間もなく、息子を亡くしたある喫茶店のマスターと出会い、彼の手伝いをしているうちに店を引き継ぐことになったんだ。それからずっと、ここにいる」

老マスターは桐夜に「店の名前は変えてくれ」と頼んだという。彼の言葉を受け、桐夜は看板を取り換えた。浅緋は流麗な飾り文字で『雪』と描かれた店のプレートを思い浮かべた。美味いコーヒーとその美貌とでひっそりと噂になった店のオーナーは、悲しみと後悔を抱えきれないほど抱きしめながら、この地に湧く邪念を斬りつづけているのだ。

「すぐに、僕のところへ来たらよかったのに……。きっと、二人で乗り越えられた」

瑞貴は唇を震わせる。桐夜は首を横に振った。

「私には、そんな選択肢は考えられなかった。すべて、私が未熟だったから起きたことだ。どんなに償おうとしても、償いきれることなどない」

「君のせいじゃないのに。全部、どうしようもなかったんだよ」

「ナギから、瑞貴が無事だと聞いたときには心底ほっとした」

「今さらそんなこと言うんだ」

瑞貴は諦めたように笑う。

「頑固なところも君らしくて、なんだかおかしくなってきちゃったよ」

「本当に、すまなかった」

桐夜は深く頭を下げた。

「もういいよ、君が僕を忘れてなかったってことだけで十分だ」

瑞貴はそっぽを向いてそう答えると、ゆっくり二人に向き直った。

「……あれは間違いなく、東雲だよ」

彼は横たわるナギを見た。先ほどの、蓮華池のことを言っているのだ。

「今朝、ナギが目を覚ましたんだ。彼が真っ先に話したのが東雲のことだった。あいつが現れたって。怪我も彼にやられたらしい」

弱々しい声で早く桐夜に知らせなければと訴えられ、瑞貴ははるばる京都から駆けつけたのだ。

「東雲の周りには呪魔が群がってた。まるで付き従うように。最近頻発したっていう事件もあいつの仕業なんだろう」

桐夜は苦しそうだ。でも浅緋は、やはり許せなかった。あんな風に、無防備な人間をおもちゃみたいに扱って。呪魔を斬る鬼人とはとても思えない。

「あんな無茶苦茶なヤツ野放しにできるわけねーよ。鬼人のくせによ」

どうしても声が尖ってしまう。瑞貴が小さな声でやめるんだ、と制した。

「わかっている。お前が正しい」

桐夜は初めて浅緋を認めた。でもそれは、想像していたような達成感など連れてこない。

「呪魔を纏い人を襲う鬼人などもはや、悪鬼だ」

「そ、そこまでは言ってねーけど」

「東雲は、もうあのころの、あいつではない。それは、わかっているんだ」

自分に言い聞かせるように桐夜は何度も拳を握りしめる。瑞貴もつらそうだ。

「……あの池は幽界と繋がってるんだね。東雲の魂はこの百四十年ずっと彷徨っていたんだろう。綻びが生まれ、そして、奇跡的に外に出られた。そして、探してる」

『ここじゃない』という言葉がさすのは、きっと。

「東雲が向かうのは、我らの里だと思う」

＊＊＊＊＊

そろそろ日付が変わろうというころ、二階にある備品部屋を使わせてもらった浅緋は、眠れないまま、屋上へと出た。

ここから見上げる六甲の山は暗く静かで、あんな騒ぎが起きたとはとても思えない。黒々としたシルエットが東西に果てしなく続き、こちらとあちらの世界を隔てる壁のようにも見える。あのなかで、桐夜の友、東雲は怨嗟《えんさ》の塊となり古《いにしえ》の里を目指しているのだ。

「こんなところにいたんだね。早く寝なよ」

見ると、瑞貴がこちらにやってくる。赤茶の髪をくくり、桐夜に借りたのかTシャツ姿だ。そうすると、二十代にしか見えない。鬼人は、ぶつぶつとこぼしていた。

「桐夜はいつのまに煙草なんて吸うようになったわけ？　悪癖だよ、あんなもの」

匂いがうつると僕の式がくさくなる、と機嫌が悪い。

「あんたの店も、埃被った本ばっかだからあんま変わんないんじゃゃね」

「埃は時を経た証だよ。一緒にしないで」

瑞貴はつん、と澄ました顔で浅緋の隣に立った。

「桐夜は？」

「ナギの様子を見てる。また寝ちゃったけどね」

浅緋は、改めて瑞貴に礼を言った。

「あの、ありがとう、ナギのこと」

「べつに、君のためじゃないから」

自分を鬼人とは認めていないからなのか、瑞貴は相変わらずつんつんとした態度だ。だが、瑞貴のお陰で浅緋は東雲にやられずに済んだ。彼はナギの言葉を聞いてすぐ、京都から飛んできたのだ。

(ほんとは、すげーいい奴なのかも。ちょっと怒りっぽいけど)

「蓮華池でも、助けてくれてありがとうございました」

浅緋は素直に頭を下げた。

「ちょっと。もういいったら」

そう言いながら、瑞貴はやっと、くすぐったそうに眉尻を下げた。やっぱり悪い奴じゃない。浅緋はすこし見方を変えることにした。

「どれくらいで、ナギは元に戻る？」

気になっていたことを口にすると、瑞貴は難しい顔になる。

「怪我はほとんど治ってるよ。でも元通りと言われるとわからないな。多分、ナギは年々力が弱くなっていたんだと思う」

浅緋は目を見張った。

「え、なんで？」

「ナギは藤真の前から存在している。本人の記憶はないが、おそらく上位の土地神に近いものだと考えられる。千年以上、形を保っていられるくらいだからね」

土地神は本来己の産土《うぶすな》にいるものだ。そこから離れれば力が弱くなるのは当然で、ナギは、桐夜とともにいた百年近い間に摩耗していった可能性がある。瑞貴の説明に、浅緋は首をひねる。

「うぶ、すな？」

「自分が生まれ育った土地だよ。ナギはもちろん、小田家のあったあたりだ」

「じゃ、じゃあ、そこへ連れてけば元気になるのか」

浅緋の縋るような視線に、瑞貴は思わず深く頷いた。

「きっと良くなる。どのくらいかかるかはわからないけど、今のナギは栄養失調みたいなものだから」

そっか、と浅緋は笑った。安心したせいか、頬が緩んでしまう。瑞貴はそんな彼をすこしの間じっと見ると、持っていた刀袋を浅緋に手渡した。

「君に預けようと思って」

「え、これって……」

袋を外すと、姿を見せたのは堂々とした拵えの太刀だ。黒い柄には濃い紫の糸が力強く巻かれ、東雲のものと同じく柊の紋様が覗く。黒光りする鞘には全面に金の飾り模様が入っていて、素人が見ても明らかに特別なものと分かる。

「すげえ」

鞘からそっと刀を抜いた浅緋は魅入られるように刀身を空へ掲げた。冷たく冴える鋒はどこまでも鋭く、刃先は、流れる風の形さえ映し出すようだ。

「すげえ」

浅緋はもう一度、ため息と一緒に同じことを言った。瑞貴は、ぷっと吹き出す。

「君の語彙力の貧弱さは、表情の豊かさで十分カバーできてるみたいだね」

首を傾げる浅緋に、瑞貴は手を振ってなんでもない、と答える。そして、

「それが、藤真の太刀だよ」

と真面目な顔をした。

「うん。わかる、なんか」

そして、「これは、オレなんかが持っていい物じゃねーな」と呟いた。

とてもじゃないが、扱える気がしない。柄を握っているだけで、藤真の存在と時の重みで腕がびりびりとする。

彼はそっと太刀を元に戻した。

「これは返すよ。オレは使えない。それに、あんたは桐夜のためにずっとこの刀を持ってたんだろ」

「そうだよ。でも、当の桐夜は受け取る気が全くないんだから」

頑固だよね、ほんとに。瑞貴はすこし笑う。

「だから、君に預ける」

そう言って、まっすぐに浅緋のことを見た。

＊＊＊＊＊

翌朝、ざらざらとする目をこすりながら浅緋は起きだした。ほとんど眠れていないせいで身体のあちこちが軋んだような音を立てる。水を飲みにいこうと下の厨房へ降りると、ちょうど桐夜が裏口から中へ入ってくるところだった。肩にかけたタオルで汗をぬぐい、軽く息が上がっている。

浅緋を見ると驚いたように、「早いな」と言った。

「……アンタまさか、走ってたの？」

挨拶も忘れて長身の鬼人を見上げる。彼は飲みかけのミネラルウォーターのボトルを近くに置いた。

「走ると、気持ちがすっきりすると以前お前が言っていたので、実践してみた」

浅緋は黙り込んでしまった。桐夜たちは今日の午後、鬼人の里へ向かうことになっている。そこで、彼は呪魔を従える魔物と化した東雲と対峙することになるだろう。

「あの」

「なんだ」

「オレ、アンタの気持ち考えずに、あんなこと言って悪いと思ってる」

昨夜、東雲のことをかなりひどく言った。

「普段が生意気なだけに、素直に謝られると気味が悪いな」

桐夜は苦笑した。

「お前が正しい、と言ったろう。謝る必要はない。私は平気だ」

「けどアンタの幼なじみだろ。めちゃくちゃ大事な親友じゃん、吉野さんの時だって」

(見えなくてもどこかで繋がっているって言ってたじゃねーか)

浅緋は唇を噛みしめた。この男にとって東雲は血の繋がり以上の存在のはずだ。昨日、あんなに動揺していたのに平気なわけがない。うまく言葉にできないのがもどかしい。浅緋はうう、と唸った。

「東雲は、私の大切な友だ。あの姿を見たときには私も衝撃を受けた。だからこそ、あんな姿のままでいてほしくない。あいつが何をする気なのか確かめなければならないし、この世界に害を与えるのなら、祓わなければならない」

顔色はまだ良くないが、桐夜の瞳には力強さが戻っている。

「走ったことでより、気持ちが明確になった。お前もたまには役に立つな」

桐夜はぐしゃぐしゃと浅緋の頭をかき回した。

「な、なにすんだよ！」

早く起きたならさっさと店の掃除を始めろ、と言って、桐夜は階段を昇っていった。

通常通り店を十五時まで開け、そのあと三人は車に乗り込んだ。桐夜はもう、浅緋について来るなとは言わなかった。それが嬉しくもあり、これから起こることの深刻さを示しているような気がして、浅緋は自然と肩に力が入ってしまう。

抱えた太刀がずしりと重い。頭領の太刀が浅緋の手にあるのを見て、桐夜が隣の瑞貴に小さく「ありがとう」と伝えているのが聞こえた。

濃い緑の中、ループする山道をいくつ越えたろうか。車は古都、京都と兵庫県の境が交差する地へと向かう。街や道は姿を変えるが、山の風景はそれほど変わらない。桐夜も瑞貴も、時おりあたりを互いに確認するだけで迷わず車を進めていた。長い間訪れることはなかった土地だが、身体が、魂が場所を覚えていた。

やがて、山地の間にぽつんと開けた土地が見えてきた。車はそこへ、静かに止まる。車中、必要なこと以外言葉を交わさなかった桐夜と瑞貴は、押し黙ったまましばらく動かない。フロントガラスの向こうに広がる茶色の荒れ地を見つめていた。

「行こう、桐夜」

「……ああ」

＊＊＊＊＊

五月の陽気とは思えない冷たい風が、寒々とした土地に吹き荒れていた。陽の当たらない土地ではないはずなのに、枯れた茶色の草むらが延々と広がる。かつての小田一族の土地、鬼人の里は、見捨てられた荒れ地と成りはてていた。

「懐かしいな」

ナギがよたよたと車から降りてきた。一日の大半を寝ている黒豹は、風化した地を眺めてすこし尻尾を振った。

「おや」

彼は突然走り出す。向こうに見える木立の中へと入っていってしまった。

「ナギ！　あんま走んなよ。あぶねーだろ」

追いかけた浅緋たちは木々の間で黒豹を探した。見ると人の背丈ほどの小さな社がある。

ナギはちょこんとそれを仰ぎ見ていた。

木で作られただけの粗末な社は、雨風にさらされて色をなくしていた。銘も消えている。

「こんなのなかったよね。桐夜」

「ああ。あの後、誰かが建てたのかもしれない」

この地のものか、事情を知るものか、それを確かめる術はもうない。夕闇に黒く縁取られた社は、ただそこに建っていた。

「だが、我はこれが好きだ。なんだか安心する」

「ほ、ほんとか？　ナギ。元気出そうか？」

尻尾をくるんと回して匂いを嗅ぐナギに、浅緋は嬉しくなる。瑞貴もほっとしたように頷いていた。そんな三人を、桐夜は穏やかに見つめる。と、彼は後ろを振り向いた。

「瑞貴。ナギを車の中へ」

厳しい声に、瑞貴はすぐにナギを抱きあげ走り出した。

＊＊＊＊＊

その影ははじめ、蝋燭《ろうそく》の火のようにふらりと揺らめきながら現れた。じりじりと燃えて大きくなっていき、やがて黒く揺らめくヒトの形へと成った。まっすぐな瞳、凛々しい眉、逞しい身体。その姿は在りし日と変わらない。だが、昨日よりもさらに濃い瘴気に包まれ、憤怒の表情を浮かべている。

『なぜ、ここには誰もいない』

幾千もの声が重なったように響いて浅緋の鼓膜を揺らす。彼はぐっと奥歯を噛み締めた。

東雲の影は問い詰めるように桐夜へ近づく。

『小田の人間は何処だ。殺すべき、憎むべき小田は！』

浅緋は考えるより先に走り出していた。

思い切り飛び上がり、利き足を影の真ん中に叩き込む。ずぶりと嫌な音がした。逞しい手にふくらはぎをぐいと掴まれる。小蝿《こばえ》を払うかのようにまた、浅緋は吹っ飛ばされた。口の端をぐい、と拭う。唇が切れていた。彼に目もくれずに東雲の影は叫ぶ。

『何処だと聞いている』

「もう、里はない。みな、いなくなったんだ」

桐夜は静かに答えた。目に悲しみをたたえてもう一度、かつての友に伝える。

「里はもうないんだ、東雲」

自分の名を呼ばれて、彼の影は一瞬目を見開いた。

「きりや」

桐夜はまっすぐ彼を見つめ頷く。もうぜんぶ、終わったんだ。

「さとは、もうないのか？」

枯れた地をゆっくり見回すと、東雲は、うつむいた。幼なじみを囲む炎は、水をかけられたように小さくなる。が、消えかけたかと思うと、より激しく燃えだした。

『嘘だ、うそだうそだうそだうそだうそだ』

真っ黒な炎がぶわりと彼を包んだ。何重もの炎を噴き出す巨大な火柱となって、東雲は、桐夜と浅緋、そして瑞貴に襲いかかった。闇の炎が三人を包む。浅緋は、暗闇に放り出された。

『ずっとずっと俺はここにいるのに、なくなるなど許されない』

東雲の絶叫が響く。いつのまにか、浅緋は見知らぬ場所に立っていた。足元に玉砂利が敷き詰められている。周りをぐるぐる見渡して、桐夜と瑞貴を探す。

「桐夜！　瑞貴さん！　どこにいんだ？」

なにかが腕にぴしゃりとかかった。見下ろすと、真っ赤な液体。血だ。

「な、ん、だこれ」

顔をあげると、薄桃色の着物の娘がいた。輝く黒髪と白い肌、そして優しい光を湛えた瞳の女性はしかし、胸のあたりを朱に染めている。まっすぐな髪を乱し、ゆっくりと舞うように倒れこむその身を支えようと浅緋は必死で手を伸ばしたが、彼女は腕をすり抜ける。瞳から光がみるみる消えてゆく。「まゆき！」という叫びが聞こえた。

「……真雪さん？　なんで……」

考える間もなく、向こうで血飛沫が赤く空を染めた。やがて炎が辺りを包む。彼は走りだした。何処へ向かっているのかはわからない。だが、気づくとなぜかさっきと同じ所にいる。目の前で真雪が再び血を流す。倒れる彼女を支えようにもまた、腕がすり抜けてしまう。赤と黒の血が庭のそこここに、花のように咲いている。そして炎が彼を包む。浅緋はまた走った。でも。

(おんなじだ。何回も、何回も、あの場面を、真雪さんの死を、繰り返してる……。なんにも、終わらない)

永遠に続く真雪の死と、人々の断末魔の声は、だんだんと浅緋の魂を削ってゆく。

「浅緋!」

再び、浅緋を底から引き上げる声がした。

「囚われるな!」

声と同時に彼は腹に力を込め、藤真の太刀を抜いた。煌めく閃光が絶望を振り払う。だが、抜いた太刀はひどく重く、浅緋は持っているだけで精一杯だ。桐夜は、太刀を手に東雲と対峙していた。その隣には瑞貴も同じく、白拵えの刀を構えている。

『桐夜、早く奴らをぶっ倒しに行こう』

「お前の言う、奴らはもういないんだ。これは、全部お前の魂が見ている夢だ」

浅緋たちの目の前で繰り返される惨劇は、東雲の終わらない悪夢だった。

(こいつ、ずっとこんな中で……)

浅緋は心臓をぎゅっと掴まれたような心地になる。

『それなら、人間を斬りに行こう。な、桐夜。真雪を殺したのは人間だからな』

東雲は狂気に憑かれた顔で笑いながら、桐夜を誘う。桐夜は強く首を横に振った。

「違う、我ら鬼人は、呪魔を斬るんだ」

東雲の眼はきゅっと細まった。

『そんなもの、いくら斬っても満たされない。真雪も喜ばない。俺が欲しいのは、ひとの苦しみだ』

「そんなの、それはもう、呪魔じゃないか……！」

瑞貴が叫ぶ。はき出される言葉は悲しみに満ちていた。かつての友の姿は、もうどこにもない。桐夜は、覚悟を決めた表情で、すっと前に出た。

「呪魔と同じなら、東雲。私がお前を斬らなければならない」

『そんなこと、お前にできるのか？』

言うなり、東雲が襲いかかって来た。炎の塊となり桐夜めがけて飛んでゆく。咄嗟に太刀ではじき返すと、火は弱まったかに見えた。だが再び、強く燃え出す。桐夜は押し返そうとするが、刀身が思うように動かない。東雲は笑った。

『それ、俺の刀だろ』

彼が手を伸ばすと、太刀は桐夜の手をあっけなく離れた。すっぽりと東雲の掌へ収まる彼の愛刀。

『俺を斬れるわけない』

東雲の指は懐かしそうに刃文をなぞる。彼の纏う炎は一段と暗く輝きを増した。

『ほら、嬉しそうだ』

「鬼人の太刀は人を傷つける刀ではない。お前もわかっているだろう！」

桐夜は一喝した。堂々と威厳に満ちた声音には、一族を担うものとしての神威が表れている。浅緋の手の中で、藤真の太刀が震えた。まるで武者震いのように。

『自らの刀を持たぬ頭領など、笑わせる』

東雲は挑戦的に瞳をゆがめた。

突き動かされるように、浅緋は手にしていた藤真の太刀を鞘ごと桐夜へ思いっきり投げた。それはしっかりと彼の、桐夜の手に吸い込まれる。

「桐夜！　アンタの刀だ」

桐夜はわずかに躊躇いの表情を浮かべて太刀を見つめた。

「それはアンタにしか使えねーだろ！　頭領なんだから」

はっとしたように桐夜は浅緋を、そして瑞貴を見た。二人は何も言わずにただ、頷く。

桐夜は大きく息を吸うと、柄にゆっくりと手をかけ、音もなく抜き放った。清廉な気が一瞬で生まれ、あたりを涼やかに払う。

鬼人の始祖、藤真の刀は千年もの時を経てなお鋭く、しっとりと濡れた刃文は東雲の怨嗟にも動じることなく冷たく冴える。桐夜は正眼に構えた。

「東雲、真雪のもとへ戻れ。お前の魂の帰るべきところに」

『俺は帰るところなんてねぇよ。全部ぜんぶ燃やさないと、これは終わらない』

東雲は太刀を大きく振るって、桐夜へと全力で振りおろそうとした。藤真の太刀がそれを阻む。輝く刃同士がせめぎ合う音が響いた。

桐夜は見た。

暗く燃える瞳の裏で、東雲は血の涙を流していた。桐夜、助けてくれと声にならない叫びをあげて。終わらない悲しみと怨嗟はとっくに彼を空っぽにしていたのだ。


――桐夜、頼む――


東雲が流す血の涙は、幸せだったあの日々を映しだす。懐かしい里の風の匂い。お気に入りの黒の戦装束で、幼なじみは明るく笑い、傍には美しい真雪が寄り添う。

還さなければ。こいつを。桐夜は瞼を閉じ、太刀を握る手に力を込めた。何もかも、守れなかった。だから、せめて。

桐夜は魂を込め、たった一人のために刀を振り下ろした。憎しみも悲しみも、全てを空へ還すように、炎を薙ぎ払う。

最後の最後、東雲がふっと力を抜いた。彼の愛刀が腕を離れ勢いよく飛んでゆく。

静寂が訪れ、やがて東雲を包む炎が、光に変わる。鬼人の太刀が、禍々しい炎を祓ったのだ。

「東雲！　しののめ！」

桐夜は友の名を呼ぶ。東雲の姿が、どんどん薄く、儚くなってゆく。陽炎《かげろう》のようにおぼろげになりながら、幼なじみはくしゃりと笑顔になる。

「やっぱ、お前は頼りになるな」

二人は、ようやく、笑いあう。百年以上の時を飛び越えて、あのころみたいに。

「……また、私を置いていくんだな」

桐夜は寂しそうに言った。

困ったように眉尻を下げた東雲は、答えない。桐夜は、泣きたいのか笑いたいのかわからなかった。

「すまない。つい、愚痴が出た」

歯を食いしばって涙をこらえ、じっと見守っていた浅緋はふと、彼らの傍に美しい女性がいるのを見た。彼女はふわりと手を伸ばし、桐夜の頬をそっと指でかすめる。

桐夜は微笑んだ。

「気にするな。真雪。私にはまだやることがある」

振り返り、浅緋と瑞貴、そしてナギを見た。そう、私の前に道は広がっている。

桐夜は、幼なじみへ別れを告げた。

「じゃあな。東雲」

風が吹き、東雲の影は里の空に溶けた。

エピローグ

東雲が消えた後、ナギは里の跡地にひとりで残ることを嫌がった。力の回復のためだと桐夜が説得しても頑として聞き入れない。そして、瑞貴のアドバイスにより浅緋がナギのお守りを任されることになった。月に一度、浅緋は電車とバスを乗り継ぎナギと共に鬼人の里の跡地へとやってくる。そして、小さな社の傍で半日ほど過ごすことになったのだ。

大切な役目なのはわかるが、枯れ野原を力いっぱい駆け回る黒豹を追いかけるのはいくら浅緋でもかなり疲れる。

目下の彼の目標は、バイクを手に入れて、ナギを乗せて里まで走ることだ。

＊＊＊＊＊

梅雨明け宣言間近の日曜。『雪』に慌てた声が響く。

「桐夜！　オレのシューズ知らね？　ランニングのヤツ。備品室に置いてたんだけど……あれ」

大きなバッグを肩にかけ、ドタバタと厨房へと降りてきた浅緋はひょいと扉から顔をだした。

「瑞貴サン？」

「朝からうるさいな。どうして君がここにいるんだ」

店内席でコーヒーを片手にくつろいでいる人物に浅緋は驚いた顔をした。同じ言葉をそっくり返す。

「いやいや、どうしてあんたがここにいるんだよ。桐夜は？」

「彼はさっき出かけたよ。君こそなに？　大声で自分の家みたいに」

「た、たまたま荷物を置き忘れただけだっつーの。ホントあんたマジで何してんの」

「僕はお客として来ただけじゃないか」

「まだ開店前なのに入ってくんなよ」

「桐夜が入れてくれたんだから、いいだろ」

浅緋はチッと舌打ちをする。桐夜も桐夜だ。瑞貴に甘すぎる。

「あんた先週も来てただろ。そっちこそ自分ちみたいにしょっちゅう来んじゃねーよ」

「うるさいな。僕はもう待つのをやめたんだ。だから、ここには来たいときに来る。君には関係ないだろ。さっさと掃除でも始めなよ」

彼は澄ました顔で読書を始めた。

「残念、オレは今日からしばらく休みなんだよ。じゃあな」

浅緋はバッグを持ち直して店の外に出た。

まだ朝早い時間、異人館通りは静かだ。きちんと土産を入れたかもう一度確認して、彼は歩きだした。朝から、何時に駅に着くのか養父母から何度も確認メールが来ている。むず痒い気持ちで、浅緋はそれに丁寧に返信した。それから、ふと思いついて、吉野酒店の晃にあててメッセージを入力する。

『オレ、秋の運動会、リレー全種目に出ます。多分余裕でぶっちぎりだと思うんで、終わったらなんか奢ってください』

どうだ、とばかりに送信ボタンをタップした。

昼過ぎには、故郷に着くだろう。駅に向かい、浅緋はぐっと足を前に踏み出した。

＊＊＊＊＊

鬼人の里には、今日も乾いた風が吹いていた。外界から切り離された茶色い土地。隅の木立の社に一つの人影があった。

花束を抱えた桐夜の髪を、風が遊ぶように舞いあげる。彼は、真新しい花が供えられているのを見て、くすりと笑った。

「今朝は何も言っていなかったのに、やはり瑞貴はお前たちに会いに来ていたんだな」

社に向かって話しかける。答えはない。

「今日から浅緋が休みをとっている。なんでも故郷に帰るらしい。しばらく店が忙しくなりそうだ」

桐夜は風に微笑んだ。

「ああ。あの子は、我々にはすこし眩しいな」

なるべくなら、そのままでいてほしいと思うが。これは、我が儘かもしれないな。

「もう、向日葵《ひまわり》が花屋に並んでいた。今日はこれを」

鮮やかな黄色の花束をそっと社へ手向ける。

じゃあ、またな。東雲。真雪。

風が小さな社と桐夜の間を吹き抜けていった。

夏はもうすぐそこだ。

あとがき

この度は、『神戸むこやま幻奇譚　貴方の魔物お祓いします』をお手に取っていただき、ありがとうございます。

本作はＷＥＢ小説投稿サイトに連載していたものを、キャラクターの持ち味はそのままに、ストーリーを大幅に変更、書き足して改稿したものです。

書籍化にあたって、作品の舞台を地元の神戸にすることとなりました。ＷＥＢ連載では明記していませんでしたが、自分の中では、作中の山々は六甲山がモデルだったので、ご提案頂いた時も全く違和感はありませんでした。

神戸の街を書くこととなり改めて、いろんな場所に出かけたいと思っていましたが、コロナ禍での緊急事態宣言下でなかなか思うように外出できなかったのは少し残念です。けれども、昔から慣れ親しんだ土地の空気感をたくさんちりばめました。読者の皆さまに少しでも感じていただければ嬉しい限りです。

書籍化のお話を頂いたときには本当に驚きました。実を言うと今でも驚きっぱなしです。初めて書いた小説ということもあり、右も左も分からなかった素人をここまで支えてくださった、ことのは文庫の田口様には感謝しかありません。ストーリーの相談に気軽に乗ってくださり、何度も励ましていただきました。登場人物への理解も深く、本当に勉強になりました。

また、素敵な装丁デザインを担当していただいた next door design の東海林かつこ様。美麗な装画を描いてくださった新井テル子様。関わっていただいた全ての皆様に改めて感謝申し上げます。本当にありがとうございました。

お話を読むのは小さなころから大好きで、特にファンタジーは、どんなときも私を豊かな世界に導いてくれる魔法の鍵でした。大人になった今でも、ページをめくれば無限の世界が迎えてくれます。

小さな短編に、ちらりと出したバーのマスター。彼の過去に思いを馳せていたら、あれよあれよというまに膨らんで今の桐夜が誕生しました。お話の最後、彼らは少しは歩み寄れたでしょうか。バディとしては、これからがスタートの浅緋と桐夜です。いつか、彼らの次の冒険が書けたらと願ってやみません。

地元である神戸の魅力を伝えつつ、幻奇譚の名の通り、鬼人たちが紡いできたファンタジーをお楽しみいただければ幸いです。本当に、ありがとうございました。

二〇二一年九月十七日　蒼月みかん

ことのは文庫

神戸《こうべ》むこやま幻奇譚《げんきたん》
貴方《あなた》の魔物《まもの》お祓《はら》いします

2021年11月28日　初版発行

著者　蒼月 みかん
発行人　子安喜美子
編集　田口絢子
印刷所　株式会社広済堂ネクスト
発行　株式会社マイクロマガジン社
URL：https://micromagazine.co.jp/
〒104-0041
東京都中央区新富1-3-7 ヨドコウビル
TEL.03-3206-1641 FAX.03-3551-1208（販売部）
TEL.03-3551-9563 FAX.03-3297-0180（編集部）

本書は、小説投稿サイト「エブリスタ」（https://estar.jp/）に掲載されていた作品を、加筆・修正の上、書籍化したものです。
定価はカバーに印刷されています。

ISBN978-4-86716-208-8　C0193
乱丁、落丁本はお取り替えいたします。